OEUVRES

DE

A. V. ARNAULT.

SE TROUVE AUSSI

MÊME MAISON : { *LEIPZIG* , REICHS STRASSE ;
{ *MONTRÉAL* (BAS-CANADA);

MARTIN BOSSANGE et C°, *LONDRES*,
14, GREAT MARLBOROUGH STREET.

———

IMPRIMÉ PAR LACHEVARDIERE FILS,
SUCCESSEUR DE CELLOT, RUE DU COLOMBIER, N., 50.

OEUVRES

DE

A. V. ARNAULT,

DE L'ANCIEN INSTITUT DE FRANCE, ETC., ETC.

THÉATRE.

TOME II.

— — — ᴈᴈᴈ— — —

PARIS,

BOSSANGE PÈRE, LIBRAIRE,

RUE DE RICHELIEU, N. 60;

BOSSANGE FRÈRES, LIBRAIRES,

RUE DE SEINE, N. 12.

1824.

BLANCHE ET MONTCASSIN,

OU

LES VÉNITIENS,

TRAGÉDIE EN CINQ ACTES,

REPRÉSENTÉE POUR LA PREMIÈRE FOIS A PARIS, SUR LE THÉATRE DE LA RÉPUBLIQUE,
LE 25 VENDÉMIAIRE AN 7 (16 OCTOBRE 1798).

2.

Et chez eux la justice a l'air de la vengeance.

Ducis, *Othello*, acte III.

PRÉFACE

DE LA PREMIÈRE ÉDITION.

DE QUELQUES INSTITUTIONS POLITIQUES
DE LA RÉPUBLIQUE DE VENISE.

« *Toute sorte de correspondance avec les ambassadeurs et les* « *autres ministres étrangers est défendue aux nobles, sous peine* « *de la vie.* » (EXTRAIT DES LOIS DU GOUVERNEMENT DE VENISE, par Amelot de la Houssaye, *loi dix-septième.*)

Cette loi, tombée quelque temps en désuétude, avait été dictée par la prévoyance et fut justifiée par l'événement. Remise en vigueur en 1618, lors de la découverte de la conspiration du marquis de Bedmar, ambassadeur d'Espagne, lequel étendit ses intelligences jusque dans les conseils, la rigoureuse observation en a été maintenue jusqu'à l'entière destruction de l'aristocratie.

Elle est la base de la tragédie que j'offre au public. La proposition, la discussion et la promulgation du décret qui la renferme occupent la majeure partie de mon premier acte. Plusieurs motifs m'ont déterminé à préférer ce mode d'expo-

1.

sition à tout autre. D'abord il présente, au lever du rideau, le spectacle de l'assemblée imposante et nombreuse des chefs d'une république long-temps illustre; il me fournit de plus l'occasion de développer leur morale politique et les principes de leur gouvernement; il contraint enfin, par son appareil même, l'attention à se fixer sur une institution particulière à Venise, et qui peut-être eût échappé au spectateur, si je me fusse contenté d'en parler d'une manière moins solennelle.

Les inquisiteurs d'état, qui formaient le conseil des Trois, étaient spécialement chargés de l'application de cette loi. Eux seuls avaient le droit d'absoudre le prévenu, quand, par une précaution aussi prompte que nécessaire, il était venu se dénoncer lui-même, et parvenait à prouver que le seul hasard l'avait rapproché de l'agent d'une puissance étrangère.

Dans tout autre cas, la perte du délinquant était certaine. L'imprudence de sa démarche échappait difficilement à la vigilance des espions du conseil. Bientôt enlevé du milieu de la société, il n'y reparaissait plus. Le sort de tout homme arrêté de cette manière n'était pas douteux. Tout le monde l'abandonnait. Ses parents les plus proches ne hasardaient pas même des sollicitations qui ne pouvaient que les compromettre. On fuyait un malade désespéré dont on redoutait de recevoir la contagion. On pleurait dans l'ombre, ou plutôt on attendait pour pleurer que la politique des juges bourreaux eût donné la permission de prendre le deuil.

L'effrayant pouvoir du conseil des Trois avait pour but le maintien du gouvernement, intérêt auquel tout autre était sacrifié. L'infatigable et secrète activité de ce conseil, la rigueur de ses jugements, la promptitude de leur exécution, entretenaient dans toutes les âmes une terreur qui ne peut être conçue

que par ceux qui ont habité Venise. Le chef de l'état, comme le
dernier des citoyens, était soumis à cette autorité redoutable.
Les inquisiteurs entendaient tout, voyaient tout, étaient partout. Maîtres des clefs du palais de Saint-Marc, souvent ils y
faisaient des visites nocturnes, pénétraient dans les plus secrets
appartements du doge ; et il était, dit un historien, aussi
dangereux de les voir que d'en être vu. Saisir le doge dans son
lit, instruire son procès, le condamner et le faire exécuter dans
l'espace de quelques heures, n'excédait pas les bornes de leur
pouvoir.

C'est avec cette effrayante célérité qu'en 1362 le doge Marino Falieri [1], entré à l'âge de quatre-vingt-deux ans dans une
conspiration contre l'état, fut arrêté, jugé, et décapité au bas
du grand escalier du palais ducal.

Les inquisiteurs s'assemblaient toutes les fois que le salut
public l'exigeait. A quelque heure que ce fût, en quelque lieu
qu'ils se trouvassent, leurs opérations étaient légales dès que
les trois juges et le greffier étaient réunis.

Leurs séances se tenaient ordinairement dans une des salles
du palais Saint-Marc. Cette salle communiquait aux prisons
horriblement connues sous les noms de *pozzi* et de *piombi*.

I pozzi, *les puits*, sont des cachots construits au-dessous du
niveau de la mer. Là, privés de la lumière, les détenus pour-
rissaient dans la fange, au milieu de l'air le plus infect. *I
piombi*, *les plombs*, sont des chambres étroites pratiquées immédiatement sous le métal qui recouvre le palais de Saint-
Marc. Ces chambres, journellement échauffées par un soleil
brûlant, étaient autant de fournaises où la plupart des prison-
niers perdaient la vie après avoir perdu la raison.

Les jugements de l'inquisition devaient être rendus à l'una-

nimité. Alors ils s'exécutaient sur-le-champ. Le condamné était
étranglé dans la pièce voisine par un bourreau qui ne le voyait
même pas, ou noyé pendant la nuit dans le canal Orfano, dont
les exhalaisons pestilentielles ne trahissaient que trop le secret
de ces fréquents actes de rigueur.

Quand un inquisiteur différait d'avis avec les deux autres,
la cause était reportée au conseil des Dix, juge naturel de
toute affaire criminelle concernant les nobles; et le procès
s'instruisait publiquement dans les formes ordinaires.

Si les bornes que je me suis prescrites me le permettaient,
ce serait ici le lieu de parler des différents corps dont se com-
posait l'oligarchie vénitienne; de la manière dont l'autorité
était répartie entre eux; de la constante méfiance avec laquelle
les diverses portions du souverain s'inspectaient réciproque-
ment; de l'esprit enfin qui n'a cessé d'animer ce gouvernement,
si remarquable par sa forme, son accroissement, ses moyens,
et le but de toutes ses institutions.

Ce but était moins de conserver la liberté que d'empêcher
qu'elle ne fût opprimée par un individu. Depuis l'immense
réduction de l'autorité ducale et le renversement de la puissance populaire, l'aristocratie élevée sur leurs ruines sacrifia
tout à cette politique. Par elle furent créés les conseillers du
doge, qui modifiaient tellement son autorité que sans eux le
doge ne pouvait rien, tandis qu'ils pouvaient tout sans lui;
par elle fut institué le conseil des Dix, commission formée d'a-
bord pour réprimer les complots des nobles, et bientôt pro-
rogée pour les prévenir; par elle, enfin, fut établi ce conseil
des Trois, où chaque sénateur, appelé à exercer temporaire-
ment la terrible surveillance sous laquelle il devait bientôt
retomber, entretenait une vigueur toujours renaissante dans

l'action du gouvernement. Ainsi l'appréhension de la tyrannie d'un seul introduisit un autre despotisme principalement appesanti sur les gouvernants mêmes, mais plus supportable que tout autre pour l'amour-propre, qui ne s'offense pas d'un joug également porté par tous, et ne voit dans l'exécution des lois qu'il maintient, quelque tyranniques qu'elles soient, que l'exécution de sa propre volonté.

Tel est le système que j'ai essayé de développer par les diffé- rentes discussions répandues dans la tragédie des VÉNITIENS. J'ai cherché à instruire autant qu'à intéresser, à peindre les mœurs autant qu'à exprimer les passions.

C'est à ceux qui connaissent Venise par la lecture ou par les voyages, à témoigner de l'exactitude avec laquelle les con- venances locales sont conciliées avec celles de la scène, dans cet ouvrage, fait en partie à Venise même.

Le fond de mon sujet est tiré d'une anecdote très connue, et consignée dans un recueil périodique intitulé *les Soirées littéraires*. Les modifications que je lui ai fait éprouver sont fondées sur l'histoire.

Montcassin, gentilhomme normand, fut en effet un des deux Français qui coururent dénoncer au sénat la fameuse conspira- tion de Bedmar, le jour même où elle devait éclater. J'ai substi- tué Montcassin à Antonio Foscarini, véritable héros de l'aven- ture tragique liée à cette conspiration. J'ai pensé que, sur un théâtre de Paris, le malheur d'un Français inspirerait plus d'intérêt que celui d'un étranger. J'ai cru surtout que la fran- chise et l'emportement qui nous caractérisent contrasteraient heureusement avec la dissimulation ultramontaine.

Cette dissimulation ne doit cependant pas exclure les vertus. C'est un habit sous lequel une belle nature peut se faire reconnaître lorsque, dans le mouvement des passions, l'homme, écartant ses enveloppes factices, se montre réellement ce qu'il est. La dissimulation peut appartenir autant à l'habitude contractée par l'éducation et le commerce des hommes, qu'à l'intérêt réfléchi de donner le change à autrui sur les secrets mouvements de son cœur. Contarini dissimule, Capello dissimule ; mais un intérêt odieux vient renforcer dans le premier l'habitude nationale qui, dans le second, se trouve alliée à une grande générosité.

Cela suffit pour prouver que je ne me suis pas exposé au reproche de déprimer l'humanité entière pour exalter ma nation; ridicule qui m'a toujours fait pitié dans ces exagérateurs, vrais *catholiques* en patriotisme, qui n'ont pas honte de professer que, *hors de leur église, il n'est pas de salut.*

Les critiques ont relevé plusieurs fautes à la représentation de cet ouvrage. La lecture en fera ressortir un plus grand nombre sans doute; mais peut-être remarquera-t-on aussi que quelques unes de ces fautes amènent des situations intéressantes, et sont rachetées par quelques beautés : c'est pour celles-là seulement que je demande de l'indulgence.

AVERTISSEMENT.

Cette pièce a dû la naissance à une circonstance assez singulière. Toujours occupé des lettres, au milieu des révolutions qui renaissaient les unes des autres avec une effroyable rapidité, l'auteur, après avoir livré *Oscar* au théâtre, songeait à faire succéder à cette tragédie une pièce du même genre, mais de mœurs différentes. Cherchant dans sa tête ce qu'il ne trouvait pas dans l'histoire, il avait commencé un ouvrage tout entier d'imagination, et poursuivait avec activité ce travail dans la vallée qu'il affectionnait, la vallée de Montmorency; son plan était arrêté, son premier acte même était fait en grande partie, lorsque je ne sais quelles affaires l'appelèrent à Paris.

L'abbé Coupé, homme recommandable par l'étendue de son érudition, publiait alors, sous le titre de *Soirées littéraires*, l'utile collection que malheureusement il n'a pas achevée. La littérature latine de toutes les époques était surtout mise à contribution par ce compilateur; mais, pour jeter de la variété dans son recueil, il mêlait à ses traductions des articles de littérature moderne, des analyses ou des extraits d'ouvrages nouveaux, et quelquefois aussi des anecdotes : la tragique aventure qui sert de base à la tragédie des Vénitiens avait été racontée dans sa dernière livraison.

M. Arnault arrive chez un de ses amis, homme supérieur sous plus d'un rapport, que cette anecdote avait vivement affecté. Que je suis fâché, lui dit celui-ci, de ne t'avoir pas vu quelques heures plus tôt! — Hé, pourquoi? — J'avais un excellent sujet de tragédie à te donner. — Quel est ce sujet? — Un trait d'histoire : je l'ai trouvé dans les *Soirées littéraires*. — Prête-moi le volume. — Il n'est plus chez moi. — Ne peux-tu pas te rappeler ce trait et me le raconter? — Rien de plus facile : et il le raconte.

C'est en effet un sujet superbe que celui-là, dit l'auditeur; une action intéressante, une catastrophe terrible, des mœurs civiles et politiques toutes particulières : c'est un sujet admirable! je m'en empare. Il n'est plus temps, dit le narrateur : j'ai raconté hier ce trait dans une société où se trouvaient Legouvé et Luce de Lancival. — Et Luce songe à le mettre au théâtre? — Non : il croit le sujet intraitable; mais Legouvé ne pense pas tout-à-fait de même; et je ne voudrais pas, faute de circonspection, vous avoir mis en concurrence. — Legouvé ne traitera pas ce sujet; il n'est ni dans la nature de son esprit, ni dans le genre de ses moyens : au premier aspect, il n'a vu que les ressources; à la réflexion, il ne verra que les difficultés. Ce n'est, au reste, que sur son désistement que je me mettrai à l'ouvrage; je l'obtiendrai sans le solliciter. Je cours chez lui; chemin faisant je travaillerai à mon plan. Adieu.

Ce que M. Arnault avait prévu arriva. Refroidi par la réflexion, Legouvé avait aussi trouvé le sujet intraitable.

Il l'était en effet pour l'auteur qui eût voulu le traiter comme un sujet de l'histoire grecque ou romaine, comme un sujet tiré de l'antiquité. Les formes, le ton, le style convenables à ces sujets, ne sauraient s'appliquer à des sujets modernes sans produire les plus étranges disparates. Cet inconvénient avait probablement frappé Legouvé, qui à un beau

talent joignait un goût un peu timide, et qui n'avait pas exa-
miné la question sous ses véritables rapports.

Penser qu'il n'y a qu'un ton, qu'un style convenables à la
tragédie, c'est faire de l'accessoire le principal. N'est-ce donc
pas la nature du sujet qui constitue la tragédie? qu'est-elle
par elle-même, sinon une action dont le but est d'exciter la
terreur et la pitié? Or des sujets de nature à produire ce
double effet peuvent également se trouver chez les modernes
et chez les anciens. Il en résulte que si les bases de la tragédie
sont invariables, ses formes ne le sont pas, et qu'elles doivent
être modifiées par les mœurs de l'époque à laquelle appartient
le sujet. Toutes les scènes d'une tragédie doivent être nobles
comme les idées, comme les sentiments, comme le style, parceque la noblesse tient aussi à l'essence du genre; mais cette
noblesse n'exclut ni les intérêts privés, ni les mœurs simples,
ni le dialogue naturel; et, soit dit en passant, si elle n'interdit
pas l'accès du théâtre aux nobles avilis, à plus forte raison le
permet-elle aux personnages qui se montrent nobles dans les
conditions inférieures.

Le sujet des *Vénitiens* est donc véritablement tragique: mais
il devait être traité d'après les principes que l'on vient d'exposer; mais il devait être écrit d'une autre manière que *les Ho-
races* ou *la Mort de Pompée. Notandi sunt tibi mores :* OBSERVEZ
LES MOEURS, a dit l'auteur de l'épître aux Pisons; précepte qui
s'applique au style comme à toutes les parties de l'art dramatique.

Qui l'a plus observé ce précepte que le plus parfait de
nos tragiques? Comparez ses divers ouvrages, et vous verrez
comme le style y est différencié, non seulement suivant le caractère de la nation, mais aussi suivant la date de l'époque à

laquelle le sujet se rattache. Ainsi les tragédies d'*Athalie*, de *Mithridate* et de *Phèdre*, indépendamment de la dissemblance que ces considérations établissent entre elles, sont revêtues d'une certaine pompe qui paraît inhérente à l'antiquité; tandis que la tragédie de *Bajazet*, sujet moderne et dont l'action était contemporaine de Racine, écrite avec autant d'élégance, l'est avec beaucoup plus de simplicité.

C'est à ces réflexions qu'il faut attribuer la confiance avec laquelle M. Arnault s'est saisi du sujet auquel deux de ses rivaux n'avaient pas osé toucher. Peut-être les amateurs du théâtre doivent-ils lui en savoir quelque gré. Les gens de goût ne peuvent qu'applaudir aux efforts d'un auteur qui, tout en leur préparant un plaisir digne d'eux, cherche à le leur procurer par de nouveaux moyens. Voltaire s'y est étudié toute sa vie, et c'est à ce désir que l'on est redevable de la grande variété qui règne dans son théâtre : il n'eût probablement pas laissé échapper l'occasion de mettre en scène les mœurs vénitiennes si elle se fût présentée à lui. Composé de galanterie et de dévotion, ces mœurs toutes passionnées, et par cela même toutes dramatiques, ne le deviennent-elles pas davantage quand elles se développent à l'aide d'une action fondée sur les institutions politiques de la plus oppressive et de la plus opprimée des oligarchies?

La constitution vénitienne avait la défiance pour base et la cruauté pour garantie. Dans un passage d'*Othello*, Ducis peint avec une rare énergie ces sombres mystères de la politique. Ce qu'il indique, M. Arnault l'a développé; ce qu'il esquisse, M. Arnault l'a mis en action. Une partie de la tragédie des *Vénitiens* a été composée à Venise même : aussi cette peinture de mœurs a-t-elle au moins le mérite de la vérité.

Cette pièce a obtenu un grand succès. Le cinquième acte est de l'effet le plus terrible; à l'impression qu'il produisit, il semblait que le spectateur assistait moins à l'imitation d'un fait qu'au fait lui-même.

À

Buonaparte,

Membre de l'Institut *.

Voici le nouvel enfant de mon cœur. Il prétend moins à étonner qu'à attendrir, à séduire par de nouvelles idées qu'à toucher par l'expression ingénue de sentiments qui seront de tous les temps. Intéresser un moment est toute son ambition. Ami des arts, c'est à vous que je l'offre.

Membre de la première société savante et littéraire de l'Europe *, n'en faites-vous pas votre plus beau titre ! Pendant le court intervalle qui sépara les victoires de l'Italie de la conquête de l'Égypte, sans cesse entouré d'artistes et de savants, ne vous plaisiez-vous pas à vous enrichir de leurs lumières en les éclairant de vos réflexions, à jouir de la confidence de leurs travaux, perfectionnés souvent par vos observations judicieuses et profondes!

Rappelez-vous ces doux moments.

Tantôt le vénérable auteur de Paul et Virginie[4] remplissait une de vos utiles soirées par l'éloquente peinture des derniers moments de Socrate; tantôt l'auteur d'Agamemnon[5] nous éblouissait des nouvelles richesses qu'il a conquises sur cette Memphis que vous avez subjuguée depuis; tantôt le chantre d'Abel[6] nous faisait applaudir à ces vers immortels où sont peints les avantages du souvenir et les charmes de la mélancolie; tandis que l'énergique et bon Ducis[7] encourageait les efforts de ces jeunes rivaux, avec cette chaleur et cette franchise qui caractérisent sa jeunesse sexagénaire.

Il me fallut descendre aussi dans l'arène. J'y parus avec cette Blanche, que j'avais rapportée d'Italie. Jamais l'appareil d'une première représentation ne m'imposa davantage que l'aspect de l'assemblée qui devait prononcer sur la sœur d'Oscar. Blanche séduisit ses juges; ses larmes firent couler les leurs. Vous pleurâtes vous-même...

Cependant une catastrophe terrible ne terminait pas alors le cinquième acte. Mon héroïne, au désespoir, offrait à Capello, pour prix du salut de son amant, une main que ce héros avait le courage de refuser en sauvant son rival. « Je regrette mes larmes, me « dites-vous. Ma douleur n'est qu'une émo- « tion passagère, dont j'ai presque perdu le « souvenir à l'aspect du bonheur des deux

« amants. Si leur malheur eût été irrépa-
« rable, la profonde émotion qu'il eût excitée
« m'aurait poursuivi jusque dans mon lit. Il
« faut que le héros meure. »

Je le sentais aussi : mais comment rendre
cette mort dramatique, si je ne conservais
à Capello la générosité de son caractère !
Maître de sa passion, mais esclave de sa
probité, il fallait que son devoir lui fît une
nécessité de la rigueur. Depuis long-temps
j'en cherchais vainement le moyen ; votre génie échauffa le mien : un conseil de Buonaparte devait produire une victoire [3].

C'est avec ce seul changement que mon
ouvrage a été offert au public, qui l'a honoré
d'un accueil semblable à celui qu'il a reçu
de vous.

Je vous l'adresse. Puisse-t-il vous parvenir parmi ces peuples que vous avez soumis,

ou vous atteindre au milieu de ces déserts que vous traversez sur l'aile de la victoire! Puisse-t-il rendre un instant le coeur du héros aux jouissances paisibles de l'homme privé, aux sentiments des arts et de l'amitié! C'est une source d'eau fraîche que vous aurez rencontrée au milieu des sables ardents. Ne dédaignez pas de vous y désaltérer : ce n'est pas perdre son temps que se délasser.

Vous n'en poursuivrez pas moins cette route que votre génie pouvait seul se frayer, et que vos seules forces peuvent parcourir. Quels que soient vos projets, soit que vous menaciez, en Asie, les établissements qui font la source de l'opulence britannique, soit que l'inconcevable politique des nouveaux alliés de la Russie vous rappelle en Europe, sous les murs de leur capitale *, tout vous réussira.

---

* Les Turcs.

Vous savez concevoir et vouloir. Il n'existe pour vous d'autres obstacles que ceux que ne pourraient surmonter les forces humaines, que vous avez étendues.

Adieu; je vous aime comme je vous admire.

Arnault.

PARIS, CE 24 BRUMAIRE AN 7.

COSTUMES A OBSERVER.

Le costume du doge est une tunique de velours rouge, par-dessus laquelle il porte un ample manteau d'étoffe d'or à manches très larges et orné d'une épitoge, ample collet d'hermine; sa coiffure est un bonnet de forme particulière, connu sous le nom de corne ducale.

Les inquisiteurs portent simplement une robe noire à larges manches, sur une tunique violette tombant à peu près à mi-jambes. Ils sont décorés de l'étole d'or, large bande d'étoffe d'or fixée sur l'épaule gauche par un bouton, et qui pend librement devant et derrière.

Le seul Capello quitte, au second acte, ce costume pour l'habit civil, et ne le reprend qu'au cinquième. Les lois somptuaires ne contraignaient les nobles à porter les habits et les marques de leurs fonctions que lorsqu'ils étaient en public.

Montcassin porte simplement l'habit civil du commencement du dix-septième siècle. Cet habit doit être plus élégant que somptueux. Montcassin n'est pas armé : les lois ne le permettaient pas.

On a donné au prêtre le costume que les évêques portaient à l'époque où se passe l'action.

Les sages-grands : robes noires à larges manches sur des tuniques violettes; quelques uns peuvent porter l'étole d'or, les autres porteront l'étole violette.

Le grand-chancelier : robe rouge fourrée d'hermine, ainsi que les trois avogadors; lui seul portera l'étole d'or.

Les nobles vénitiens : partie en noir et violet, partie en noir.

Les agents subalternes, tels que les greffiers, huissiers et secrétaires, portent la robe noire à manches étroites par-dessus la tunique noire.

Tous les magistrats, à l'exception du doge, ont pour coiffure une toque noire.

Les principaux magistrats doivent être placés sur une estrade près du doge, dont le trône est élevé sous un dais.

Le reste du conseil est indifféremment réparti sur des gradins.

Le chancelier doit avoir une place distinguée et un bureau particulier.

Les secrétaires sont auprès du doge; les huissiers se tiennent debout.

PERSONNAGES.

ANTONIO PRIULI, doge de Venise.
CONTARINI,
CAPELLO, } inquisiteurs d'état et membres du conseil des Dix.
LORÉDAN,
MONTCASSIN, gentilhomme français.
PISANI, greffier du conseil des Trois.
DONATO, chef des huissiers du conseil.
UN PRÊTRE.
BLANCHE.
CONSTANCE.
SIX SAGES-GRANDS,
LE CONSEIL DES DIX,
SIX CONSEILLERS DU DOGE,
LES TROIS AVOGADORS, } formant le grand conseil.
LE GRAND-CHANCELIER,
PLUSIEURS SECRÉTAIRES,
NOBLES VÉNITIENS,
HUISSIERS.
QUATRE TÉMOINS.
DOMESTIQUES DE CONTARINI.

La scène est à Venise.

BLANCHE ET MONTCASSIN,

OU

LES VÉNITIENS.

ACTE PREMIER.

Le théâtre représente la salle du grand conseil dans le palais de Saint-Marc.

SCÈNE I.

PRIULI, CONTARINI, CAPELLO, LORÉDAN, NOBLES VÉNITIENS; MONTCASSIN, debout au milieu du sénat.

PRIULI.

Généreux étranger, vengeur de cet état,
Jouissez des transports du peuple et du sénat.
En proie à la fureur d'une infâme entreprise,
Sans vous nous périssions ; sans vous cette Venise,

Souveraine des mers, dont on la voit sortir,
Dans un jour, dans une heure, allait s'anéantir !
La liberté croulait ; et cette république,
Qui, par sa force autant que par sa politique,
Sut, malgré tant de rois, maintenir sa splendeur,
Succombait sous l'effort d'un simple ambassadeur.
Oui, du conseil des Dix si l'active prudence
Du ministre espagnol renversa l'espérance ;
Si d'un vaste complot brisant tous les ressorts,
Comme au dedans Venise est vengée au dehors,
Le salut de l'état fut deux fois votre ouvrage.
De la sécurité dissipant le nuage,
Vous fîtes mesurer à nos yeux effrayés
La profondeur du gouffre entr'ouvert sous nos pieds.
C'est votre bras surtout qui, dans Bresse alarmée⁹,
Des brigands ralliés exterminant l'armée,
Par ce dernier effort acheva d'étouffer
Un parti renaissant et prêt à triompher.
Le sénat a long-temps cherché dans sa justice
Un prix qui fût égal à ce double service.
Ce prix, brave Français, il croit l'avoir trouvé
Dans l'éclatant honneur qui vous est réservé.
Inscrit au livre d'or, que votre nom se lise ¹⁰
Parmi ceux des héros fondateurs de Venise.
Par ce grand privilége à vos vertus offert •
Du conseil désormais l'accès vous est ouvert.
Qu'à le justifier votre zèle s'applique :
Au sénat comme au camp servez la république.

MONTCASSIN.

Je l'obtiens donc ce rang que j'osai désirer !
Au bonheur désormais je puis donc aspirer !
Doge, ah ! de la faveur dont le sénat m'honore,
Si plus que mon orgueil mon cœur jouit encore,
C'est que mes sentiments, bien plus que mes exploits,
Peut-être à tant d'honneur m'ont donné quelques droits.
Né pour l'indépendance, aux rives de la Seine,
Sujet d'un roi, mon âme était républicaine.
Aux bienfaits mendiés, aux serviles grandeurs,
Préférant de Venise et les lois et les mœurs,
En voyageur d'abord j'ai voulu les connaître.
Bientôt de m'éloigner je n'ai plus été maître ;
Retenu sur ces bords, et pourquoi le cacher !
Par le plus doux lien qui m'y puisse attacher,
Lorsque des étrangers j'ai vaincu la furie,
Quoique étranger pour vous, j'ai servi ma patrie.

(Il s'assied.)

CONTARINI.

Celui qui l'a deux fois arrachée au danger
Pour Venise jamais ne fut un étranger ;
Et dans le rang illustre où notre voix l'appelle
Des sénateurs sans doute il sera le modèle.
Mais envers un héros si, pour mieux s'acquitter,
Le sénat de nos lois croit pouvoir s'écarter,
Ne peut-il, pour dompter les brigues renaissantes,
Ajouter à ces lois, sans doute insuffisantes ?
Du complot de Bedmar qu'enfin la profondeur

Vous apprenne à juger de tout ambassadeur :
Tandis que ce ministre, à force d'artifices,
Malgré la multitude et le rang des complices,
Aux yeux les plus perçants dérobait son projet,
Les conseils de l'état avaient-ils un secret
Dont ce fourbe aussitôt n'obtînt la connaissance,
Soit que de nos discours surprenant l'imprudence,
Consommé politique, avec habileté
Il sût dans un seul mot saisir la vérité ;
Soit qu'à ce corrupteur, malgré nos lois sévères,
De l'état un perfide ait vendu les mystères ?
De là tous les malheurs qui vous ont alarmés ;
Vos projets traversés aussitôt que formés ;
L'audace des brigands que l'Espagne encourage ;
Le mépris de l'Europe, et bientôt l'esclavage.
Ah ! si l'état permet qu'on vienne impunément
Épier le secret de son gouvernement,
Aux espions titrés qu'il fasse au moins connaître [12]
Qu'en vain dans le sénat il chercherait un traître.
Frappant du même coup, par un sage décret,
Et sur l'homme cupide, et sur l'homme indiscret,
Dévouons, sans égard, à la mort la plus sûre
Tout sénateur, tout noble imprudent et parjure,
Qui communiquerait, au mépris de la loi,
Avec l'ambassadeur ou d'un peuple ou d'un roi.

CAPELLO.

Noble Contarini, je n'ai pas vu sans crainte
Le secret de l'état sortir de cette enceinte ;

Mais je ne pense pas que, pour l'y renfermer,
De la loi proposée il faille nous armer.
Ce serait donc en vain que notre politique,
Fondant sur le soupçon la sûreté publique,
Des derniers citoyens aux premiers sénateurs
Étendit le pouvoir des trois inquisiteurs;
Que présent en tous lieux, en tous lieux invisible,
Ce conseil vigilant, tutélaire, inflexible,
Dans l'intérêt présent cherchant ses seules lois,
Accuse, instruit, prononce, et punit à la fois?
Dira-t-on qu'aujourd'hui Bedmar, par sa prudence,
A de ce tribunal prouvé l'insuffisance?
Mais si ce tribunal fut une fois trompé,
A quelle loi, seigneur, n'a-t-on pas échappé?
Et par une rigueur que rien ne doit restreindre,
Est-ce le criminel que vous allez atteindre?
C'est l'innocent, à qui vous ferez tôt ou tard
Un crime de l'erreur et même du hasard.
Ah! si nous l'adoptons cette loi trop funeste,
Quelle est la liberté qui désormais nous reste?
Esclaves du pouvoir, il est temps de borner
Le prix que nous mettons au droit de gouverner;
Il est temps d'empêcher qu'une fausse prudence,
Nous accablant du poids de notre indépendance,
Ne nous en fasse un joug plus rude à supporter
Que le joug qu'un tyran pourrait nous apporter.

LORÉDAN.

Non, la loi proposée, en son objet restreinte,

A notre liberté ne porte aucune atteinte.
Mais sa sévérité, sénat, peut prévenir
Un forfait moins facile à prouver qu'à punir.
A quel signe, en effet, pouvez-vous reconnaître
Quel est ou l'indiscret, ou le faible, ou le traître,
Parmi tant d'imprudents exposés au danger
Qui toujours environne un ministre étranger?
La loi nouvelle au moins, en étendant le crime,
Au premier pas l'atteint, ou plutôt le réprime;
Et quand, pour l'éluder, un traître aurait recours
Aux plus discrets agents, aux plus obscurs détours,
C'est l'avoir su contraindre à donner des indices,
Que savoir le contraindre à chercher des complices,
Que savoir l'arracher à cette intimité,
Seul garant jusqu'ici de son impunité.
On dit qu'à l'innocent la rigueur peut s'étendre!
Et dès qu'aux citoyens la loi s'est fait entendre,
Quiconque a méconnu son souverain accent
Peut-il devant la loi se prétendre innocent?
Mais, aveugle et cruelle, en frappant la victime,
La loi, dans une erreur, peut condamner un crime!
J'en gémis: mais faut-il, cruellement humain,
Pour fuir un mal douteux, souffrir un mal certain?
Méprisant les leçons et d'Athène et de Rome,
Faut-il perdre l'état pour sauver un seul homme?

MONTCASSIN, avec chaleur.

Eh! qu'a donc cette loi qui vous doive effrayer?
Vous qui la combattez, pouvez-vous oublier

Quel crime méditait un ministre perfide,
Quels moyens préparaient son succès homicide?
Voyez de toutes parts, ouverte à l'étranger,
En théâtre d'horreurs Venise se changer,
Malgré la paix, en proie aux fureurs sacriléges,
D'un vainqueur irrité révoltants priviléges;
Voyez, à la lueur de son toit embrasé,
Le citoyen paisible en son lit écrasé;
Avec les assassins, voyez, au sein des flammes,
L'opprobre atteindre encor vos filles et vos femmes;
Les temples profanés et les cachots ouverts;
Des juges égorgés les tribunaux couverts;
Et près de son aïeul, qu'en vain respecta l'âge,
L'enfant seul au berceau gardé pour l'esclavage!
Voilà les vrais malheurs qu'il vous faut prévenir,
Qu'il vous faut réprimer jusque dans l'avenir.
En vain m'allègue-t-on qu'en sa rigueur extrême,
Le sénat imprudent n'accable que lui-même:
Eh! n'est-ce pas surtout aux ministres des lois
Qu'il sied d'apprendre au peuple à supporter leur poids,
A tout sacrifier à l'intérêt unique
Qui pour tout homme libre est dans la république?

CAPELLO.

Sénateurs, il est vrai, cet intérêt pressant
Veut qu'on immole tout... tout, hormis l'innocent.
Et malheur au pouvoir qui croit par l'injustice
De sa grandeur sanglante assurer l'édifice!
Il croulera bientôt avec son faible appui;

Et le sang innocent retombera sur lui.
Contre un hasard injuste, en l'équité du juge,
Aux prévenus du moins accordons un refuge.
Que le conseil des Trois, toujours autorisé
A décider du sort de tout noble accusé,
Suppléant à vos lois, puisse, en cette occurrence,
De la réalité distinguer l'apparence;
Et contre la rigueur, tout-puissant une fois,
Opposer sa prudence aux erreurs de ses lois :
Repoussant à ce prix la terreur qu'il m'inspire,
Au décret proposé je consens à souscrire.

(Une grande partie du conseil se lève.)

PRIULI.

Du sénat presque entier vous exprimez l'avis.

(Au chef des huissiers.)

Vous, à qui cet emploi de tout temps fut commis,
Des ordres du conseil discret dépositaire,
Promulguez ce décret terrible et salutaire :

(Il se lève.)

Publiez que tout homme admis dans le sénat,
Rebelle à cette loi, devient traître à l'état,
Et soumis, comme traître, au tribunal suprême
Dont le pouvoir s'étend sur le doge lui-même.

(Au sénat.)

Mais de tous ses devoirs on n'est pas acquitté
Si l'on n'a satisfait à la divinité :
Au temple de Saint-Marc, orné d'un faste auguste [15],
Allons tous rendre grâce au Dieu bon, au Dieu juste

Qui de la république a deux fois écarté
La ruine des lois et de la liberté.

(A Montcassin.)

Et toi, jeune étranger, viens jouir de ta gloire ;
Viens retrouver encor le prix de ta victoire
Dans ces cris enivrants qu'un peuple admirateur
Élève en son transport vers un libérateur.

MONTCASSIN.

Oui, des plus grands travaux ces cris sont le salaire.

(A part, sur le devant de la scène.)

Mais, Blanche, si jamais ils ont droit de nous plaire,
C'est quand, de toutes parts noblement proclamé,
Notre nom retentit jusqu'à l'objet aimé.

(Il sort avec le doge, le reste du sénat suit.)

SCÈNE II.

CONTARINI, CAPELLO.

CAPELLO.

Souffrez, Contarini, qu'avec vous je m'explique.

CONTARINI.

Toujours à m'outrager votre haine s'applique.

CAPELLO.

Dans l'important débat qui vient de s'engager,
Vous combattre, seigneur, est-ce vous outrager ?

CONTARINI.

Puisque vous m'y forcez, j'avoûrai ma surprise :
Elle est grande, elle est juste, et je crois que Venise

Ne soupçonnera pas que l'avis adopté
Par un inquisiteur ait été présenté.

CAPELLO.

Ministres de rigueur, et non pas d'injustice,
Tous deux nous remplissons un douloureux office ;
J'aime à m'en consoler quand l'austère équité
Me permet l'indulgence envers l'humanité.

CONTARINI.

Indulgence ! ah ! plutôt faiblesse utile au crime,
Qui nous traîna deux fois sur les bords de l'abîme ;
Faiblesse inexcusable !

CAPELLO.

     Ah ! moins qu'un tel discours.
Sévère inquisiteur ! ainsi, presque toujours,
La vertu qui nous manque est celle qui nous blesse ;
Ainsi, quand l'indulgence à vos yeux est faiblesse,
Je pourrais à mon tour, par l'exemple irrité,
Ne voir dans la rigueur qu'insensibilité.
J'en suis loin toutefois : indulgents ou sévères,
Je crois à la vertu dans tous les caractères,
Quand malgré sa mollesse, ou malgré sa raideur,
On sait à ses devoirs asservir son humeur ;
Quand on sait respecter la volonté suprême
Dans l'avis adopté contre notre avis même.

CONTARINI.

Mon devoir, quoi qu'ici vous puissiez observer,
Sans doute est d'obéir, mais non pas d'approuver.
Pour forcer mon suffrage, il faudrait me convaincre ;

Et des préventions que je ne saurais vaincre
Me disent que par nous l'état est compromis.
Oui, comme nos aïeux, l'un de l'autre ennemis,
La haine, et non l'effroi d'une loi nécessaire,
Vous rend de mon avis l'imprudent adversaire.

CAPELLO.

Vous me connaissez mal; une fois au sénat,
En moi l'homme privé fait place au magistrat;
Et de nos deux maisons la haine héréditaire
Jamais au bien public ne m'y rendit contraire.
Je dirai plus encor, de cette inimitié
C'est en vain que mon cœur se serait méfié :
Je ne la connais point; et trop souvent, peut-être,
Si vos emportements ne m'avaient fait connaître,
Sénateur, dans quel rang vous m'avez toujours mis,
Je ne me saurais pas entre vos ennemis.

CONTARINI.

Avec indifférence, en vos mains étrangères,
Puis-je donc voir mes biens envahis par vos pères?
Puis-je en effet penser que, sur vos droits trompé,
Vous vous croyiez acquis ce qu'ils ont usurpé?
En vain nos sénateurs, par des lois solennelles,
Ont cru de nos aïeux terminer les querelles;
Ils n'ont pas étouffé ces longs ressentiments
Qui d'âge en âge iront diviser leurs enfants.

CAPELLO.

A ce dernier malheur n'est-il point de remède?
Légitime héritier des biens que je possède,

Je n'y puis renoncer sans blesser à la fois
Et le respect du sang, et le respect des lois.
Mais sont-ils sans retour hors de votre famille?

CONTARINI.

Comment?

CAPELLO.

Contarini, vous n'avez qu'une fille.

CONTARINI.

Pour elle et non pour moi j'ai regretté ces biens.

CAPELLO.

Ne peut-on réunir et ses droits et les miens?

CONTARINI.

Que me proposez-vous?

CAPELLO.

Tout ce que je désire.

CONTARINI.

Quoi! vous aimeriez Blanche?

CAPELLO.

Ah! vingt fois pour le dire
Mon âme s'est ouverte, et, vingt fois différé,
Cet aveu plus pénible en mon âme est rentré.
Ce n'est pas qu'un instant je me sois cru possible
De vaincre un sentiment qui, toujours invincible,
Des forces qu'il épuise accroissant son pouvoir,
S'irrite par l'obstacle et par le désespoir:
Mais enfin votre aspect, pour moi toujours sévère,
L'âpreté de mes mœurs et de mon ministère,
Que sais-je? l'embarras de ce cœur indigné

De fléchir sous un joug qu'il avait dédaigné,
Tout m'arrêtait... Seigneur, c'est à vous de m'apprendre
A quel sort désormais Capello doit prétendre ;
Approuvez-vous ses vœux, ou ses vœux superflus
Ne sont-ils à vos yeux qu'un outrage de plus ?

CONTARINI.

Croyez-moi, Capello, loin qu'il soit un outrage,
A la reconnaissance un tel aveu m'engage,
Au repentir peut-être ; et mon cœur éclairé
Sur les préventions qui l'ont trop égaré,
Impatient déjà que le sang nous unisse,
Répare avec transport son aveugle injustice.
Contarini jaloux, mais non pas envieux,
Sur vos exploits d'ailleurs peut-il fermer les yeux ?
Non : je connais, j'admire, avec l'Europe entière,
Cette âme tour à tour politique et guerrière,
Qui, toujours vigilante, en ces murs, sur les flots,
De tous nos ennemis réprimant les complots,
Du lion plus terrible étendit la puissance
De la mer de Venise à la mer de Bysance.
Aimez, aimez ma fille ; et qu'à jamais garant
Du mutuel oubli d'un trop long différent,
L'hymen qui réunit ma famille et la vôtre
De son commun éclat illustre l'une et l'autre.

CAPELLO.

Mais si le cœur de Blanche...

CONTARINI.

Ah ! si, jusqu'à ce jour,

Ce cœur fut étranger aux transports de l'amour,
C'est qu'il n'a point connu celui qui vous anime :
Blanche aimera sans peine un héros qu'elle estime.
Tandis qu'aux sénateurs vous allez vous unir,
De mes nouveaux projets je cours la prévenir.
Allez, ne doutez pas de son obéissance.

CAPELLO.

Ajoutez, s'il se peut, à ma reconnaissance
En scellant au plus tôt cette heureuse union.

(Il sort.)

SCÈNE III.

CONTARINI.

Tu peux t'en rapporter à mon ambition,
Unique et noble objet d'un si grand sacrifice :
Elle nous séparait, qu'elle nous réunisse.
Tes aïeux, ton crédit, tes dignités, tes biens,
Tes nombreux partisans, dont j'accroîtrai les miens,
La splendeur de ta gloire acquise à ma famille,
Voilà qui te répond de la main de ma fille.

FIN DU PREMIER ACTE.

ACTE DEUXIÈME.

Le théâtre représente un appartement du palais de Contarini.

SCÈNE I.

CONSTANCE, BLANCHE.

CONSTANCE.

Blanche, entends-tu ces cris, ces cris qui jusqu'aux cieux
Portent de Montcassin le nom victorieux?
De son triomphe encor mon âme est tout émue.
Jamais rien de plus beau n'avait frappé ma vue.
Quel spectacle, en effet! Nos palais et nos mers
D'un peuple admirateur et chargés et couverts;
Le doge, le sénat, les conseils, la noblesse,
Conduisant au milieu de la publique ivresse
Ce Français revêtu des marques de leur rang,
Publiant que les droits que leur transmit le sang
Des vertus une fois seront le privilége:
Jamais triomphateur eut-il pareil cortége!

Et par plus de prudence et d'intrépidité
Jamais triomphateur l'avait-il mérité?

BLANCHE.

Eh bien! crois-tu qu'il m'aime?

CONSTANCE.

Et comment ne pas croire,
Ma fille, à tant d'amour, prouvé par tant de gloire?
D'abord, je l'avoûrai, je n'ai pu, sans trembler,
De ton cœur ingénu voir la paix se troubler.
Ma tendresse est craintive encor plus que sévère:
Par mes soins, par mon lait, enfin je suis ta mère [14].
Mais le même intérêt qui devait redouter
Qu'un obscur étranger ne se fît écouter,
Au faîte des honneurs me force à reconnaître
Dans l'amant préféré celui qui devait l'être.
Ce jour te justifie.

BLANCHE.

Oui, je sens à la fois
Et l'orgueil et l'amour justifier mon choix.
Ivre des sentiments que ce Français m'inspire,
Oui, je sens que je l'aime autant que je l'admire;
Oui, je sens que je l'aime autant qu'on peut aimer!
Et ce transport, qu'en vain je voudrais réprimer,
Et l'entier abandon de ma triste existence,
N'est en moi que justice et que reconnaissance.
L'excès de mon amour peut lui seul m'acquitter
De tout ce qu'un héros fit pour le mériter.
Hélas! depuis long-temps j'étais moi-même atteinte

Du langoureux ennui dont il portait l'empreinte,
Lorsque, dans le dernier de nos doux entretiens,
Dans ses propres tourments il me peignit les miens,
Et m'expliquant mon cœur, qui s'ignorait lui-même,
M'apprit que je l'aimais en m'apprenant qu'il m'aime.
De quel trouble inconnu je me sentis saisir!
Dévorant à la fois ma peine et mon plaisir,
Muette, je voulais déguiser mes alarmes.
Mais quoi! mes yeux baissés ne cachaient pas mes larmes:
Sur mon visage en feu je les sentais rouler;
Sur ses tremblantes mains il les sentit couler:
Sur ses tremblantes mains, dont il pressait les miennes,
Mes larmes en torrent couraient chercher les siennes.
Involontaire aveu que son cœur entendit,
Auquel par des serments son amour répondit:
Serments qui s'exhalaient de ce cœur tout de flamme,
Tels qu'ils étaient écrits dans le fond de mon âme;
Serments tout à la fois proférés par nous deux.
« Non, non, s'écria-t-il, mon sort n'a rien d'affreux!
« Ah! quand nous nous aimons, qu'importe l'intervalle
« Qu'avait mis entre nous la fortune inégale!
« Qu'importe chez vos grands l'orgueil vénitien,
« Pour qui sans les honneurs les vertus ne sont rien!
« Ne peut-on triompher de ces faibles obstacles?
« L'amour, de tous les temps, fut fertile en miracles.
« L'amour, que la fierté vient encore irriter,
« Sûr de vous obtenir, l'est de vous mériter. »
Tu sais si le succès passa son espérance.

Mon pays fut deux fois sauvé par sa vaillance ;
Ou plutôt, et j'en ai quelque orgueil à mon tour,
Mon pays fut deux fois sauvé par notre amour.
Ah ! tout à cet amour promet un sort prospère !
Mon bonheur est certain, et l'orgueil de mon père,
Dont l'éclat par le mien doit encor s'agrandir,
Au choix qu'il ignorait ne pourra qu'applaudir.

CONSTANCE.

Ma fille, ainsi que toi, je me plais à le croire :
Un père aussi jaloux de puissance et de gloire
Ne refusera pas d'approuver aujourd'hui
L'illustre hymen...

BLANCHE.

On vient.

CONSTANCE.

C'est ton père.

BLANCHE.

C'est lui.

SCÈNE II.

CONSTANCE, BLANCHE, CONTARINI.

CONTARINI.

Avec étonnement vous me voyez, ma fille :
Mais, sans sacrifier l'état à ma famille,
J'ai cru pouvoir donner à l'intérêt du sang
Ces instants dérobés au devoir de mon rang.

Sachez donc quel motif en ces lieux me rappelle,
Et ce qu'attend de vous ma bonté paternelle.
Je suis vieux : dès long-temps votre frère au cercueil
Emporta, sans retour, l'espoir de mon orgueil.
Vous seule, heureux appui de mon antique race,
Pouvez de ma maison réparer la disgrâce.
Sur les bords du tombeau, pour moi prêt à s'ouvrir,
Par vous je veux renaître avant que de mourir.
Par vous, puisqu'il doit perdre un nom qui le décore,
Que sous un autre nom mon sang s'illustre encore.
A ces nombreux héros dont on vous voit sortir
Je sais qu'un héros seul se pourrait assortir ;
Aussi, pour vous donner, l'intérêt qui m'anime
En croit-il moins mon cœur que la publique estime.
Celui que nomme enfin le suffrage de tous
Est l'époux que j'ai cru le plus digne de vous.

ㅤㅤㅤㅤㅤ**BLANCHE,** vivement.

Je vous entends, mon père, et je promets d'avance
Un effort peu pénible à mon obéissance.
De mon destin jamais je n'eus qu'à me louer :
Mais, seigneur, mais ce choix, et j'aime à l'avouer,
De mon timide cœur prévenant la demande,
De toutes vos bontés sans doute est la plus grande.
Disposez de mon sort. Mais cet illustre époux,
Pourquoi donc en ces lieux n'est-il pas avec vous ?

ㅤㅤㅤㅤㅤ**CONTARINI.**

Sur mes pas à l'instant, ma fille, il doit s'y rendre.
On vient : c'est Donato.

SCÈNE III.

CONSTANCE, BLANCHE, CONTARINI, DONATO.

CONTARINI.
Que venez-vous m'apprendre?

DONATO.
Au conseil à l'instant vous êtes attendu,
Seigneur.

CONTARINI.
Il me suffit. Vous m'avez entendu :
Obéissez, ma fille.

SCÈNE IV.

CONSTANCE, BLANCHE.

BLANCHE.
Ainsi donc tout s'empresse
A couronner les vœux que formait ma tendresse!
Constance, ainsi mon père, au gré de mon espoir,
Dans mon bonheur lui-même a placé mon devoir.
Viens donc, viens partager, toi que mon cœur adore,
Un bonheur qui sans toi n'est pas parfait encore!

SCÈNE V.

CONSTANCE, BLANCHE, MONTCASSIN.

BLANCHE.

Montcassin! O retour si long-temps attendu!

MONTCASSIN.

Blanche! à moi-même enfin me voilà donc rendu!

CONSTANCE.

Que de gloire en tous lieux aujourd'hui vous devance!

BLANCHE.

Quel triomphe!

MONTCASSIN.

Ah! crois-moi, c'est ici qu'il commence.
Libre d'un appareil qui n'a pu m'éblouir,
Blanche, de mes succès je viens enfin jouir.
Ces honneurs éclatants qu'à l'orgueil on prodigue,
Et dont l'orgueil lui-même aisément se fatigue,
De tant d'heureux travaux pour toi seule entrepris
Ne sont, tu le sais bien, ni l'objet ni le prix.
Du prix de la vertu ce peuple entier m'honore!
Ah! celui de l'amour m'est dû bien plus encore.
L'amour fut mon espoir, s'il était mon appui;
J'ai fait tout pour lui seul, et j'attends tout de lui.
Prévenant de l'orgueil les clameurs obstinées,
A la même hauteur il met nos destinées.

Parmi les noms fameux il a placé le mien,
Il remplit mon serment, il réclame le tien.
Que ce jour à demi ne me soit pas prospère !

BLANCHE.

Connais donc, Montcassin, le projet de mon père.
Nous n'avons plus de vœux à former désormais.
Apprends...

CONSTANCE.

Un sénateur s'avance en ce palais.

MONTCASSIN.

N'est-ce pas Capello ?

SCÈNE VI.

CONSTANCE, BLANCHE, MONTCASSIN, CAPELLO.

CAPELLO.

Seigneur... et vous, madame,
Pardonnez ma démarche à l'amour qui m'enflamme,
A ce timide amour, par vous-même enhardi
Alors qu'à ses projets vous avez applaudi.
Instruit que votre aveu vient d'assurer encore
Le choix dont votre père en ce beau jour m'honore,
Ce choix inespéré qui, démenti par vous,
En vain m'appellerait au rang de votre époux,
Je viens mettre à vos pieds, aux pieds de ce que j'aime,

Et ma reconnaissance, et mes biens, et moi-même.
Ces biens, ces vains objets des trop longs différents
Qui divisaient Venise et nos nobles parents,
Ils sont à vous, madame, avec mon âme entière.
De vos aïeux, des miens, légitime héritière,
Achevez de combler vos bienfaits et mes vœux :
Hâtez-vous de fixer le jour, l'instant heureux,
Qui, dans les nœuds sacrés d'un auguste hyménée,
Doit réunir nos droits et notre destinée.
Mais quoi ! vous vous taisez? vous vous troublez?

BLANCHE, à Constance.

Hélas!

Qu'a-t-il dit !

CAPELLO.

Répondez.

CONSTANCE.

Ne vous offensez pas
De ce trouble ingénu d'une pudeur austère.
Devant un étranger, seigneur, et loin d'un père,
Blanche, sans outrager ou vos droits ou vos feux,
Se peut effaroucher de vos premiers aveux.
Peut-être deviez-vous...

CAPELLO.

Ce trouble qui l'honore
Sans doute à mes regards doit l'embellir encore.
Loin de m'en offenser, loin de vous accuser,
Madame, c'est à moi peut-être à m'excuser.
Du plus léger retard l'amour se désespère.

LES VÉNITIENS.

Croyez-le cependant, malgré l'ordre d'un père
Par d'importants devoirs au conseil retenu,
Mon cœur impatient se serait contenu,
Si j'avais pu, madame, en mon ivresse extrême,
Différer l'entretien désiré par vous-même.

MONTCASSIN, à part.

Ciel!

CAPELLO.

Votre père ainsi me l'assurait du moins.
Et dois-je redouter le regard des témoins,
Quand de nos deux maisons l'union solennelle
Du sénat tout entier est déjà la nouvelle?
Pardonnez toutefois...

BLANCHE, troublée.

Ah! c'est trop demander
Un pardon que vous seul avez droit d'accorder :
D'un cœur si généreux je l'obtiendrai sans doute.
Le ciel... qui me connaît... sait ce que je redoute...
Comme il sait si jamais je trahirai ma foi :
Un père la promit... autorisé par moi...
Sur mon sort tout entier permettez qu'il prononce ;
Par lui, dans peu d'instants, vous saurez ma réponse.

CAPELLO, avec contrainte.

Je l'attendrai, madame ; et je veux révérer
Le motif, quel qu'il soit, qui la fait différer ;
Sûr qu'il ne peut blesser ni mon sang ni le vôtre.
Ce cœur, digne à la fois et de l'un et de l'autre,
A vous seule aujourd'hui s'en remet de son sort.

Je l'attendrai, vous dis-je ; heureux qu'un tel effort
Vous apprenne à juger, dans ce cœur trop sensible,
L'excès du sentiment qui lui rend tout possible.

(Il sort.)

SCÈNE VII.

CONSTANCE, BLANCHE, MONTCASSIN.

BLANCHE.

Montcassin !

MONTCASSIN.

Je demeure interdit à la fois
De tout ce que j'entends, de tout ce que je vois ;
Mon malheur excepté, je n'y veux rien comprendre ;
Je n'y veux rien chercher ; je ne veux rien apprendre.

BLANCHE.

Montcassin !

MONTCASSIN.

Il suffit : je sais ce que je dois :
Mon cœur est éclairé. Je vous rends tous mes droits.
Ces droits qu'en mon erreur je réclamais encore,
Qui m'étaient chers, sans doute, et qu'à présent j'abhorre,
Transportez-les, madame, à mon heureux rival.
Votre abandon fatal, votre amour plus fatal,
Vos serments et les miens, j'oublîrai tout moi-même.
Et puissé-je oublier aussi que je vous aime !

BLANCHE.

Vous l'oubliez peut-être en ce commun malheur,
Cher et cruel objet d'amour et de douleur!
A quels soupçons...!

MONTCASSIN.

Eh bien! détruis-les donc, cruelle;
Sauve-moi du malheur de te croire infidèle.
Par amour, par pitié, détruis, si tu le peux,
Un doute insupportable, outrageant pour tous deux.
Depuis quand ce rival, si superbe et si tendre,
Prétend-il un retour qu'il semble en droit d'attendre?
Quel est cet hyménée, ou plutôt ce traité,
Proposé par un père et par vous accepté,
Quand vous parliez tous deux de couronner ma flamme?
Si le parjure enfin n'entre pas dans votre âme,
Pourquoi, par votre accueil, mon rival excusé,
Moins que jamais encor sort-il désabusé?
Parlez.

BLANCHE.

M'en croirez-vous dans votre trouble extrême?

MONTCASSIN.

Parle, je t'en crois plus que la vérité même.

BLANCHE.

Mon cœur est ennemi du plus léger détour.
Je vous aime!

MONTCASSIN.

Et qui donc fait nos maux?

BLANCHE.

Mon amour :

Ce sentiment si doux qui t'a, dans sa constance,
Consacré tous les jours de ma tendre existence;
Qui fait battre mon cœur sitôt que je te voi,
Et dans le monde entier ne me fait voir que toi.
Au gré de mes désirs, je me plaisais à croire
Que, par l'orgueil d'un père ébloui de ta gloire,
Notre hymen aujourd'hui se verrait assuré;
Quand mon père lui-même en ces lieux est rentré :
« J'ai fait un choix, dit-il, et vous êtes promise
« Au plus grand des héros dont s'honore Venise. »
Me parler d'un héros, n'est-ce pas te nommer?
Rassurée à ces mots, qui devaient m'alarmer,
J'ai tout approuvé, tout... Hélas! tu sais le reste.
L'amour seul a causé mon erreur trop funeste;
Il t'a cru sans rival; et sans doute aujourd'hui
Venise tout entière aurait cru comme lui.
Sans pitié, toutefois, que ta vengeance éclate :
Imprudente, insensée, et non jamais ingrate,
J'ai trahi ton espoir, brisé notre lien;
Mais puis-je avoir voulu ton malheur et le mien?

MONTCASSIN.

Jamais! oh! non, jamais! C'est moi qui suis coupable :
Je le vois, je le sens au trouble qui m'accable;
A ce trouble d'un cœur honteux, épouvanté,
Du doute injurieux qu'il a trop écouté.

2.   4

A ta fidélité, quoi! j'ai fait cette injure!
Quoi! le plus tendre amour, la vertu la plus pure,
N'ont pu te garantir d'un odieux soupçon!
Mon crime est, je le sens, indigne de pardon.
Contre mon désespoir, mes prières, mes larmes,
Par ma rigueur enfin je t'ai donné des armes;
Sois donc impitoyable, et laisse-moi mourir
Autant de mon amour que de mon repentir.

BLANCHE.

Calme le désespoir où ton cœur s'abandonne;
Heureux qui se repent, plus heureux qui pardonne.
Loin d'augmenter nos maux, sachons les réparer.
D'autant plus rapprochés qu'on veut nous séparer,
Unis par l'intérêt, l'amour et le courage,
L'un sur l'autre appuyés, faisons tête à l'orage.
Que dis-je! ne peut-il encor se conjurer?
Capello de mon choix croit en vain s'assurer;
Ce choix n'est pas le mien: je me flatte, j'espère
Qu'aux yeux de la nature, aux regards de mon père,
Les droits qu'on a fondés sur l'erreur d'un moment
Ne sauraient l'emporter sur mon premier serment,
Sur mon premier amour, sur cette douce flamme,
La seule qui jamais puisse embraser mon âme.

MONTCASSIN.

Non, ton père à nos vœux ne peut se refuser.
Hâte-toi, hâtons-nous de le désabuser.
Je pars: en quelque lieu que Montcassin le trouve,
Il faudra qu'il m'entende, il faudra qu'il m'approuve;

Il faudra qu'à nos vœux il permette aujourd'hui
Cet hymen digne enfin de toi-même et de lui.
O Blanche! il est ton père... et je ne saurais croire
Qu'il résiste à tes pleurs et peut-être à ma gloire.
Attends tout de ma flamme, attends tout de ma foi :
J'ai vaincu pour Venise, et je vaincrai pour toi.

FIN DU DEUXIÈME ACTE

ACTE TROISIÈME.

SCÈNE I.

BLANCHE, CONTARINI.

CONTARINI.

J'ai revu Capello. Cet illustre adversaire,
Qu'enfin me concilie un hymen nécessaire,
N'a plus à s'offenser que des retardements
Opposés par vous seule à ses empressements.
Ma fille, en vos désirs pourquoi cette inconstance?
Qui peut vous arrêter lorsque ma complaisance
Permet à votre choix de fixer l'heureux jour
Qui doit récompenser tant de gloire et d'amour?

BLANCHE.

Votre bonté sans cesse est présente à mon âme,
Mon père; et votre fille à vos pieds la réclame.

CONTARINI.

Parlez : ne craignez pas de l'implorer en vain.

BLANCHE.

Aux autels, Capello recevra donc ma main?

CONTARINI.

Elle y sera le prix de son amour extrême ;
Je le veux, ou plutôt vous le voulez vous-même.

BLANCHE.

Ah ! loin de le vouloir, je sens trop qu'à vos lois
Je tremble d'obéir, pour la première fois.

CONTARINI.

Au moment d'épouser celui qui vous adore,
Que craindre ?

BLANCHE.

Cet hymen.

CONTARINI.

Il vous plut.

BLANCHE.

Je l'abhorre.

CONTARINI.

Blanche, quel changement si peu digne de vous
Vous rend déjà contraire à vos vœux les plus doux ?

BLANCHE.

Gardez-vous d'y chercher l'effet d'un vain caprice,
Mon père ; et révoquez par pitié, par justice,
Ce triste engagement, qui, fondé sur l'erreur,
Fut formé par ma bouche et non pas par mon cœur.
Quand vous aurez appris...

CONTARINI.

Lorsqu'une illustre chaîne
Va réunir deux noms que séparait la haine,
Lorsque le même hymen, qui dans ce jour nous rend

Les importants objets d'un trop long différent,
Appuyé des amis d'un héros qui vous aime,
Me permet d'espérer la dignité suprême,
Croyez qu'il m'était doux, en mes heureux projets,
D'avoir concilié nos divers intérêts,
Et, comme tout d'abord m'engageait à le croire,
De couronner vos vœux d'accord avec ma gloire:
Mais si, par un malheur qui m'indigne à prévoir,
Votre inclination combat votre devoir;
Mais, au désir d'un seul, si l'avenir propice
De l'un de nous, ma fille, exige un sacrifice,
Sachez que vainement on l'attendrait de moi.
Gardez-vous de penser que, violant ma foi,
Que bravant le courroux d'une maison puissante,
J'immole aux vains désirs d'une fille inconstante
Tant d'intérêts sacrés qu'il me faudrait trahir.
Je sais vouloir; je veux; vous saurez obéir.
Il faut que sans délai cet hymen s'accomplisse.

BLANCHE.

Il me faut donc souscrire aux horreurs d'un supplice
Qui, de mon existence embrassant tout le cours,
Doit se renouveler à chacun de mes jours!
Pouvez-vous l'ordonner, pouvez-vous, ô mon père,
Vous, si long-temps heureux par mon heureuse mère,
Me contraindre à subir, dans ce triste lien,
Un sort si différent et du vôtre et du sien!

CONTARINI.

Votre mère, il est vrai, charma mon existence:

Mais je dus mon bonheur à mon obéissance;
Et les nœuds fortunés qui nous ont réunis,
Par le choix paternel avaient été bénis.

BLANCHE.

Eh! seigneur, quand ce choix justifia vos flammes,
Quel effort le devoir coûta-t-il à vos âmes?
Il rapprochait de vous le but où vous couriez,
Et l'on vous ordonnait ce que vous désiriez.
Mais si, loin de prescrire à votre amour docile
Un effort aussi doux, un devoir si facile,
Du pouvoir paternel la redoutable voix,
Réprouvant tout-à-coup ce choix, ce premier choix
Dicté par la nature à tout être sensible,
A votre obéissance eût prescrit l'impossible,
Qu'auriez-vous fait alors?... Alors, ah! je le sens,
En proie au désespoir qui trouble tous mes sens,
Confessant vos erreurs, exhalant vos alarmes,
Aux pieds d'un tendre père arrosés de vos larmes,
Vous eussiez imploré contre ses droits jaloux
Sa bonté, que j'implore à vos sacrés genoux.

CONTARINI.

Auriez-vous fait un choix?

BLANCHE.

                    Ah! si mon cœur trop tendre
A prévenu celui que je devais attendre,
Devant votre fierté, que je n'ai pu trahir,
De ma faute du moins puis-je m'enorgueillir.
Proscririez-vous ce choix, vous qui, dans ce jour même,

En admiriez l'objet presque autant que je l'aime ;
Qui, l'élevant au rang des premiers citoyens,
Avez dans vos transports presque égalé les miens ?

CONTARINI.

Imprudente ! achevez de me faire connaître
L'audacieux...

BLANCHE.

Seigneur, vous le voyez paraître.

CONTARINI.

Montcassin ! C'est assez. Qu'on me laisse avec lui.

SCÈNE II.

CONTARINI, MONTCASSIN.

CONTARINI.

Citoyen de l'état dont vous fûtes l'appui,
Vous qui, réunissant la prudence au courage,
Paraissiez étranger aux erreurs de votre âge,
Au milieu de l'éloge et des transports de tous,
Pourquoi m'obliger seul à me plaindre de vous ?

MONTCASSIN.

Moi !

CONTARINI.

Le ciel à mes vœux n'a laissé qu'une fille,
Appui de ma vieillesse, espoir de ma famille ;

A toutes les vertus, loin d'un monde trompeur,
Je me flattai long-temps d'avoir formé son cœur;
Je me flattais, surtout, qu'un intérêt contraire
Jamais de son devoir ne pourrait la distraire.
Je l'éprouve aujourd'hui pour la première fois.
Au seul nom de l'époux que lui garde mon choix,
Je vois Blanche, interdite, éperdue, éplorée,
Réclamer ma pitié, vainement implorée,
Parler de nœuds plus saints, d'engagements plus doux.
Un cruel l'a séduite, et ce cruel c'est vous.

MONTCASSIN.

Séduite! Vous croyez que d'un vil stratagème...

CONTARINI.

N'êtes-vous pas aimé?

MONTCASSIN.

                    Je suis aimé, mais j'aime;
Mais, vers Blanche emporté par un attrait vainqueur,
Je suis séduit comme elle et non pas séducteur!

CONTARINI.

Jeune homme, c'est ainsi que soi-même on s'abuse,
Que tous les attentats ont trouvé leur excuse.
Le plus vil corrupteur répugne à supporter
L'opprobre de ce nom qu'il aime à mériter:
Par des déguisements trop semblables aux vôtres,
Il cherche à se tromper comme à tromper les autres.
Insuffisante adresse! inutiles détours!
Un indice imprévu dément ses vains discours;
Et j'ai su démêler dans votre long silence

De votre ambition la secrète espérance.

MONTCASSIN, vivement.

De mon amour, seigneur : et si, jusqu'à ce jour,
J'ai dans mon sein brûlant renfermé cet amour,
Si j'ai tu mon espoir, accusez ma franchise
Moins que les préjugés et les lois de Venise.
Vous êtes sénateur ; je n'étais qu'étranger :
Ne savais-je donc pas que, sans vous outrager,
Bien plus, sans vous contraindre à m'outrager moi-même,
Je ne pouvais parler de mon amour extrême?
Le sang patricien, s'il ne veut se souiller,
Au sang patricien doit ici s'allier.
Il fallait donc briguer ce privilége insigne,
Ou bien posséder Blanche en s'en rendant indigne.
Je n'ai point balancé : c'est le fer à la main
Que j'osai des grandeurs me frayer le chemin.
Sans outrager vos droits, je crus, et j'aime à croire
Que si l'amour pouvait me conduire à la gloire,
La gloire, asservissant la fortune à mon cœur,
Pourrait de même un jour me conduire au bonheur.
Le sénat, par le prix qu'il donne à ma vaillance,
N'a pas encor rempli ma plus douce espérance;
Sur les obstacles vains qui m'étaient opposés
Il me mène au bonheur; mais vous en disposez :
Mais je ne l'obtiendrais, en ce moment prospère,
Que s'il m'était permis de vous nommer mon père.

CONTARINI.

Seigneur, je puis en père, à vos vœux insensés,

Pardonner le mépris de mes droits offensés,
Mais non pas vous devoir cet honorable titre.
Du sort de Blanche en vain vous me croyez l'arbitre ;
Depuis que par mon ordre elle a promis sa foi,
Son sort ne dépend plus ni d'elle ni de moi.

MONTCASSIN.

Et ne savez-vous pas quelle erreur l'a déçue ?
Et ne savez-vous pas que seul je l'ai reçue
Cette foi tant jurée, et qu'en ce jour fatal
L'apparence un instant promit à mon rival ?
Sa foi ! je la reçus quand, cherchant dans l'absence
Un remède aux tourments qu'augmentait sa présence,
Je vis mon désespoir éclater dans ses yeux,
Et ses premiers soupirs accuser mes adieux.
Sa foi ! je la reçus quand sa vertu sévère,
Fidèle à sa patrie, et soumise à son père,
Soumise au préjugé qui nous désespérait,
N'applaudit qu'à l'amant qui les respecterait.
Sa foi ! je la reçus dans ce jour de victoire,
Lorsque enivré d'amour, d'espérance et de gloire,
Je me croyais heureux d'apporter à vos pieds
Les honneurs dont enfin mes efforts sont payés.
Tels sont mes droits, seigneur, les plus sacrés peut-être...

CONTARINI.

Qu'avez-vous dit !

MONTCASSIN.

          Seigneur, daignez les reconnaître.
Confirmez ce lien, qui, dans vos jours vieillis,

Vous conserve une fille et vous acquiert un fils.
Ou bien, cruel, ou bien, si votre âme insensible
S'obstine à commander un parjure impossible,
Voyez à quels efforts il faut vous préparer
Pour déchirer deux cœurs qu'on ne peut séparer.
Sachez qu'en frappant l'un, vous frappez aussi l'autre;
Qu'en répandant mon sang, vous répandrez le vôtre;
Et qu'enfin vos enfants verront leur dernier jour
Avant que votre haine ait vaincu leur amour.

CONTARINI.

Montcassin, ces éclats d'une fougue imprudente
N'ont rien qui m'attendrisse ou rien qui m'épouvante;
Et vous vous abusiez quand vous avez compté
Par ces faibles moyens forcer ma volonté:
Rien ne peut la changer. Tandis que cette flamme,
Qu'un imprudent espoir entretint dans votre âme,
Avec ce même espoir va sans doute expirer.
Guerrier et magistrat, est-ce assez soupirer?
Plus sage désormais, si vous daignez m'en croire,
Vous tournerez les yeux du côté de la gloire;
Jouissez de ses dons, heureux et triomphant,
Et laissez-moi régler le sort de mon enfant.

MONTCASSIN.

Cruel, c'est cet enfant qui par moi vous implore.
Écoutez la nature, et soyez père encore.
D'un sinistre avenir pour vous-même effrayé,
De trois infortunés prenez enfin pitié;
D'un fils à vos genoux exaucez la prière.

CONTARINI.

Vous avez entendu ma volonté dernière.

MONTCASSIN.

Je prétends vous fléchir.

CONTARINI.

Rien ne me fléchira.

MONTCASSIN.

Mais votre fille enfin...

CONTARINI.

Ma fille obéira.

MONTCASSIN.

Tant que j'existerai croyez-vous l'y contraindre?

CONTARINI.

Je vous entends : je vois ce qui me reste à craindre.
Je sais qu'en ce séjour, par ma fille habité,
Votre présence attente à mon autorité.
Jurez-moi donc, jurez d'en respecter l'entrée
Jusqu'au jour où ma fille, en son devoir rentrée,
Et pour jamais soustraite à vos projets jaloux,
Quittera ce palais pour celui d'un époux.

MONTCASSIN.

Moi, le jurer? jamais!

CONTARINI.

Souffrez que je l'espère.

MONTCASSIN.

Je suis l'amant de Blanche.

CONTARINI.

Et moi je suis son père.

MONTCASSIN.

Au mépris de mes droits pouvez-vous demander...?

CONTARINI.

Je ne demande plus, je saurai commander.

MONTCASSIN.

Vous oseriez...!

CONTARINI.

Sortez.

MONTCASSIN.

Ah! cet excès d'outrage
Comme à ta cruauté met le comble à ma rage;
Il force mon amour a rentrer dans ses droits.
Eh bien! j'ai supplié pour la dernière fois.

(Revenant sur ses pas.)

Adieu... De mon destin tu n'es pas encor maître,
Avant le jour fatal tu connaîtras peut-être...
Un tyran prévoit tout... je te laisse à prévoir
Tout ce que peut tenter l'amour au désespoir.

SCÈNE III.

CONTARINI.

Et toi, dans ce climat funeste à l'imprudence,
Prévois, si tu le peux, jusqu'où va la vengeance:
A ses yeux vigilants ne crois pas échapper.
Je ne menace pas, mais je saurai frapper;
Mais je saurai saisir, fort du pouvoir suprême,
Cet instant où le faible est terrible lui-même.

Quelqu'un vient : renfermons cet indiscret transport.

SCÈNE IV.

CONTARINI, CAPELLO.

CAPELLO.

Noble Contarini, je viens savoir mon sort.

CONTARINI.

De vos engagements, seigneur, qu'il vous souvienne.

CAPELLO.

Quelle est la volonté de Blanche, enfin ?

CONTARINI.

                                        La mienne.

CAPELLO.

Elle a daigné souscrire à mes vœux les plus doux ?

CONTARINI.

Je vous l'ai dit, seigneur, vous serez son époux.

CAPELLO.

Quel jour assignez-vous à cet hymen prospère ?

CONTARINI.

Le jour où, délivré du poids du ministère,
L'un de nous deux aura satisfait à la loi
Qui ferme à deux parents l'accès du même emploi [1].

CAPELLO.

Ne me flattez-vous plus d'une vaine espérance ?

CONTARINI.

Vous pouvez, Capello, croire à cette assurance.

CAPELLO.

Du doute injurieux qui m'a trop agité
Que j'ai peine à passer à la sécurité !

CONTARINI.

Involontaire effet de cette inquiétude
Trop naturelle au cœur, qu'une triste habitude
De toujours séparer l'espoir et le désir
Fait douter du bonheur qu'il est prêt à saisir.
L'impatience alors en notre âme agitée
Par un reste de crainte est encore irritée.
On voudrait dans son cours précipiter le temps ;
On a compté les jours, on compte les instants.
Semblable au désespoir, l'attente nous dévore ;
Et tout près du bonheur on est à plaindre encore.
Tel est votre tourment.

CAPELLO.

Ah ! quand votre bonté
Sur mes secrets désirs règle sa volonté ;
Quand, pour me rassurer, votre indulgence extrême
Fait plus que mon amour n'eût exigé lui-même,
A des soupçons encor dois-je m'abandonner ?

CONTARINI.

Des soupçons ! ce discours a droit de m'étonner !
Qui produit ces soupçons dont votre âme est saisie ?

CAPELLO.

Faut-il vous l'avouer ?

CONTARINI.

Parlez.

CAPELLO.

La jalousie.

Je combats vainement ce funeste poison :
Il tourmente mon cœur, il trouble ma raison ;
Il me consume, hélas! injustement peut-être...
Mais enfin l'embarras que Blanche a fait paraître,
Ce peu d'empressement à combler mes souhaits,
Que sais-je aussi! l'aspect de ce jeune Français,
Qui surpris, qui plongé dans un morne silence,
Semblait dans son dépit se faire violence,
Et du voile imposteur de la tranquillité
Couvrir les mouvements de son cœur agité...
Si j'avais un rival... si celle que j'adore...
Vous m'entendez, seigneur : il en est temps encore ;
Je ne réunis pas, dans mes transports jaloux,
Aux fureurs de l'amant le pouvoir de l'époux.
Dans ses égarements mon cœur serait terrible ;
Je le crains... je le sens... Sage autant que sensible,
Prévenez les malheurs... Qu'ai-je dit! insensé!
Que deviendrais-je, hélas! si j'étais exaucé?
Non, par pitié, plutôt, hâtez qu'il s'accomplisse
Cet hymen qui lui seul finira mon supplice,
Et, vainqueur du soupçon, rendra seul à mon cœur
Cette tranquillité qui sied à mon bonheur.

CONTARINI.

Eh bien, mettons un terme au mal qui vous tourmente ;
Abrégeons les ennuis d'une trop longue attente :
J'y consens, Capello. Sans appareil, sans bruit,

Venez me retrouver au milieu de la nuit.
Il est en ce palais une chapelle antique,
De notre auguste foi monument domestique :
Devant les seuls témoins par l'usage appelés,
Là nos traités secrets peuvent être scellés;
Là Blanche à votre amour deviendra moins sévère
Et vous la recevrez de la main de son père.

CAPELLO.

Ah! seigneur, ah! comment reconnaître jamais.

CONTARINI.

Votre bonheur, voilà le prix de mes bienfaits.
Surtout qu'il soit couvert du plus profond mystère
Reprenons cependant les soins du ministère.
Les dangereux projets qui nous ont menacés
De ma mémoire encor ne sont point effacés;
Et j'aurais à rougir du nœud qui nous engage
S'il portait à l'état le plus léger dommage.

CAPELLO.

Tout n'est-il pas prévu? Ces murs, grâce à vos soins,
Ne sont-ils pas peuplés d'invisibles témoins
Qui, se mêlant aux jeux de la foule insensée,
Comme dans les discours lisent dans la pensée?
Ils surveillent surtout ce lieu d'iniquité,
Ce palais où Bedmar, avec impunité,
Fort du titre sacré dont sa tête est couverte,
Au milieu de Venise en conspirait la perte.

CONTARINI.

Autour de ce palais, redoutable, abhorré,

Et du mien seulement par un mur séparé,
Oui, j'ai multiplié l'œil de la surveillance :
La sûreté publique est dans la méfiance.
Jour et nuit sur Bedmar que nos yeux soient ouverts.
Déjà l'ombre obscurcit nos palais et nos mers :
Le coupable se montre à cette heure propice
Qui doit avec le crime éveiller la justice ;
Sortons donc de ces lieux pour n'y plus revenir
Qu'appelés par les nœuds qui vont nous réunir.

FIN DU TROISIÈME ACTE.

ACTE QUATRIÈME.

Le théâtre représente une chapelle particulière du palais de Contarini. L'autel est à droite des spectateurs, la porte d'entrée à gauche. En face, une porte ouverte laisse apercevoir une salle dont les fenêtres donnent sur le palais de l'ambassadeur d'Espagne. La scène est éclairée par une lampe.

SCÈNE I.

BLANCHE, CONSTANCE.

CONSTANCE.

Blanche, que m'as-tu dit?

BLANCHE, une lettre à la main.

Mon malheur est certain :
Au mépris de mon cœur on a vendu ma main.
Tiens, lis.

CONSTANCE, après avoir parcouru la lettre.

Bien promptement ton cœur se désespère.

BLANCHE.

S'il avait pu fléchir la rigueur de mon père,
L'infortuné, Constance, en ce pressant billet,

Me demanderait-il un entretien secret?

CONSTANCE.

Ma fille! et c'est ici que tu prétends l'attendre?

BLANCHE.

Partout ailleurs, Constance, on pourrait nous surprendre :
A cette heure du moins cet asile est désert,
Et par ce côté seul sur le palais ouvert...

CONSTANCE.

Et s'il fallait d'un père éviter la venue?

BLANCHE.

Sur le palais voisin n'est-il pas une issue?

CONSTANCE.

Dans quel nouveau péril serait précipité
Ton malheureux amant, dans sa course arrêté!
Du ministre espagnol un seul mur nous sépare :
Pris en le franchissant...

BLANCHE.

N'achève pas, barbare!

CONSTANCE.

Aux rigueurs de la loi tu ne peux trop songer.

BLANCHE.

Il ne me reste donc que le choix du danger.
Dans cet écrit tracé par sa main défaillante
Lis de son désespoir la menace effrayante.
Il veut cette entrevue : il meurt s'il ne l'obtient.
En cédant à ses vœux quelque espoir me soutient :
Je le verrai... Des maux dont la crainte nous presse
C'est le moins assuré que choisit ma tendresse.

CONSTANCE.

Mettre ainsi ton amant, par ta témérité,
Entre une loi terrible et ton père irrité!
Exposer à la fois son honneur et sa vie!
Y peux-tu consentir?

BLANCHE.

                    Et toi, cruelle amie,
Et toi, Constance, aussi, veux-tu donc augmenter
L'effroi dont en secret je me sens tourmenter?
Insensible à ma peine, à ma plainte insensible,
Comme un père envers moi si tout est inflexible,
C'est du ciel désormais qu'il faut tout espérer.
Avec les oppresseurs bien loin de conspirer,
Le ciel entend la voix du malheur qui supplie,
Et c'est dans sa bonté que je me réfugie.

(Elle se jette au pied de l'autel.)

CONSTANCE.

Ingrate!

BLANCHE.

                    A mon destin tu peux m'abandonner?

CONSTANCE.

Si d'un pareil effort tu m'oses soupçonner,
Sans doute je le dois...

BLANCHE.

                    Refuse-moi, Constance,
L'effort qu'à mon malheur devait ton indulgence.

CONSTANCE.

Ton honneur, mon devoir, permettent-ils...?

BLANCHE.

Eh bien,

Fais ton devoir, cruelle, et je ferai le mien.

CONSTANCE.

Où vas-tu, malheureuse ?

BLANCHE.

Où le destin m'entraîne,

Où ta rigueur me pousse.

CONSTANCE.

Imprudente !

BLANCHE.

Inhumaine !

CONSTANCE.

Tu ne sortiras pas.

BLANCHE.

D'un trop sensible amant

C'est assez prolonger l'attente et le tourment.

CONSTANCE.

Crois-moi...

BLANCHE.

J'en crois le ciel qui m'éclaire et m'inspire.

CONSTANCE.

C'est le plus grand des maux que choisit ton délire.

BLANCHE.

Ah ! le plus grand des maux est l'état où je suis !

Montcassin !... Chaque instant ajoute à ses ennuis,

Peut-être à ses soupçons !... tandis qu'en ta présence

Je me consume en vain de son impatience.

C'est trop tarder.

CONSTANCE, tendrement.

Ma fille !

BLANCHE.

Eh bien ! que me veux-tu ?

CONSTANCE.

Te prouver ma tendresse en sauvant ta vertu.

BLANCHE, vivement.

Constance ! ah ! le péril de plus en plus augmente !
Qu'attends-tu pour céder aux larmes d'une amante ?
Qu'un malheureux, vaincu par ses pressentiments,
Se frappe en m'accusant de tes retardements ?
Qu'au pied de ce palais sa fureur assouvie
N'offre à tes vains secours qu'un corps pâle et sans vie ?
Par mes pleurs tant de fois de tes mains essuyés,
Par ce mortel effroi qui m'accable à tes pieds,
Constance, ah ! prends pitié d'une tête si chère,
Prends pitié de moi-même, et sois encor ma mère !

CONSTANCE.

J'ai voulu te sauver... je l'ai dû... je le dois...
Tu veux te perdre... eh bien ! perdons-nous tous les trois.

SCÈNE II.

BLANCHE.

Il va venir... il vient !... Nuit bienfaisante et sombre,
Redouble autour de lui l'épaisseur de ton ombre...
Et vous, marbres discrets où l'amour le conduit,

Dérobez de ses pas et l'empreinte et le bruit.
Loin de moi la terreur dont je me sens atteinte.
Constance, ah! si le ciel justifiait ta crainte!...
S'il volait à la mort!... Et j'ai pu le vouloir!...
Et j'ai pu l'ordonner!... Quel était mon espoir?
A sa propre fureur j'ai voulu le soustraire;
C'est donc pour le frapper par la main de mon père!...
Courons.

SCÈNE III.

MONTCASSIN, BLANCHE.

MONTCASSIN.

Tout est perdu.

BLANCHE.

Quoi! plus d'espoir?

MONTCASSIN.

Le sort

Ne nous laisse à choisir que la fuite ou la mort.

BLANCHE.

A cette extrémité sa rigueur m'a réduite!

MONTCASSIN.

Choisis sans différer.

BLANCHE.

Ou la mort! ou la fuite!

MONTCASSIN.

Tu trembles?...

BLANCHE.

Mon malheur n'est-il pas assez grand?

MONTCASSIN.

Ton père t'offrirait un parti différent.

BLANCHE.

Ah! c'est toujours la mort!

MONTCASSIN.

Fuyons donc.

BLANCHE.

Quoi! sur l'heure?

MONTCASSIN.

Peux-tu trop tôt quitter cette indigne demeure,
Où l'unique intérêt est l'intérêt du rang,
Où la voix de l'orgueil couvre la voix du sang,
Où pour toi le devoir n'est plus que le parjure,
Où ta flamme est un crime et la mienne une injure,
Où, prêt à t'accabler d'exécrables liens,
On a vu d'un œil sec et tes pleurs et les miens?

BLANCHE.

Où veux-tu m'entraîner?

MONTCASSIN.

Aux rives de la France.
Là de nos tendres cœurs finira la souffrance,
Là l'hymen te promet, d'accord avec l'honneur,
Quelque richesse encore, et surtout le bonheur.
Viens donc.

BLANCHE.

S'il faut le fuir ce sol qui m'a nourrie,

Ta patrie à l'instant deviendra ma patrie.
Je ne le verrai pas sans un doux sentiment
Ce fortuné rivage où naquit mon amant.
Oui, sur ces bords heureux si ton destin m'appelle,
J'irai, mais fugitive et non pas criminelle;
Mais sans traîner la honte et l'horreur après moi;
Et quitte envers mon père aussi bien qu'envers toi.

MONTCASSIN.

Ton père! et qu'en attend ta tendresse incertaine?
Qu'aux autels du parjure il t'envoie, il t'entraîne,
Et là qu'à son caprice il ait pu t'écraser
Des fers que tes efforts voudront en vain briser?
Imprudente! ah! fuyons le sort qui nous menace;
Nous le pouvons encor : le temps fuit, l'heure passe
Et ramène à grands pas le jour et les douleurs :
Fuyons ce nouveau jour et de nouveaux malheurs.

BLANCHE.

Entends-moi, Montcassin : tu sais si je partage
L'opprobre et la douleur d'un refus qui t'outrage;
Mais, enfin, ce refus peut-il, en un moment,
Briser tous les liens d'un père et d'un enfant?
Est-ce un dernier arrêt, un ordre irrévocable,
Froidement prononcé par un juge implacable?
Au témoignage enfin de mon malheureux cœur,
Ai-je tout employé pour fléchir sa rigueur?
Non, non, je n'ai pas fait tout ce que j'ai dû faire.

MONTCASSIN.

Comment?

BLANCHE.

Je l'attendrai ce redoutable père ;
Il reverra mes pleurs ; il entendra ma voix,
Il entendra sa fille une dernière fois
Réveiller dans son âme, à mes cris déchirée,
La nature endormie et non pas expirée...
S'il reste inébranlable à mes derniers efforts,
Je fuis au désespoir... mais du moins sans remords.

MONTCASSIN.

Va, la nature est morte en son âme insensible ;
A tout sentiment tendre il est inaccessible ;
Je l'ai trop éprouvé : sans pitié, sans fureur,
Il ne sait que vouloir, et veut notre malheur.
Et que pourra tenter ton imprudence extrême,
Qu'en vain mon désespoir n'ait employé lui-même ?
Pour fléchir ce barbare ai-je rien dédaigné ?
Ne m'a-t-il pas vu même, et j'en suis indigné,
A sa fierté féroce asservissant la mienne,
Demander à ses pieds et ma vie et la tienne ?
Un refus ironique et d'insultants mépris,
Des pleurs de ton amant voilà quel fut le prix.
Et tu t'abaisserais à supplier encore
Celui qui t'avilit dans l'être qui t'adore !
Si tu le peux, tranchons des discours superflus,
Tu ne m'aimas jamais, ou tu ne m'aimes plus.

BLANCHE.

Écoute : en peu de mots je pourrais te confondre ;
Mais ce n'est pas ainsi que je veux te répondre.

Regarde : tu le vois sur cet autel sacré
De notre auguste foi ce signe révéré ;
Ce Dieu qui m'enseigna le pardon de l'injure,
Il lit au fond des cœurs, il punit le parjure ;
Il venge tôt ou tard le mépris des serments
Sur les époux, et même, ingrat, sur les amants.
C'est lui qu'en ce moment j'appelle en témoignage
De la fidélité que mon amour t'engage.
Bénis du haut du ciel, Dieu qui veilles sur nous,
Cette foi qu'une épouse assure à son époux.
Que si je la trahis, ta vengeance inflexible...

MONTCASSIN, vivement.

Va, ce n'est pas à toi de prévoir l'impossible ;
Laisse-moi ces soupçons dignes de tes mépris.

(Avec enthousiasme, et fléchissant un genou devant
l'autel.)

Toi, par qui nos serments dans les cieux sont écrits,
Reçois ceux qu'un époux engage à son épouse !
Ah ! s'ils pouvaient renaître en mon âme jalouse,
Ces odieux soupçons que j'ai trop écoutés,
Accable-moi, grand Dieu, de malheurs mérités,
De malheurs enfantés par ma propre injustice ;
De ma coupable erreur prolongeant le supplice,
Punis-moi sans pitié jusqu'à mon dernier jour
D'avoir un seul instant outragé tant d'amour !

(Il se lève.)

BLANCHE.

Il n'exaucera pas cette affreuse prière !

MONTCASSIN.

Blanche, de mes erreurs pardonne la dernière.

BLANCHE.

Je n'y vois que l'amour : pourrais-je t'en punir ?

MONTCASSIN.

A ton gré désormais règle notre avenir.

BLANCHE.

C'est dans ces sentiments que mon cœur te retrouve.

MONTCASSIN.

Je me livre en aveugle au bonheur que j'éprouve.

BLANCHE.

Va-t'en, n'accable pas mon courage abattu.

MONTCASSIN, avec abandon.

Adieu : tu peux nous perdre à force de vertu.

BLANCHE.

Cette vertu, crois-moi, n'est que mon amour même.

MONTCASSIN.

Et, toujours abusant de son pouvoir suprême,
Si ton père...

BLANCHE.

Demain j'accours te retrouver.

MONTCASSIN.

Demain !... mais aujourd'hui que peut-il arriver ?

SCÈNE IV.

BLANCHE, MONTCASSIN, CONSTANCE.

CONSTANCE, éperdue.

Fuyez : voici l'instant que j'ai prévu.

BLANCHE.

Constance,

Mon père est de retour ?

CONSTANCE.

Vers ces lieux il s'avance ;

Il t'y fait appeler.

MONTCASSIN.

Qu'en faut-il augurer ?

CONSTANCE.

Sans délai, mes enfants, il faut vous séparer.

BLANCHE.

Va, mon cœur sera ferme autant qu'il est sensible.

MONTCASSIN.

Allons.

CONSTANCE.

De ce côté la fuite est impossible :

Par trop de surveillants ce passage est fermé.

MONTCASSIN.

Eh bien !...

CONSTANCE.

Si de vertu ton amour est armé,

C'est par ce palais seul...

BLANCHE.

                    Celui d'Espagne! arrête :
La mort est sous tes pas.

MONTCASSIN.

                    L'opprobre est sur ta tête!
Ah Dieu! je ne serais qu'un lâche suborneur
Si j'osais préférer ma vie à ton honneur.

(A Constance.)
Conduis-moi...

                    (Ils sortent par la porte du fond.)

BLANCHE.

          Malheureux! Veille sur lui, ma mère!
Veillez sur lui, grand Dieu! Ciel! j'aperçois mon père!

SCÈNE V.

CONTARINI, BLANCHE.

CONTARINI, dans la coulisse.

A-t-on mandé ma fille ?

BLANCHE.

          Oui, seigneur, la voici.

CONTARINI.

Savez-vous quel motif nous réunit ici ?
Et puis-je enfin compter sur votre obéissance ?

BLANCHE.

Je me rends à votre ordre apporté par Constance.

CONTARINI.

Sans doute à vos devoirs vous avez réfléchi?

BLANCHE.

Mes prières, seigneur, ne vous ont pas fléchi?

CONTARINI.

Il est temps d'obéir à mon ordre suprême.

BLANCHE.

Mon père, écoutez-moi!

CONTARINI.

Ma fille, à l'instant même
Il faut de la raison entendre enfin la voix;
Il faut serrer les nœuds que vous prescrit mon choix.
Tout le veut; l'intérêt, l'honneur, vous le commandent.
Tout est prêt: le pontife et l'époux vous attendent;
Ils vont entrer.

BLANCHE, avec fermeté.

Seigneur, eh! pourquoi le cacher?
Aucune autorité ne pourra m'arracher
Un serment dont mon cœur s'épouvante et murmure;
Non, jamais cet autel ne me verra parjure.

CONTARINI.

A mes ordres ainsi vous désobéissez?

BLANCHE.

A mes larmes ainsi vous vous endurcissez!

CONTARINI.

Tremblez si j'ai recours au moyen qui me reste.

BLANCHE.

La mort! je la préfère à cet hymen funeste.

2.   6

CONTARINI.

Le temps presse : abrégeons des discours superflus...
Écoutez, frémissez, et ne résistez plus.
Du ciel, en tous les temps, la vengeance implacable
A frappé tôt ou tard sur un enfant coupable.

BLANCHE.

Eh bien?

CONTARINI.

     Malheur à vous! De ce cœur outragé,
De ce cœur paternel l'honneur est engagé;
Et si dans vos refus vous persistez, rebelle,
Vous couvrez mes vieux ans d'une honte éternelle.
Mais sachez quel fléau vous attirez sur vous :
Ou l'heureux Capello deviendra votre époux,
Ou, n'écoutant plus rien qu'une fureur sinistre,
Devant l'autel, l'époux, les témoins, le ministre,
Devant Dieu... qui punit toute rébellion,
Je vous donne à jamais ma malédiction.

BLANCHE.

Mon père, vous pourriez...!

CONTARINI.

     Vous bravez ma colère;
Braverez-vous le ciel?

BLANCHE.

     Jamais, jamais, mon père!

CONTARINI.

On entre : choisissez.

SCÈNE VI.

CONTARINI, BLANCHE, CAPELLO, UN
PRÊTRE, DES TÉMOINS, DES DOMESTIQUES
avec des flambeaux.

CONTARINI.

Ministre des autels,

Venez, et consacrez ces liens solennels
Qui rendent un héros à ma noble famille.
(A Capello.)   (A Blanche.)
Approchez-vous, mon fils; approchez-vous, ma fille.

LE PRÊTRE.

Au nom du Dieu vivant, Blanche, promettez-vous
De prendre Capello pour légitime époux [16]?

CONTARINI, d'un ton menaçant, mais contraint.

Ma fille!

CAPELLO.

Acceptez-vous la main que je vous donne?

CONTARINI, avec le même ton.

Ma fille! répondez.

BLANCHE.

La force m'abandonne;

Je me meurs.

(Elle s'évanouit dans les bras du prêtre et de Capello, qui la placent
dans un fauteuil.)

6.

CAPELLO.

Blanche! O ciel! sur son front éperdu,
Seigneur, quel froid mortel soudain s'est répandu!

CONTARINI, avec inquiétude.

Ne craignez rien, seigneur.

CAPELLO.

Je ne suis pas le maître
Des soupçons qu'en mon cœur son trouble fait renaître.
Ce doute qui déjà l'avait fait hésiter
A mes vœux jusqu'ici vient-il la disputer?

CONTARINI, à demi-voix.

Modérez-vous, on vient.

SCÈNE VII.

CONTARINI, CAPELLO, BLANCHE, LE
PRÊTRE, CONSTANCE, PISANI, SUITE.

CAPELLO.

Quel est le téméraire...?

CONTARINI, à demi-voix.

De nos justes arrêts c'est le dépositaire.
Partout il peut entrer.

PISANI, bas à Contarini.

Un triste événement
Au tribunal des Trois vous appelle à l'instant.

CONTARINI.

Quel est-il?

PISANI.

A l'instant Montcassin vient d'enfreindre
Cette loi que tout noble à jamais devait craindre.

CONTARINI.

Montcassin !

PISANI.

Prêt à fuir par des détours obscurs,
Du palais de Bedmar il franchissait les murs.
Au tribunal, seigneur, il attend sa sentence.

(Il sort.)

SCÈNE VIII.

CONTARINI, CAPELLO, BLANCHE,
LE PRÊTRE, CONSTANCE, SUITE.

CONTARINI, bas à Capello.

Seigneur, confions Blanche au secours de Constance ;
Déjà renaît la vie en ses sens égarés.
Bientôt nous renoûrons ces nœuds plus assurés.
(Haut.)
Pontife, et vous, amis, veuillez avant l'aurore
Dans ce même palais vous retrouver encore.
(A Capello.)
Seigneur, la loi commande.

SCÈNE IX.

BLANCHE, CONSTANCE.

BLANCHE, revenant à elle par degrés.

Oh! l'horrible sommeil!

L'épouvantable songe!

CONSTANCE.

Ah! frémis du réveil!

BLANCHE.

Qu'ai-je vu? qu'ai-je fait? Éclaircis ce mystère!
C'est devant cet autel, c'est en ce sanctuaire,
Qu'un époux, un pontife, un père menaçant...
Je crois entendre encor son redoutable accent...
L'amour m'a-t-il soustraite à cet horrible piége?
Suis-je amante infidèle... ou fille sacrilége?
Tu ne me réponds pas?

CONSTANCE.

Malheureuse!

BLANCHE.

Poursuis.

CONSTANCE.

Je n'en ai pas la force.

BLANCHE.

Apprends-moi qui je suis.

CONSTANCE.

Des femmes à jamais la plus infortunée.

BLANCHE.

Serait-il accompli cet horrible hyménée?

CONSTANCE.

Non ; mais pour ton amour tout s'est évanoui.

BLANCHE.

Que dis-tu?

CONSTANCE.

Ton amant...

BLANCHE.

Il est dans les fers?

CONSTANCE.

Oui.

BLANCHE.

En est-ce assez, grand Dieu !

CONSTANCE.

Du palais homicide
Qu'il avait traversé d'une course rapide,
Déjà le malheureux avait franchi les murs ;
Quand tout-à-coup, quittant ses asiles obscurs,
Des agents du conseil la cohorte inhumaine
A mes yeux effrayés, l'environne, l'enchaîne,
Et, voilé d'un manteau, le porte au même instant
Au sanglant tribunal où son arrêt l'attend.

BLANCHE, avec calme.

Je l'y suivrai.

CONSTANCE.

Ma fille, et que prétends-tu faire?

BLANCHE.

Je veux connaître aussi ce conseil sanguinaire.

CONSTANCE.

Bannis ce vain projet de ton cœur abusé.

BLANCHE.

Comme au forfait, j'ai droit au sort de l'accusé.

CONSTANCE.

L'on n'aura pas sitôt oublié quel service...

BLANCHE.

Le conseil connaîtra son crime et sa complice.

CONSTANCE.

Les trois inquisiteurs qu'y rassemble la loi,
Comme du peuple entier sont inconnus de toi (1).

BLANCHE.

Ils sont hommes au moins, malgré leur ministère;
Ils ont aimé... Sont-ils plus cruels que mon père?

CONSTANCE.

Crains la publicité.

BLANCHE.

C'est mon unique espoir.

Contre l'abus qu'un père a fait de son pouvoir,
L'opinion publique est mon dernier refuge.
Réveillée à ma voix, qu'elle entende et nous juge.
Et puis quel est le but de ce dernier effort?
Revoir un malheureux et partager son sort.
En vain tu combattrais une si juste envie:

A mon honneur, Constance, il immole sa vie ;
Par son exemple instruite, ou plutôt par mon cœur,
S'il le faut, à sa vie immolons mon honneur.
Faisons, pour l'arracher à ce péril extrême,
Faisons... ce qu'à ma place il aurait fait lui-même.

FIN DU QUATRIÈME ACTE.

ACTE CINQUIÈME.

●

Le théâtre représente le lieu de l'assemblée du conseil des Trois. Trois
siéges noirs sont préparés pour les inquisiteurs sur une estrade tendue
de noir. Le greffier est placé au-dessous d'eux devant une table. L'accusé se tient debout. La chambre est peu profonde, et sombre sans
être obscure. Un voile noir ferme le fond du théâtre.

SCÈNE I.

MONTCASSIN, PISANI.

PISANI.

Se peut-il que la fin d'un jour si glorieux
En criminel d'état vous conduise en ces lieux !
Vous, à qui d'un complot on doit la découverte,
Vous, vengeur de Venise, avoir tramé sa perte !
Non : quoique Montcassin n'ait pas encor daigné
Confondre les soupçons dont il est indigné,
Je l'ai compris : la paix de ce front magnanime
Ainsi qu'à la faiblesse est étrangère au crime ;
Et d'avance à mes yeux elle a justifié

Ce cœur par l'apparence en vain calomnié.

MONTCASSIN.

Quel est cet appareil terrible, funéraire ?

PISANI.

C'est du conseil des Trois l'appareil ordinaire.

MONTCASSIN.

Ce conseil redoutable ici se réunit ?

PISANI.

C'est ici qu'il prononce, et c'est là qu'il punit.

(Il montre le voile du fond du théâtre.)

MONTCASSIN.

Et les inquisiteurs vont-ils bientôt paraître ?

PISANI.

Ils s'assemblent.

MONTCASSIN.

M'est-il permis de les connaître ?

PISANI.

Lorédan, Capello, Contarini.

MONTCASSIN.

Grands dieux !

PISANI.

Vous vous troublez ! ces noms vous sont-ils odieux ?
Trop souvent, il est vrai, deux vieillards trop rigides,
Dans toute leur rigueur prendraient nos lois pour guides,
Si dans ce tribunal, dont la sévérité
Ne peut rien prononcer qu'à l'unanimité,
Du sage Capello les vertus moins austères
Ne calmaient l'âpreté des autres caractères.

Espérez tout. Illustre autant que malheureux,
Quels droits n'avez-vous pas sur son cœur généreux?
Dans ce moment surtout est-il rien qu'il n'emploie
Pour finir un malheur qui vient troubler sa joie?
Et dans le tribunal s'il se fait votre appui,
Contarini bientôt agirait comme lui;
N'a-t-il pas, pour fléchir ce juge trop sévère,
Tout l'ascendant qu'un fils peut avoir sur son père?

MONTCASSIN.

Contarini, son père! Ami, que dites-vous?

PISANI.

Que Capello de Blanche est devenu l'époux.

MONTCASSIN.

Et quand donc?

PISANI.

Cette nuit.

MONTCASSIN.

Votre erreur est extrême.

PISANI.

Je suis trop bien instruit.

MONTCASSIN.

Qui l'aurait vu?

PISANI.

Moi-même,

A l'instant : car enfin je puis vous faire part
D'un secret qu'après tout je ne dois qu'au hasard.
Devant les seuls témoins appelés par l'usage,
Un prêtre bénissait le nœud qui les engage,

Lorsque j'ai pénétré dans l'asile écarté...

MONTCASSIN.

Blanche?

PISANI.

On vient.

MONTCASSIN, avec le plus profond désespoir.

Blanche! Ah dieux ! mon arrêt est porté.

PISANI.

Auprès de cette salle au conseil réservée,
Venez du dernier juge attendre l'arrivée.

SCÈNE II.

CONTARINI, CAPELLO.

CAPELLO.

Pourquoi me révéler un secret si fatal?
Pourquoi m'apprenez-vous qu'il était mon rival?
Lorsque mon indulgence est son dernier refuge,
En amant irrité pourquoi changer son juge?

CONTARINI.

Sur celui que déjà vous osiez soupçonner,
Vous ai-je rien appris qui vous doive étonner?

CAPELLO.

Dès long-temps, il est vrai, le soupçon me dévore ;
Mais je le combattais, mais je doutais encore...
Et qu'importe après tout son malheureux amour!...
S'il avait obtenu le plus léger retour,

Par les ordres d'un père, à le trahir contrainte,
Blanche eût-elle épargné la prière ou la plainte?
Mais ces délais, seigneur, mais ce trouble mortel,
Qui l'a précipitée aux marches de l'autel...
Ne m'entendez-vous pas?... De ce secret funeste
Pourquoi craindriez-vous de m'apprendre le reste?
Dans l'accablant malheur que je viens d'entrevoir,
Qui n'ignore pas tout, aspire à tout savoir.
J'en sais trop ou trop peu... Consommez votre ouvrage :
A son dernier excès laissez monter ma rage :
Dans ce cœur déchiré versez tout le poison
Qui doit me délivrer d'un reste de raison ;
Je le veux. Ce cruel que le crime nous livre,
Ce traître est-il aimé?

CONTARINI.

                    Quel transport vous enivre?
D'un époux irrité quand vous avez les droits,
Qui? moi, j'augmenterais le trouble ou je vous vois!

CAPELLO.

Ah! je vous épouvante. Ah! si vous pouviez lire
Dans ce cœur malheureux quel combat le déchire,
Je vous ferais pitié bien plus, hélas! qu'horreur ;
Je suis homme enfin ; j'aime, et j'aime avec fureur ;
Mais je n'ai pas perdu ma vertu tout entière.
Oui, refusez-la-moi cette affreuse lumière
Qu'implorait follement un amant éperdu.
Un mot, et l'accusé peut-être était perdu!
Ne le prononcez pas.

CONTARINI.

En cette circonstance,
La rigueur ne peut rien non plus que l'indulgence ;
Et l'accusé, déjà condamné par la loi,
Ne dépend en effet ni de vous ni de moi.

SCÈNE III.

LORÉDAN, CAPELLO, CONTARINI, PISANI, DONATO.

CONTARINI.

Plaçons-nous.

(Les juges s'asseyent.)

LORÉDAN.

Pisani, que l'accusé s'avance.

(Pisani fait signe à Donato, qui est resté à la porte, de faire entrer
Montcassin.)

SCÈNE IV.

CONTARINI, LORÉDAN, CAPELLO, MONTCASSIN; PISANI, assis et écrivant l'interrogatoire.

LORÉDAN.

Votre nom ?

MONTCASSIN.

Montcassin.

LORÉDAN.

Votre pays?

MONTCASSIN.

La France.

LORÉDAN.

Votre rang?

MONTCASSIN.

Aujourd'hui noble vénitien.

LORÉDAN.

Une loi redoutable à tout patricien,
Même avec les agents d'une puissance amie
Leur défend tout rapport, sous peine de la vie [18].
Vous la connaissiez?

MONTCASSIN.

Oui.

LORÉDAN.

Cependant cette nuit,
Au palais d'un ministre en secret introduit,
Vous l'avez transgressée?

MONTCASSIN.

Il est vrai.

CAPELLO.

Quelle excuse
Peut alléger ce crime?

MONTCASSIN.

Aucune.

CAPELLO.

Ou je m'abuse,

Ou vous n'agissiez pas sans un grand intérêt?

MONTCASSIN.

Le crime est évident.

LORÉDAN.

La cause?

MONTCASSIN.

Est mon secret.

CAPELLO.

Songez qu'un seul oubli, dans cette circonstance,
Peut en sévérité changer notre indulgence.

MONTCASSIN.

Je le sais.

CAPELLO, montrant le procès-verbal.

Aux aveux que cet écrit contient
Que supprimez-vous donc, ou qu'ajoutez-vous?

MONTCASSIN.

Rien.

CAPELLO.

Songez qu'à ces aveux il vous faudra souscrire.

MONTCASSIN.

J'y suis prêt.

(Il signe.)

LORÉDAN.

Qu'un instant l'accusé se retire.

(Pisani le conduit derrière le voile qui ferme la scène.)

SCÈNE V.

CAPELLO, LORÉDAN, CONTARINI.

LORÉDAN.

Vous avez entendu, nobles inquisiteurs ;
C'est à vous de juger.

CONTARINI.

Croyez-moi, sénateurs,
Devant ce tribunal je n'ai pas vu sans peine
Le jeune audacieux que la loi seule y mène ;
Je n'ai pas oublié que sur le même front
Qu'aujourd'hui déshonore un immortel affront,
Du soldat, du vainqueur, la couronne héroïque
Hier se mariait à la palme civique.
Mais l'état, qui fut juste envers son défenseur,
Pourrait-il ne pas l'être envers le transgresseur ?
Les lois sont devant nous ; le peuple nous contemple :
Deux fois dans le même homme offrons un grand exemple ;
Et qu'aux ambitieux ce jour laisse à penser
Que nous savons punir comme récompenser.
Je prononce la mort.

CAPELLO.

La mort ! Je dois le dire,
A votre avis, seigneur, je suis loin de souscrire ;
Craignons, par cet arrêt au moins précipité,

D'égaler l'accusé dans sa témérité.

Sans doute, en le perdant, nous servons la patrie ;

Mais, si nous le sauvons, l'aurons-nous moins servie ?

Quels que soient ses aveux, avant que ma raison

Dans sa témérité trouve une trahison,

J'aurai sur ses projets obtenu quelques preuves :

Le sort, qui nous soumet à d'étranges épreuves,

Un jour trop tard souvent se plaît à nous offrir

Cette conviction que je veux acquérir.   .

Je l'attendrai, seigneur, avant que de résoudre

Si je dois condamner, ou si je dois absoudre.

LORÉDAN.

Et n'avez-vous donc pas entendu l'accusé ?

Quand sur ses projets même il se fût excusé,

Je suis loin de penser qu'il fût moins condamnable :

Qui transgresse la loi ne peut qu'être coupable.

Quoi qu'il eût allégué pour affaiblir son tort,

Alors, comme à présent, j'aurais voté la mort.

Votez à votre tour, c'est moi qui vous en somme.

CAPELLO.

Juge, il est toujours temps de condamner un homme [19],

Mais non pas temps toujours de sauver l'innocent.

CONTARINI.

Sur ce devoir, seigneur, j'insiste en gémissant :

Il faut voter.

CAPELLO.

   Exempt de remords et d'alarmes,

Nul arrêt jusqu'ici ne m'a coûté des larmes.

7.

Je n'en veux pas verser.

LORÉDAN.

N'en verserez-vous pas

Quand vous verrez les fruits de ces trop longs débats,
De l'obstination, par vous seul opposée,
Aux rigueurs d'une loi désormais méprisée?
Au nom du bien public, de votre probité,
Prévoyez quels malheurs suivraient l'impunité.
Le rebelle, enhardi, rappelé dans nos villes,
Le sénat avili par des lois inutiles,
Les complots ranimés, et l'or des étrangers
Achetant nos secrets et payant nos dangers :
Voilà ce que promet votre indulgence extrême
Pour un audacieux qui s'accuse lui-même ;
Voilà tous les malheurs dont vous me répondez.

CAPELLO.

Magistrat, c'est à tort qu'ainsi vous confondez
Avec un vrai refus un retard salutaire...

CONTARINI.

Souffrez-vous, Capello, que ma voix vous éclaire?

CAPELLO.

Parlez.

CONTARINI, à part, à demi-voix.

De votre cœur connaissez-vous l'état?
Après la preuve, après l'aveu de l'attentat,
Vous n'hésiteriez pas à frapper un perfide,
Si, juge d'un rival, votre vertu timide
Ne craignait, en signant un arrêt mérité,

D'obéir à l'amour bien plus qu'à l'équité.

Criminel par vertu, dans votre rang auguste,

Ainsi, pour être grand, vous cessez d'être juste.

Songez-y.

CAPELLO.

Malgré moi mon cœur se sent troubler.

CONTARINI, d'un ton solennel.

Songez-y, Capello.

CAPELLO.

Vous me faites trembler.

SCÈNE VI.

CONTARINI, CAPELLO, LORÉDAN, PISANI.

CAPELLO.

L'accusé, Pisani, rompra-t-il le silence ?

PISANI.

Constant dans ses aveux, il attend sa sentence.

CAPELLO, avec douleur et surprise.

Il ne se défend pas ?

PISANI.

La loi règle son sort,

Dit-il.

CAPELLO, avec douleur et résignation.

C'est donc la loi qui prononce sa mort.

(Il hésite, et signe en tremblant la sentence.)

CONTARINI examine Capello, et sitôt que ce dernier a signé
il dit bas à Pisani :

La loi l'ordonne ; allez, que l'arrêt s'accomplisse.

(Pisani sort, et passe derrière le rideau, après avoir reçu la sentence
des mains de Lorédan.)

SCÈNE VII.

CAPELLO, LORÉDAN, CONTARINI.

CAPELLO.

L'intérêt général veut ce grand sacrifice,
Je ne fais qu'accomplir la volonté des lois ;
J'en suis épouvanté pour la première fois.

(A Lorédan et à Contarini.)

Tempérons leur rigueur en cette circonstance ;
Différons jusqu'au jour l'effet de la sentence :
Le délai sera court. L'aurore n'est pas loin,
Attendons jusqu'au jour, et peut-être...

SCÈNE VIII.

LORÉDAN, CAPELLO, CONTARINI, DONATO.

DONATO.

Un témoin,
Seigneurs, sur l'accusé, son crime et ses complices,

Apporte un nouveau jour et d'importants indices.

CAPELLO.

Qu'il paraisse.

(Donato fait entrer Blanche, et sort.)

SCÈNE IX.

LORÉDAN, CAPELLO, CONTARINI;
BLANCHE, voilée.

LORÉDAN.

Une femme !

BLANCHE, se dévoilant.

Oui. Je viens à vos yeux...

CAPELLO.

Blanche !

CONTARINI.

Ma fille, ô ciel !

BLANCHE.

Vous, ses juges ! Grands dieux !

CONTARINI.

Juges, dans mon palais souffrez qu'on la ramène.

CAPELLO.

Sans doute un grand effort en ce séjour l'entraîne ;
Juges, ne troublez pas son intrépidité.

LORÉDAN.

Madame, expliquez-vous avec tranquillité.
Sur l'accusé, son crime et ses secrets complices,

Vous nous avez promis de donner des indices.

BLANCHE.

Ma démarche, seigneurs, n'a pas un autre objet :
Son crime c'est l'amour ; l'hymen fut son projet ;
Sa complice c'est moi.

CAPELLO, accablé.

Vous !

CONTARINI.

C'en est trop, perfide !
Quel que soit l'intérêt qui dans ces lieux vous guide,
Dans vos lâches projets tremblez de persister :
Sortez du tribunal.

BLANCHE.

J'ai le droit d'y rester.
Magistrat abusé, souffrez qu'on vous éclaire :
Je suis devant mon juge, et non devant mon père.

CAPELLO.

Poursuivez, poursuivez.

BLANCHE.

L'accusé, cette nuit,
Fut dans notre palais par moi-même introduit.
Là, pour calmer sa flamme, inquiète et jalouse,
Je m'engageais à lui par les vœux d'une épouse,
Devant ce même Dieu, devant ce même autel
Qui depuis... quand j'apprends, dans un trouble mortel,
Qu'aux lieux d'où mon honneur veut qu'un imprudent sorte,
Mon père accourt, suivi d'une nombreuse escorte.
Le palais de Bedmar, ce repaire odieux,

Pouvait seul dérober sa fuite à tous les yeux :
Plus puissant que la crainte, en ce moment funeste,
L'amour l'y précipite, et vous savez le reste.

CONTARINI.

Sans respect pour les nœuds qui doivent te lier,
Devant ce tribunal est-ce assez publier
L'opprobre de ton père et ta propre infamie?
(Aux inquisiteurs.)
Mais vous, dont la prudence est surtout ennemie
Du détour inutile où l'on veut l'égarer,
D'avec la vérité vous savez séparer
Le mensonge inventé pour sauver un perfide.
Songez, surtout, songez que la loi qui vous guide,
Dans le rebelle ici frappant un suborneur,
D'un père et du sénat vient de venger l'honneur.

LORÉDAN.

Tel est mon sentiment; il est irrévocable.

CONTARINI.

Comme le mien.

CAPELLO.

　　　Et moi, dussé-je être coupable,
Infirmant votre arrêt, de mon autorité,
Je ne permettrai pas qu'il soit exécuté.

BLANCHE.

Il serait condamné !

CAPELLO.

　　　Son péril est extrême;
Mais on peut l'y soustraire.

LORÉDAN.

Eh quoi !

CAPELLO.

Je cours moi-même,

A cet infortuné prêtant un sûr appui,

Me placer, s'il le faut, entre la mort et lui.

BLANCHE.

Je vous suis.

CONTARINI.

Arrêtez.

CAPELLO.

En vain tu les sépares,

Ils se réuniront.

(Il tire le voile du fond. On aperçoit Montcassin mort.)

Dieux ! qu'ai-je vu, barbares !

BLANCHE, se jetant sur le corps de son amant.

Montcassin ! Montcassin !

CONTARINI.

Ma fille !

CAPELLO.

Malheureux !

Tu n'en as plus !... Approche, et vois-les tous les deux

Semblables à la tombe insensible, immobile,

Qui contre tes fureurs va leur servir d'asile.

CONTARINI veut en vain relever Blanche.

Ma fille !

CAPELLO.

En paix, du moins, laisse-la sommeiller.

Pourquoi donc, insensé, voudrais-tu l'éveiller?
Sais-tu quelque lien qui l'attache à la terre?
Elle n'a plus d'amant, et n'eut jamais de père.
Père et juge assassin! dans ta férocité,
Ainsi tu te jouais de ma crédulité!
Plus cruel que la loi, dont tu me rends complice,
Ainsi, pour l'assurer, tu pressais le supplice!
Je te connais enfin... le voile est déchiré;
Mais, si j'eus part au crime, au moins je l'expîrai.
C'est peu que d'abdiquer mon sanglant ministère,
Je cours de tant d'horreurs dénoncer le mystère;
Et si l'âge présent m'entendait sans punir,
Ma voix retentira du moins dans l'avenir.
Puisse un jour cette voix, éternisant vos crimes,
Susciter un vengeur à tant d'autres victimes,
A tant d'infortunés dans la fange enterrés,
Ou sous nos toits brûlants du soleil dévorés   !
Puissent les longs forfaits du pouvoir arbitraire
Bientôt s'anéantir avec leur sanctuaire;
Avec ce tribunal entouré d'échafauds,
Où j'ai siégé moi-même au milieu des bourreaux!

FIN DES VÉNITIENS.

NOTES ET REMARQUES

LA TRAGÉDIE DES VÉNITIENS.

Marino Falieri.

Ce doge, âgé de soixante-seize ans, avait une femme jeune
et belle. Michel Steno excita, dans un bal, la jalousie de ce
vieillard; ce n'était cependant pas de l'épouse du doge, mais
d'une des femmes de sa maison, qu'il était occupé : soit que
Falieri en jugeât autrement, soit qu'il fût blessé des manières
peu décentes de Steno, il fit à ce patricien l'affront de l'exclure de l'assemblée. Steno, dans un premier mouvement de
colère, écrivit sur le trône ducal même ces lignes injurieuses
au doge et à son épouse : *Marin Falieri, dalla bella moglie :
altri la gode, ed egli la mantiene.* (SANUTO, *Vita dei duchi.*)

Le sénat ayant traité Steno avec trop d'indulgence au gré
du mari outragé, celui-ci résolut de se venger tout à la fois
du coupable et des juges. De concert avec des plébéiens, il
forma une conspiration contre le corps entier de la noblesse.

Le complot fut découvert la veille du jour où il devait éclater. Nous avons dit ailleurs avec quelle célérité cette affaire fut instruite et jugée : le doge fut décapité au bas de l'escalier du palais de Saint-Marc, et plus de quatre cents conjurés périrent dans les supplices.

On voit encore à Venise un monument du règne, du crime et du châtiment de Falieri. Autour de la salle où s'assemblait le sénat est une frise où sont les portraits de tous les doges : le cadre de celui-ci est rempli par un voile noir, sur lequel on lit cette inscription, tracée en lettres sanglantes : « *Hic locus Marini Falieri, decapitati pro criminibus* : Ici est la place de Marino Falieri, décapité pour ses crimes. »

Ces événements se sont passés du 14 au 17 avril 1355. Lord Byron en a fait le sujet d'une tragédie, qui, malgré les beautés qu'on y remarque, n'a obtenu de succès ni sur le théâtre de Londres ni sur celui de Paris.

[2] PAGE 15.

Buonaparte [1].

Ce n'est pas l'homme qui porte ce nom, mais ce nom même qui est l'objet de cette note : nous invitons les lecteurs à ne

[1] Je me plais à penser qu'on n'aura pas été étonné de retrouver ici cette épître : je la relis après dix-huit ans, et n'y vois rien que je croie pouvoir effacer sans lâcheté. Cette pièce prouve d'ailleurs que ces éloges de Buonaparte n'étaient pas le résultat d'un calcul, mais l'expression d'un sentiment qui, antérieur à l'époque de la puissance de ce prince, n'a pas expiré avec elle.

Les frères biographes m'ont représenté, dans leur libelle diffama-

pas tirer de fausses conséquences de la manière dont il est
écrit. Une lettre de plus ou de moins n'est pas ici sans importance, comme on sait : tel journaliste, tel biographe ne
saurait écrire Bonaparte sans un *u*; c'est l'orthographe con-
sacrée. Si l'auteur des *Vénitiens* semble l'adopter, qu'on ne se
presse pas d'en conclure que ce soit par respect ou par déférence
pour cet usage; il a cru seulement devoir se conformer à la manière dont l'homme qui a rendu ce nom si célèbre le signait
lorsqu'un de ses concitoyens lui fit un hommage si gratuit de
son succès. En effet, ce n'est pas au consul, ce n'est pas à
l'empereur, ce n'est pas même au général, que *les Vénitiens*
sont dédiés : c'est à Buonaparte. S'il est une manière de ridi-
culiser ce nom, nous ne pensons pas que ce soit en l'écrivant
tel qu'il se trouve au bas des traités de Turin, de Léoben et
de Campo-Formio.

toire ; comme flatteur de Buonaparte. Est-ce parceque je l'ai presque autant loué dans la totalité de mes ouvrages, que M. Michaud, lecteur du
roi, dans un seul des siens? A cela je répondrai que si c'est être le
flatteur d'un homme que de dire de lui le bien qu'on en pense, l'incul-
pation des frères n'est que trop fondée. Je n'ai pas, il est vrai, comme
l'un d'eux, comme l'auteur du XIII° chant de l'*Énéide*, l'excuse de
n'avoir rien pensé de ce que j'adressais à l'empereur, l'excuse de n'a-
voir voulu, en le chantant, que gagner honnêtement *quelques milliers
d'écus...*

Je n'ai rien dit, j'en conviens, que je n'aie pensé, que je ne pense
encore ; mais c'est très gratuitement que j'ai été courtisan de la gloire,
comme très gratuitement je suis courtisan du malheur.

A La Haye, le 7 janvier 1818.

Note de l'auteur.

•

3 PAGE 15.

Membre de la première société savante et littéraire de l'Europe, n'en
faites-vous pas votre plus beau titre?

Buonaparte, dans ses proclamations, prenait alors le titre
de membre de l'Institut, et le mettait en tête de ceux que lui
donnaient son grade et ses fonctions.

4 PAGE 16.

Le vénérable auteur de *Paul et Virginie*.

Bernardin de Saint-Pierre, auteur des *Études de la nature*,
dont l'histoire de *Paul et Virginie* fait partie. Qui ne connaît
ce chef-d'œuvre? qui ne connaît aussi *la Chaumière indienne*,
petit roman philosophique, plein d'esprit, de raison et de sentiment? Les divers écrits sortis de la plume de cet auteur sont
recommandables surtout par le charme et la pureté d'un style
non moins élégant que celui de Rousseau, mais beaucoup plus
naturel.

Bernardin, à l'époque dont il s'agit, était de la société du
vainqueur de l'Italie: il en fut écarté depuis par l'influence
d'un savant qui ne permettait pas qu'on eût des théories opposées aux siennes. Bernardin n'a été ni sénateur ni comte.

Physicien et naturaliste souvent hétérodoxe, Bernardin n'en
est pas moins un écrivain du premier ordre; à ce titre il avait
droit à tous les honneurs dont son loyal détracteur a été
comblé.

L'empereur lui accorda pourtant une pension médiocre sur le *Journal de l'Empire*, feuille où il était habituellement déchiré. « Ce qui me plaît surtout en ceci, mon ami, disait Bernardin à l'auteur des *Vénitiens*, c'est que voilà les chiens qui me mordent obligés de tourner ma broche. »

Ce grand écrivain est mort en 1811.

5 PAGE 16.

L'auteur d'*Agamemnon*.

M. Lemercier, auteur d'un grand nombre d'ouvrages de différents genres. *Agamemnon* seul aurait suffi à sa réputation.

6 PAGE 16.

Le chantre d'*Abel*.

Legouvé. Voyez les notes sur la tragédie d'*Oscar*.

7 PAGE 16.

L'énergique et bon Ducis.

Poëte tragique doué d'un génie tout particulier, et à qui il n'a manqué, pour être toujours au plus haut rang, que d'avoir su concevoir et exécuter une pièce, comme il concevait et exécutait une scène. On n'avait pas porté le pathétique si loin avant lui. Malgré ses défauts, cet homme, que l'on croit imitateur de Shakespeare, et qui est souvent aussi original que son modèle, a sur la scène une place à part.

2.   8

Ducis, recherché par Buonaparte, répondit d'abord à ses avances; mais dès que le général fut devenu chef de l'état, les sentiments que lui portait le poëte s'affaiblirent. Ils se changèrent définitivement en aversion lorsque le consul se fut fait empereur. Ducis ne voulut être ni du sénat ni de la légion d'honneur; deux mots expliquent sa conduite : le consulat détruisait la république; le sénat vivait des biens du clergé. Comme Milton, Ducis était dévot et indépendant jusqu'au fanatisme.

Il est mort en 1816.

⁸ PAGE 18.

Un conseil de Buonaparte devait produire une victoire.

En effet, le poëte, enhardi par les observations du général, en revint à ses premières idées, et osa substituer à un dénouement heureux le dénouement terrible qu'il avait conçu d'abord.

⁹ PAGE 24.

Bresse.

Brescia, capitale du Bressan, l'une des provinces que les Vénitiens possédaient en terre ferme. Bresse fut prise et saccagée par l'armée de Louis XII. Nous ne rappellerions pas cette circonstance, si le souvenir de toutes les vertus de Bayard ne s'y rattachait.

¹⁰ PAGE 24.

Inscrit au livre d'or.

On appelait ainsi à Venise le registre sur lequel étaient conservés les noms des familles patriciennes. L'inscription au livre
d'or était la plus grande preuve de reconnaissance que la république crût pouvoir accorder à un particulier, comme la plus
grande preuve de courtoisie qu'elle crût pouvoir donner à un
souverain.

¹¹ PAGE 25.

Bedmar.

Alphonse de la Cueva, marquis de Bedmar, ambassadeur
d'Espagne auprès de la république de Venise : il trama, dit-
on, de concert avec le duc d'Ossonne, vice-roi de Naples, et
D. Pédro de Tolède, gouverneur de Milan, une conspiration,
dont le but était d'asservir Venise à la domination espagnole.
L'histoire de cette conspiration, écrite par Saint-Réal, est un
chef-d'œuvre. Otway y a puisé le sujet de sa tragédie de *Venise sauvée*, et Lafosse celui de *Manlius*.

¹² PAGE 26.

Aux espions titrés...

Les républicains, dès long-temps, ont été portés à voir

8.

avec méfiance les ambassadeurs des monarques. Brutus dit :

> « L'ambassadeur d'un roi m'est toujours redoutable ;
> « Ce n'est qu'un ennemi sous un titre honorable,
> « Qui vient, rempli d'orgueil ou de dextérité,
> « Insulter ou trahir avec impunité. »

Les Vénitiens et les Romains n'avaient pas absolument tort. les ambassadeurs n'ont pas toujours pris les voies les plus droites pour arriver à leur but; mais, comme on sait, le but ennoblit tout, et tout est justifié par le succès.

13 PAGE 30.

Au temple de Saint-Marc.

C'est l'église ducale (*la chiesa ducale*). Le corps de saint Marc repose dans cette vieille basilique, où il fut transporté vers le neuvième siècle. Cette précieuse relique appartenait antérieurement à l'église d'Alexandrie d'Égypte; des marchands vénitiens s'en emparèrent en substituant au corps de saint Marc celui de saint Claude, saint moins recommandable, quoiqu'il ait son mérite. Depuis cette translation un peu frauduleuse, cet évangéliste est devenu le patron de Venise : l'effigie du saint ou de son lion se retrouve sur les monnaies, sur les drapeaux, sur les monuments; il en est même où l'on voit le doge à genoux devant le lion ailé, symbole de la république.

C'est d'après ces notions que l'auteur fait dire à Contarini, dans le premier acte des *Vénitiens*, que Capello

Du lion plus terrible étendit la puissance
De la mer de Venise à la mer de Bysance.

Par mes soins, par mon lait, enfin je suis ta mère.

La tendresse d'une nourrice, souvent aussi vive que celle d'une mère, est rarement aussi délicate : c'est une espèce d'affection animale que le sentiment des convenances et de la dignité modifient bien faiblement. L'auteur des *Vénitiens* avait besoin de l'entremise d'un personnage de ce genre pour la conduite de son intrigue : une mère eût été vile et repoussante, là où une nourrice n'est que faible et excusable.

¹⁵ PAGE 63.

Qui ferme à deux parents l'accès du même emploi.

La loi vénitienne défendait que deux parents siégeassent ensemble dans le même tribunal. Le but du législateur se comprend assez; ce n'était pas la plus mauvaise loi de la république.

¹⁶ PAGE 83.

Au nom du Dieu vivant, Blanche, promettez-vous
De prendre Capello pour légitime époux ?

Par cette interpellation, on a cherché à rappeler la formule usitée dans le rite catholique pour les mariages. L'intervention du pontife dans cette scène n'est pas oiseuse; elle porte au

plus haut degré l'intérêt de la situation, et n'a rien en soi
qui blesse le respect dù à tout ministre du culte, intention
fort étrangère à l'auteur. Il lui a fallu cependant, pour introduire dans le temps ce prêtre au théâtre, combattre des
scrupules, produits, il est vrai, par un fanatisme qui n'était
rien moins que religieux. Nous ne savons quel motif avait ré-
veillé, en 1798, dans les agents du gouvernement, l'esprit de
persécution contre les prêtres; mais on les recherchait avec
plus de rigueur que jamais. La police ayant appris qu'il en
paraissait un dans la tragédie qu'on étudiait, voulut avoir
communication du manuscrit. Fort de la loi qui dispensait de
toute censure l'auteur, assez sùr de lui pour se rendre respon-
sable des inconvénients qui pourraient résulter de la représentation de son ouvrage, M. Arnault refusa d'obtempérer à
l'invitation de la police; mais la direction du théâtre, qui avait
intérêt à ménager une autorité avec laquelle elle était en frottement continuel, fit clandestinement la communication dési-
rée. Il n'y avait alors qu'un censeur à la police: maître une
fois du manuscrit, il s'escrima comme quatre. D'abord il
supprima comme injurieux au gouvernement ces vers toujours
et partout bons à répéter :

> Malheur à tout pouvoir qui croit par l'injustice
> De sa grandeur sanglante assurer l'édifice :
> Il croulera bientôt avec son faible appui,
> Et le sang innocent retombera sur lui.

Vient l'article du prêtre. Fort scandalisé de ce que ce bon
ecclésiastique n'était pas représenté comme un fanatique, et se
renfermait modestement dans les plus étroites limites de ses
fonctions, le censeur décide qu'il était de mauvais exemple de

recourir à l'église en pareille circonstance, et que, conformément aux lois françaises de 1793, ce mariage avait dû être
fait, à Venise, en 1618, devant les autorités civiles. L'auteur,
très instruit de sa religion, n'était pas assez ignorant en fait
d'histoire pour souscrire à cette décision : il déclara que sa
pièce, dont la première représentation était annoncée pour un
jour fixe, serait jouée telle qu'elle avait été faite, ou qu'il dé-
noncerait le ministère, pour abus de pouvoir, aux conseils lé-
gislatifs. L'affaire fit du bruit. Un journaliste raconta les faits de
manière à ne pas concilier l'opinion publique au censeur; un
législateur fit des remontrances au Directoire, qui sentit facilement le ridicule dont il se couvrirait en sanctionnant une
si pitoyable vexation. Définitivement les *Vénitiens* furent joués
sans modifications comme sans suppression, et les indévots ne
s'en scandalisèrent pas plus que les dévots eux-mêmes.

Or quel était l'homme obligeant qui se multiplia pour faire
tomber l'obstacle? car l'article et les remontrances avaient été
faits par le même individu, qui alors dictait des lois dans un
journal et à la tribune. Le lecteur ne sera pas peu surpris
d'apprendre que c'était M. Duviquet, qui avait embrassé gratuitement la défense de l'auteur; tort qu'au reste il a bien réparé depuis, gratuitement aussi peut-être, mais du moins sans
avoir eu plus de motif de se plaindre de son client depuis cet
acte d'obligeance, qu'avant il n'avait eu de motif de s'en louer:
M. Arnault n'avait jamais parlé en bien de M. Duviquet avant
de le connaître, et n'en a jamais parlé en mal après l'avoir
connu.

Mais revenons au sujet de cette note. Un préjugé ridicule
peut seul regarder comme inconvenante l'admission des prêtres catholiques sur le théâtre. Les ministres des autres sectes

du christianisme ont sur cet objet des idées plus conformes à la raison et même à leurs intérêts : le drame où l'on représente Jean Hennuier, évêque d'Évreux, défendant les protestants contre les poignards catholiques ; la tragédie où l'on voit Fénélon mettant en pratique l'indulgente morale de l'Homme-Dieu, sont plus propres à réconcilier la multitude avec les prêtres, que toutes les apologies possibles, parcequ'ici l'apologie est en action.

On peut regretter que ce préjugé ait écarté du théâtre tant de sujets qui sont à la fois de grandes leçons de morale et de religion. Qui n'applaudirait, par exemple, avec transport, à la courageuse rigueur avec laquelle le grand Ambroise refusa l'entrée du temple à Théodose, couvert du sang de ses sujets massacrés à Thessalonique ? Ce n'est pas là du fanatisme, c'est la réunion de toutes les vertus du prêtre et du citoyen.

Personne ne regarde enfin comme une profanation l'intervention de Joad dans la tragédie d'*Athalie* : Joad est pourtant le grand-prêtre d'une religion sur laquelle la nôtre est entée ; Joad est le prêtre du Dieu vivant ; le nom de Dieu est écrit sur cette lame d'or qu'il porte au front, et tout ce qu'il dit est tiré des livres sacrés.

Au reste, autant d'églises, autant d'opinions. Il est singulier seulement que la rigidité de ces opinions s'accroisse en raison de la distance où ces églises sont de Rome, centre du catholicisme. Pendant que Napoléon était fils aîné de l'église, les *Vénitiens* furent représentés à Fontainebleau, sur le théâtre de la cour ; le nonce du pape, monseigneur le cardinal Caprara, accompagné de ses grands vicaires et des ecclésiastiques attachés à la légation romaine, assista en grande loge à cette représentation, et n'en parut pas moins édifié qu'intéressé.

> Les trois inquisiteurs qu'y rassemble la loi,
> Comme du peuple entier sont inconnus de toi.

Le nom des juges du conseil des Trois était inconnu : on sent avec quelle circonspection on devait agir ou parler à Venise, où le hasard pouvait vous donner pour auditeur, pour interlocuteur, pour confident même, un des membres de ce redoutable tribunal.

18 PAGE 96.

Il y avait dans les éditions précédentes :

> Avec les envoyés des puissances diverses,
> Sous peine de la vie, interdit tous commerces.

Tel est presque littéralement le texte de la loi.

19 PAGE 99.

> Juge, il est toujours temps de condamner un homme.

On trouve dans Juvénal un vers où la même idée est exprimée avec une grande énergie :

> Nulla unquam de morte hominis cunctatio longa est.
>
> Sat. VI, vers 221.

Traduction littérale : « Un délai n'est jamais trop long quand il s'agit de la vie d'un homme. »

Ce vers devrait être inscrit en grandes lettres sur les murs

de tous les tribunaux. Que d'assassinats juridiques commis
par précipitation! que de juges, très honnêtes gens d'ailleurs,
sont portés à regarder l'accusé comme coupable, et le prévenu
comme convaincu! Il semble qu'ils aient peur de perdre l'occasion de condamner. Leur empressement rappelle celui de
cet officier suisse qui, chargé après un combat d'enterrer les
morts, faisait jeter indifféremment dans la fosse tout homme
gisant sur le champ de bataille, et répondait aux mourants qui
réclamaient contre cette mesure : *Si on vous en croyait, il n'y
aurait personne de mort.*

20 PAGE 107.

A tant d'infortunés, dans la fange enterrés,
Ou, sous nos toits brûlants, du soleil dévorés.

Capello rappelle ici les horribles prisons nommées *piombi* et
pozzi : là le supplice commençait avec la réclusion.

21 PAGE 107.

Puissent les longs forfaits du pouvoir arbitraire
Bientôt s'anéantir avec leur sanctuaire,
Avec ce tribunal, entouré d'échafauds,
Où j'ai siégé moi-même au milieu des bourreaux!

Il y a long-temps qu'on fait ces vœux-là, et on les fera long-
temps encore. Ces vers, applaudis avec transport dans leur
nouveauté, par horreur pour les tribunaux révolutionnaires,

seraient probablement accueillis de même aujourd'hui, quoique les tribunaux révolutionnaires n'existent plus.

La tragédie des *Vénitiens* a produit un effet terrible sur les
spectateurs. Cela est non seulement constaté dans les journaux
du temps, mais aussi dans une épître pleine de talent, adressée
à M. Arnault par M. Eusèbe Salverte, littérateur estimé à
plus d'un titre. Cette épître contient de bons conseils donnés
en bons vers. Tout homme de lettres harcelé par les critiques ferait très bien de la lire avant de leur répondre. Nous
pensons que l'on nous saura gré de la transcrire ici en entier.

ÉPITRE

A MON AMI ARNAULT,

SUR LA NÉCESSITÉ DE NE JAMAIS RÉPONDRE AUX CRITIQUES;

PAR EUSÈBE SALVERTE.

Aux murs du Capitole un char pompeux s'avance;
Un vainqueur sur ses pas entraîne un peuple immense;
Son nom, par mille voix, est porté jusqu'aux cieux :
Mais sur le même char, offert à tous les yeux,
Un esclave, au héros qui triomphe dans Rome,
Dit par son seul aspect : *Vainqueur, tu n'es qu'un homme!*
Ainsi, quand d'Apollon les disciples chéris
De leurs nobles travaux goûtent enfin le prix,

Au milieu des transports de l'ivresse publique
Ils entendent toujours murmurer la critique :
C'est l'esclave placé sur le char du vainqueur.

Toi qui d'un nom vanté soutiens toujours l'honneur,
Sur tes pas, cher Arnault, Blanche aujourd'hui rappelle
De l'essor des talents la compagne éternelle,
La critique : — déjà gronde son noir chagrin.
A son attaque injuste oppose un front serein ;
Sûr qu'un éloge vrai n'est jamais sans mélange,
Écoute la censure, ainsi que la louange.
Un vain bruit trouble-t-il un cœur comme le tien ?
Non ! Quand la scène en toi compte un nouveau soutien ;
Quand, de tes chants ému, le public que tu charmes
A d'avance aux censeurs répondu par des larmes,
Garde-toi de mêler, trop prompt en ton courroux,
Une épine aux lauriers dont nous te parons tous.
De chefs-d'œuvre nouveaux enrichis Melpomène ;
Laisse tes détracteurs s'agiter sur l'arène ;
Laisse hurler des fous que trouble un noir accès,
Et lasse la critique à force de succès !

Pour donner quelque poids à nos propres suffrages,
Pour voir mieux nos défauts, et polir nos ouvrages,
D'un ami sage et vrai nous empruntons les yeux :
« Ce vers est bien, dit-il, mais il peut être mieux ;
« Ici la phrase est louche ; et là c'est la pensée
« Qui d'un mot élégant veut être rehaussée.
« De ce tour trop pénible attendez peu d'effet ;
« Otez ce vers commun que tout le monde a fait ;
« Donnez, en rejetant cette emphase inutile,
« Plus de force à l'idée, et plus d'accord au style. »

Il dit : nous corrigeons; mais l'aveugle amitié
De nos fautes souvent excuse la moitié.
Eh bien! cette moitié, c'est la part du critique.
A tous ses traits, dis-tu, par un seul je réplique :
Il fut toujours un sot... — Eh! qu'importe aujourd'hui,
Si le goût une fois est d'accord avec lui?
Un bon avis est bon, quoiqu'il soit de Zoïle;
Que dis-je! rendons grâce au censeur malhabile
Qui, sous les traits hideux de la malignité,
Même en la présentant, masque la vérité :
L'honnête homme indigné ne voit que son injure;
Il repousse soudain l'insolente censure.
Nous, parmi tant de vers sans raison critiqués,
Distinguons les défauts justement indiqués;
D'un changement heureux que la leçon suivie
Fasse à notre succès servir même l'envie.
Par l'envie égarés, si tes lourds détracteurs
En règles du bon goût érigent leurs erreurs,
A leurs sophismes vains te sied-il de répondre?
Laisse un autre descendre au soin de les confondre;
Ou que par tes amis ton silence imité
Abandonne Zoïle à son obscurité.
L'injuste objection, qui n'est pas relevée,
Dans l'esprit du lecteur ne reste point gravée; ,
Son vestige impuissant disparaît sans retour :
L'erreur peut triompher, mais elle n'a qu'un jour.
Racine à chaque ouvrage eut de nouveaux critiques :
Où sont ces bons plaisants, ces profonds dogmatiques?
Ils prouvaient sans réplique, aux spectateurs surpris,
Qu'à tort pour Andromaque ils s'étaient attendris;

Qu'ils avaient, enchantés d'une vaine harmonie,
A tort excusé Phèdre, et plaint Iphigénie;
Que Bérénice, en proie à son tendre tourment,
Ne devait, dans Paris, charmer que son amant;
Qu'il fallait à Saint-Cyr confiner Athalie!...
On admirait partout leur justesse infinie;
Mais un malheur cruel les poursuivit toujours :
Ces critiques savants n'ont pas vécu trois jours;
Et leur mémoire encore excitant nos outrages,
Rappelle leur sottise et non pas leurs ouvrages.
Ainsi, jusqu'à nos jours, du malheureux Pradon
L'opprobre et le mépris ont conservé le nom;
Ce nom qui paraîtra, dans la race future,
Aux plus méchants auteurs, une cruelle injure. —
Mais, prompt à les punir, Racine n'a-t-il pas
Sur Pradon et Boyer, sur Leclerc et Coras,
De ses piquants bons mots épuisé la malice? —
Je l'avoue, avec eux descendu dans la lice,
Il semblait, en frondant leurs stériles travaux,
A sa hauteur sublime élever ses rivaux.
Si jadis du Pygmée un affront ridicule
Contre ce peuple nain arma le bras d'Hercule,
De ce burlesque exploit le triste souvenir
Loin d'accroître sa gloire aurait pu la ternir.
Il est des ennemis qu'on doit rougir d'abattre;
Et l'on égale à soi ceux qu'on daigne combattre.
Des oiseaux de la nuit s'il entend les clameurs,
L'aigle s'abaisse-t-il à punir leurs fureurs?
Non : quand sur le rocher leur jalouse impuissance
Fait gémir les échos, le roi des airs s'élance,

Vole vers le soleil, et plane dans les cieux.

Tel, insensible aux cris des sots, des envieux,
Et de ses chants pompeux redoublant l'harmonie,
En s'élevant toujours, se venge le génie.
Vers son but immortel dirigeant tous ses pas,
Superbe, il ne sait point, en de honteux combats
Où le nom des vaincus flétrirait sa victoire,
Consumer des instants qu'il doit tous à sa gloire.

Pour les mêmes appas, du même amour blessés,
Vois deux superbes coqs l'un sur l'autre élancés ;
La plume dans les airs vole, le sang ruisselle ;
Près d'eux l'enfant oisif, qu'amuse la querelle,
Par ses cris excitants aiguise leur fureur,
Et comme du vaincu se moque du vainqueur.
Ainsi, dans les éclats d'un débat littéraire,
D'un censeur décrié l'imprudent adversaire,
Comme lui, du public est le jouet honteux :
Le lecteur tour à tour se rit de tous les deux ;
Et contre la raison, sans pudeur outragée,
Au trait le plus malin la palme est adjugée.
Ce laurier des méchants, dois-tu le disputer,
Toi, dont le cœur si noble est fait pour l'éviter ?
Le lion, des forêts dominateur tranquille,
N'a jamais envié le venin du reptile.
Laissons au malheureux qui n'a pas d'autre esprit,
Cet esprit que l'on hait, lors même qu'on en rit.
L'épigramme est facile autant que méprisable :
Un trait, une équivoque y rend tout excusable.
A peine aborde-t-on ce genre détesté :
De son esprit fertile on reste épouvanté.

Moi-même, je le sais, dans un autre délire,
Des mains du tendre amour j'avais reçu ma lyre;
L'amour dans tous mes chants régnait seul, et jamais
Sous les traits de l'esprit ne vit masquer ses traits.
Laure m'applaudissait... trahi par cette Laure,
Cette Laure perfide, et pourtant chère encore,
Je voulus être auteur pour n'être plus amant.
Mes vers ont vu le jour : je croyais bonnement
Que Paris, comme moi, charmé du nom de Laure,
Chérirait des chansons que ce doux nom décore.
Hélas! certains censeurs, prompts à me corriger,
En termes un peu durs m'apprirent qu'un berger
Qui de ses feux trompés veut raconter l'histoire
Doit aux échos des bois borner son auditoire.
Les censeurs disaient vrai... peut-être!... mais leur ton,
Leur ton me révoltait... Eh quoi! ne saurait-on,
D'un père infortuné ménageant la folie,
Estropier ses vers d'une façon polie?
Déjà, pour me venger, le courroux m'inspirait:
J'aurais eu, cette fois, de l'esprit et du trait.
Main couplet aiguisé d'une vive ironie,
Maint sarcasme piquant, mainte heureuse saillie,
De mon cerveau fécond jaillissaient à la fois.
J'allais... mais la raison me rappelle... A sa voix,
Je rougis et m'arrête au bord du précipice.
« Oui, me dis-je, averti par cette voix propice,
« Je puis d'un ridicule affubler les railleurs :
« De bonne foi, mes vers en seront-ils meilleurs?
« Il n'en est pas un seul dont mon cœur se repente:
« Dédaignons un talent que la colère enfante;

« Et, quel que soit mon rang parmi tant de rimeurs,
« Au défaut de mes vers on prisera mes mœurs! »
    « Eh quoi! » peut me répondre un écrivain novice,
Dont le cœur, jeune encor, peu fait à l'injustice,
Veut qu'un censeur soit doux, honnête, impartial,
Et surtout, lorsqu'il cite, attentif et loyal;
« Eh quoi! ce vétéran *, qui doit être mon guide,
« Sur mes travaux, sur moi, verse un poison perfide;
« Il ne veut point m'instruire, il veut me désoler,
« Il veut me perdre... et moi, je n'oserais parler,
« Et, par les coups pressés d'un puissant ridicule,
« De sa main engourdie arracher la férule? »
Non : si c'est notre honneur qu'il a voulu flétrir,
Répondre en plaisantant serait nous avilir.
N'en veut-il qu'à nos vers; d'une injuste censure
Le silence est toujours la peine la plus dure.
C'est un plaisir alors assez original
De voir notre envieux, dévorant un journal,
Du chagrin qu'il nous cause y chercher l'assurance :
Il ne la trouve point; et de notre défense
Désespérant d'orner sa feuille d'aujourd'hui,
Il tombe, accusé seul par le public ennui.
    Rimons un trait plaisant que ce propos rappelle.
Contre l'auteur d'Inès Gâcon fait un libelle :

---

* Ce trait fait allusion à Clément de Dijon, qui, dans sa vieillesse,
retrouva, pour déchirer l'auteur des *Vénitiens,* non pas le talent mais
la malveillance avec laquelle, dans sa jeunesse, il avait outragé Voltaire, Saint-Lambert et Delille.

S'il fut attaqué par Clément, M. Arnault fut défendu par M. Hoffman.
Il n'y a rien dans tout cela que d'honorable pour lui.

2.   9

Le pacifique Houdart à son écrit mordant
Oppose du dédain le silence prudent :
Qui riposte aux Gâcons prouve qu'on peut les lire.
« Vous n'osez donc, monsieur, répondre à ma satire?
« Vous n'y gagnerez rien; sous trois jours, sans retard,
« J'imprime ma réplique au silence d'Houdart. »
    Imite, cher Arnault, cette adroite vengeance;
Que Gâcon, s'il le veut, réplique à ton silence;
Toi, d'un plus noble soin occupe tes esprits;
Connais de tes lauriers et l'éclat et le prix :
Pour mieux t'encourager alors que Melpomène
Plein d'une ardeur nouvelle à ses jeux te ramène.
Songe à ce jour chéri de tes admirateurs,
Où tes rivaux charmés, où les belles en pleurs,
De te féliciter disputant l'avantage,
Au vainqueur à l'envi rendaient un pur hommage.
« C'est lui, l'auteur d'*Oscar!* l'auteur de *Marius!* »
Ce succès, dans l'esprit des spectateurs émus,
De tes premiers succès réveillait la mémoire,
Et ton front rayonnait de plus d'une victoire.
    Crois-tu que d'un censeur le dédain affecté
Ait d'un jour si brillant pu ternir la clarté?
Sa pesante critique, en naissant oubliée,
De vieux traits rajeunis quelquefois égayée,
En vain offre aux jaloux le plaisir d'abaisser
Un auteur dont le nom est fait pour les blesser.
Le public foule aux pieds ces pages fugitives,
Du vil talent de nuire odieuses archives :
Et de tes deux amants déplorant les revers,
Court le soir, avec nous, applaudir à tes vers.

Réponds à cet appel de la faveur publique.
Moins aigri qu'animé par l'injuste critique,
Ressaisis ces pinceaux dont la mâle couleur
Peignit de Marius l'effrayante douleur;
Autour d'Oscar mourant assembla les images
Des héros de Morven penchés sur leurs nuages;
Et, cherchant de ton art les sentiers moins battus,
Dans sa feinte démence osa montrer Brutus.
Poursuis! De tes tableaux soutenant la noblesse,
Au lâche, à l'insensé, fais haïr sa faiblesse;
Exalte dans nos cœurs et l'active pitié,
Et l'amour vertueux, et la sainte amitié;
En ton vers énergique exhalant ton courage,
Flétris la trahison d'un immortel outrage;
Venge sous le destin le génie abattu,
Et fais du crime heureux triompher la vertu.

DON PÈDRE,

OU

LE ROI ET LE LABOUREUR,

TRAGÉDIE EN CINQ ACTES,

REPRÉSENTÉE POUR LA PREMIÈRE FOIS A PARIS, SUR LE THÉATRE FRANÇAIS, EN 1802.

Fecunda virorum

Paupertas.

LUCAN., lib. I.

AVERTISSEMENT.

Le Roi et le Laboureur [1] est une pièce nouvelle même pour les personnes qui ont assisté à la seule représentation qu'on en ait donnée. Bien qu'elle ait été jouée d'un bout à l'autre, ce fut au milieu d'un si grand tumulte, qu'il eût été impossible à l'auditeur le plus attentif d'en entendre deux vers de suite : elle a été moins jugée que condamnée.

D'où venait tant de malveillance contre un homme traité jusque là avec ménagement, et auquel son dévouement, dans la révolution du 18 brumaire, semblait donner alors quelques droits nouveaux à la faveur publique ?

C'est ce que nous allons tâcher d'expliquer.

Sa disgrâce doit moins être attribuée à l'*étrangeté* du sujet qu'il avait choisi, qu'aux conséquences des idées que ce sujet semblait devoir réveiller. Dans le nombreux concours de spectateurs qu'il avait attirés, moins de gens étaient venus pour écouter que pour empêcher d'entendre.

D'après quelques lectures particulières, cet ouvrage d'un auteur si long-temps dénoncé comme royaliste, avait été si-gnalé comme celui d'un démagogue : le laboureur parlait, disait-on, en vrai tribun, et la passion du roi ne tendait qu'à dégrader la dignité royale. Ces inculpations doivent paraître fort bizarres aux étrangers, qui se rappellent qu'à cette époque (1802) la France était en république.

Mais cette république n'existait que de nom. Au 18 brumaire la monarchie avait été réellement rétablie. Chaque jour
la suprématie du premier consul se fortifiait de tout ce que
perdait l'autorité de ses collègues. Rien ne se faisait sans lui, qui
pouvait tout sans eux; il s'était plutôt associé leurs lumières,
qu'il ne les avait associés au pouvoir. De plus, il commandait
l'armée, et ne la commandait que pour vaincre. Sous un titre
modeste, il régnait dès l'établissement du consulat, et semblait
devoir toujours régner, depuis que le vœu général lui avait
déféré le consulat pour la vie.

Soit dans l'intérêt public, soit dans son intérêt privé, le
consul crut devoir revêtir le pouvoir qu'il exerçait d'un titre
qui y fût analogue. Mais on prépara long-temps ce grand
résultat. Le peuple s'étant de nouveau familiarisé avec les
choses, on ne négligeait rien pour le réconcilier avec les
noms; opération non moins importante, mais peut-être plus
difficile que la première.

La tragédie de *Don Pèdre*, donnée en ces circonstances,
parut peu en harmonie avec de semblables intérêts.

A l'époque où elle a été composée (en 1799) elle n'aurait
pas plus concordé avec la politique du jour. Peut-être eût-on
repoussé alors, comme trop respectueuse envers l'autorité mo-
narchique, cette pièce réprouvée trois ans plus tard par un
motif tout opposé.

On n'eût pas été plus juste. L'auteur n'avait eu l'intention
ni de réhabiliter ni de déprimer la dignité royale.

Il avait cru, par le sujet qu'il mettait en scène, offrir d'utiles leçons à plus d'une classe de la société, apprendre aux grands à ne pas trop mépriser les petits, aux petits à ne pas juger trop rigoureusement les grands; démontrer que le sentiment de la justice est inné dans le cœur de l'homme, et qu'on peut en attendre d'heureux effets quand il se trouve uni à un grand discernement et à un caractère supérieur.

De pareilles vues sont utiles, et c'est dans un plan très dramatique qu'elles nous semblent avoir été développées.

Le sujet de cette pièce appartient au théâtre espagnol; l'analyse qu'il en avait entendu faire par un agent diplomatique donna à M. Arnault l'idée de le transporter sur le théâtre français. Ce projet était exécuté quand il fit lui-même un voyage à Madrid, où l'ouvrage original lui fut communiqué. Il est intitulé *Juan Paschal, famosa comedia, de un ingenio de esta corte,* fameuse comédie d'un bel esprit de cette cour[2].

Ce sujet est depuis long-temps applaudi en Espagne. En faut-il conclure qu'il devait être applaudi en France? non certes, si l'auteur ne l'avait pas soumis aux modifications commandées par la délicatesse française, ainsi qu'il s'y est étudié.

Les explications données plus haut font concevoir comment cet ouvrage a été condamné sans avoir été entendu. Mais, après avoir été écouté, eût-il été approuvé? c'est ce qu'il ne nous convient pas d'affirmer.

C'était peut-être s'aventurer que de rapprocher dans un cadre tragique les mœurs des cours et celles des champs. Le contraste est grand. Mais, dans les arts, tous les objets qui contrastent ne se repoussent pas: bien plus, ils se font souvent

valoir. C'est par des contrastes que les grands artistes ont obtenu leurs plus beaux effets.

Ce rapprochement d'un roi et d'un laboureur répugnerait
néanmoins à la dignité de la tragédie, s'il n'offrait que l'oppo-
sition de la grossièreté à la politesse, de l'indocilité de l'ignorance à l'autorité de l'instruction : mais un auteur français ne
pouvait faire une pareille faute.

La franchise, la rudesse même des agriculteurs, dans cette
tragédie, n'est rien moins que dénuée de noblesse; et l'énergique simplicité de leurs discours, qui peut quelquefois plaire
aux esprits justes, n'offre aucune expression dont se puissent
offenser les oreilles délicates. Le langage que l'auteur leur a
donné s'élève assez haut pour s'accorder avec celui qu'il conserve aux hommes de cour; il est aussi éloigné de la trivialité
que de l'enflure.

Conclurait-on de là que si l'on n'a pas trop rabaissé le ton des
uns, on a dû trop élever celui des autres; et qu'il n'est pas vrai-
semblable qu'un homme des champs parle convenablement des
matières de gouvernement? Nous répondrions que La Fontaine
a donné la solution de ce problème : qu'on relise la fable du
Paysan du Danube [3].

Le ton simple mais noble que le *bon-homme* a pris dans cette
fable est celui que l'auteur devait se proposer pour modèle dans
sa tragédie; et, qu'il y ait pensé ou non, la nature des intérêts qu'il y discute devait l'y conduire. Dans l'une et l'autre
composition, ces intérêts sont à la portée de la raison commune. Est-il en effet besoin d'avoir étudié la politique pour

connaître la justice, d'avoir approfondi l'art du gouvernement pour juger des fautes de l'administration? ce ne sont
pas là des secrets d'état. Consultez sur la répartition de l'impôt,
ou sur le recrutement de l'armée, le premier paysan que vous
rencontrerez, et vous verrez si les vices attachés aux modes
établis ont échappé à sa sagacité. Mais c'est dans les formes qui
lui sont propres qu'il les dénoncera à votre indignation; formes
d'une éloquence non pas essentiellement brutale, mais néces-
sairement vigoureuse et franche.

Enfin, si l'on nous objectait que la condition de nos personnages les exclut d'un drame qui, par sa nature, n'admet
rien que de noble, ou tout au moins de grand, nous oserions
répondre qu'en scène un personnage est grand surtout par
la situation où il se trouve, par les intérêts qui l'occupent; et
que les hommes y sont moins nobles ou vils par leur condition que par leurs sentiments et par leurs mœurs.

Les plus magnifiques accessoires de la souveraine puissance
ne sauraient rendre que plus méprisables les Vitellius, les Hé-
liogabale; tandis qu'on ne peut refuser de l'admiration à
Spartacus, dont l'héroïsme est rehaussé même par la bassesse
de sa condition. Que si un grand caractère ennoblit l'homme
dans une condition servile, à plus forte raison doit-il l'ennoblir dans une condition libre, et surtout dans une profession
honorable, telle que celle du laboureur, qui nourrit l'état, et
du soldat, qui le défend.

Ajoutons à cela, quant à ce qui concerne notre héros, qu'a-
près tout il n'appartient pas à la classe infime de la société.

C'est un homme libre, un propriétaire, un chef de famille; il
a exercé une magistrature; il a été alcade. Eût-on jamais songé
à lui refuser droit de bourgeoisie sur la scène tragique, où ce
droit équivaut à des titres de noblesse, s'il se fût appelé Jacob,
Ismaël ou Ésaü? Transportez sur les rives du Jourdain et dans
le pays de Canaan l'action qui se passe en Andalousie aux
bords du Guadalquivir, et le laboureur, dans lequel on n'a
voulu voir tout au plus qu'un métayer, va, sans difficulté, devenir un patriarche.

Ce que M. Arnault a exécuté, Voltaire l'avait tenté, dans
sa tragédie des *Scythes,* avec plus de réserve à la vérité, et sous
la protection de ce vernis de grandeur dont l'antiquité revêt
tout ce qui lui appartient. Son opinion prêtera du poids à la
nôtre. Voici comment s'exprime, à ce sujet, celui des hommes
de génie qui a eu le plus d'esprit, de raison et de goût.

« C'est une entreprise un peu téméraire d'introduire des pas-
« teurs, des laboureurs avec des princes, et de mêler les mœurs
« champêtres avec celles des cours. Mais enfin cette invention
« théâtrale (heureuse ou non) est puisée entièrement dans la
« nature. On peut même rendre héroïque cette nature si sim-
« ple; on peut faire parler des pâtres guerriers et libres avec
« une fierté qui s'élève au-dessus de la bassesse que nous attri-
« buons très injustement à leur état, pourvu que cette fierté
« ne soit jamais boursouflée; car qui doit l'être? le boursouflé,
« l'ampoulé ne convient pas même à César. Toute grandeur doit
« être simple. »

Ces raisonnements nous semblent suffisants pour réfuter les

objections faites à l'auteur relativement à la nature du sujet qu'il a choisi; quant aux critiques qui portent sur le talent avec lequel il l'a traité, c'est à la pièce à y répondre. Nous ne savons si la lecture lui conciliera en France les suffrages qui lui furent refusés lors de la représentation; mais il paraît probable que l'effet en sera du moins favorable chez l'étranger, où il se trouve souvent des juges dont le goût, pour ne pas être aussi méticuleux que celui de certains aristarques de Paris, n'en est pas moins conforme aux lois de la raison et aux intérêts de l'art dramatique.

Épitre dédicatoire

au

Général La Fayette.

—

Général,

Vous accueillerez avec plaisir, j'en ai le sentiment, ce témoignage de l'estime d'un proscrit. Cette qualité ne vous épouvante pas. Vous aussi vous avez été proscrit; vous avez honoré la proscription avant qu'on m'en ait honoré.

Combien le souvenir de la constance héroïque avec laquelle vous avez supporté vos malheurs n'a-t-il pas fortifié le courage dont j'ai besoin pour supporter les miens!

Je n'en suis point abattu: mais que j'en

serais fier si, comme vous, je m'en étais rendu digne en défendant uniquement la cause de la liberté, en méritant également la haine des fauteurs du despotisme et des fauteurs de l'anarchie !

Je suis, avec autant d'affection que de vénération,

Général,

Votre très humble
et très obéissant serviteur,

Arnault.

DE MA RETRAITE, LE 9 FÉVRIER 1818.

PERSONNAGES.

DON PÈDRE, roi de Castille.

JUAN, laboureur.

FÉLICIE, sa fille.

DIÈGUE, fils de Juan.

LÉON, soldat.

ALPHONSE, }
ALMÈDE, } courtisans.

UN VIEILLARD.

GARDES.

MOISSONNEURS.

FEMMES.

La scène se passe tantôt à Séville, tantôt dans une campagne
qui n'en est pas éloignée.

DON PÈDRE,

OU

LE ROI ET LE LABOUREUR.

~~~~~~

ACTE PREMIER.

Le théâtre représente d'un côté un bois, de l'autre une maison rustique, devant laquelle on remarque les instruments du labourage. De grands arbres, placés vers le milieu, n'empêchent pas d'apercevoir des campagnes cultivées : le Guadalquivir les baigne. On distingue Séville dans l'éloignement.

———

SCÈNE I.

DON PÈDRE, DON ALPHONSE, en habits de
voyageurs; DIÈGUE.

DON ALPHONSE, bas à don Pèdre.

Sire, votre secret ne court aucun danger;
Bien loin de vous connaître, on vous croit étranger.

DIÈGUE.

Ce court chemin, seigneurs, vous conduit à la ville ;
Vous serez dans une heure aux portes de Séville.
Vers les lieux où l'aurore éclate à vos regards,
N'apercevez-vous pas ses tours et ses remparts ?

DON PÈDRE.

Vers l'aurore, en effet, je crois les reconnaître...
Que j'aime ce séjour et sauvage et champêtre !
Tu l'habites ?

DIÈGUE.

Le toit qui frappe ici vos yeux
Est celui qu'à mon père ont laissé mes aïeux :
Il forme avec ce champ le modeste héritage
Qu'entre ma sœur et moi son équité partage.

DON PÈDRE.

Ton père est pauvre ?

DIÈGUE.

Il est pauvre, mais estimé.
Content de moissonner le champ qu'il a semé,
La faucille et le soc sont toute sa richesse ;
Sa longue expérience et sa haute sagesse
Toutefois en ces lieux lui donnent un grand poids :
Au temps qu'il fut alcade, on observa ses lois [1] ;
Eh bien ! que de ce titre un autre se décore,
Pour le canton, seigneur, il est alcade encore.
Les moindres différents lui sont toujours soumis,
Ses avis sont des lois : souvent deux ennemis,
Surpris, en le quittant, du nœud qui les rassemble,

Dans le champ contesté vont labourer ensemble.

DON PÈDRE.

Quel est son nom?

DIÈGUE.

Juan.

DON PÈDRE, vivement.

Et sa fille?

DIÈGUE.

Jamais

Plus de vertu, seigneur, n'embellit plus d'attraits.
Elle est tout à la fois et l'amour de son père,
Et l'honneur de son sexe, et l'orgueil de son frère.

DON PÈDRE.

Poursuis.

DIÈGUE.

A son insu, brillante en son printemps
De beautés que la cour envîrait à nos champs,
De grâces, de candeur et de vertus ornée,
Félicie entre à peine en sa vingtième année.

DON PÈDRE.

Est-elle libre enfin?

DIÈGUE.

Léon, simple soldat,

Croyait la conquérir en volant au combat.
Aux déserts de l'Afrique il obtint quelque gloire;
Mais surpris par la mort au sein de la victoire...

DON PÈDRE.

O bonheur!

10.

DIÈGUE.

En effet, un semblable trépas
Pour un cœur généreux doit avoir des appas,
Et combien je préfère à ma vie ignorée
De nos communs regrets cette mort honorée!

DON ALPHONSE.

La gloire te plairait?

DIÈGUE.

Devrais-je l'avouer?
Aux plus obscurs travaux contraint à me vouer,
Moins heureux que Léon, je renferme en mon âme
Cet imprudent désir que son exemple enflamme:
Il afflige mon père, et j'en veux triompher;
Mais souvent, à l'instant où j'ai cru l'étouffer,
Je cherche ma faucille à mes mains échappée
Au récit d'un combat, à l'aspect d'une épée.
Si jamais...! Quoi! déjà je vois de toutes parts
Dans nos champs repeuplés les laboureurs épars!
Permettez, étrangers, qu'à mon devoir fidèle,
Je retourne moi-même au travail qui m'appelle.

(Il sort.)

SCÈNE II.

DON PÈDRE, DON ALPHONSE.

DON PÈDRE.

Ami, quand je vantais sa vertu, sa beauté,

Tu l'entends, j'en disais moins que la vérité.
Mais c'est peu du portrait que t'en fait la mémoire;
Si tu pouvais la voir!

DON ALPHONSE.
Si j'osais vous en croire...

DON PÈDRE.
Eh bien?

DON ALPHONSE.
Vous l'aimeriez.

DON PÈDRE.
Je l'aime avec fureur.

DON ALPHONSE.
La fille d'un sujet, sire!

DON PÈDRE.
D'un laboureur.

DON ALPHONSE.
N'appelez pas amour la passagère envie...

DON PÈDRE.
Je l'aime avec fureur, Alphonse, et pour la vie.

DON ALPHONSE.
Vous le croyez du moins: prestige accoutumé
D'un cœur qui, jeune encore, et n'ayant point aimé,
Se croit pris d'un amour aussi constant que tendre
A chacun des désirs dont il se sent surprendre.

DON PÈDRE.
Je ne m'abuse point. Ces désirs passagers,
Ces ennuis, ces soupirs à l'amour étrangers,
Sont loin de ressembler à l'invincible flamme

Qu'un instant, un regard a fait naître en mon âme.
De cinq jours le dernier est à peine expiré,
Depuis qu'au sein des bois où j'errais égaré,
De toutes les beautés que l'Espagne recèle,
Le hasard à mes yeux présenta la plus belle ;
C'est ici : loin de ceux dont j'étais escorté,
Par l'attrait du plaisir à la chasse emporté,
A travers la forêt, les torrents et les plaines,
J'avais suivi d'un cerf les traces incertaines ;
Tout-à-coup mon coursier, haletant, harassé,
Tombe, et de tout son poids m'accable embarrassé.
J'eusse expiré sans doute en un lieu plus sauvage.
Déjà du sentiment j'avais perdu l'usage ;
Et long-temps immobile après un vain effort,
J'avais semblé dormir du sommeil de la mort :
Quand, recouvrant soudain la lumière perdue,
Sur ceux qui m'entouraient je soulevai ma vue.
Tandis que d'un vieillard le secours empressé
M'avait soustrait au poids dont j'étais oppressé,
La pitié de sa fille, à moi seul attentive,
S'efforçait d'arrêter mon âme fugitive ;
Dans mes regards mourants épiait mes besoins...
Quelques soupirs, je crois, se mêlaient à ses soins.
Un contraste enchanteur et d'espoir et d'alarmes
A sa beauté prêtait encor de nouveaux charmes ;
Et sur son doux visage empreint de mes douleurs,
Quelquefois le sourire éclatait sous les pleurs.
Sur ses genoux tremblants, d'une main bienfaisante,

Tantôt elle appuyait ma tête encor pesante ;
Et tantôt, pour calmer dans mon sein altéré
Les ardeurs de la soif dont j'étais dévoré,
Ses mains se transformaient, sous ma bouche ravie,
En coupe où je buvais l'amour avec la vie.
Que dis-je ! empoisonné par ses cruels secours,
Par cette pitié même à qui je dois mes jours,
Je regrettais bientôt ma première souffrance ;
Je regrettais la mort et son indifférence :
Quand le vieillard, après m'avoir serré la main,
Et des murs de Séville enseigné le chemin,
Sans demander mon nom, sans daigner même entendre
Les offres qu'un bienfait lui donnait droit d'attendre,
Sur sa fille appuyé, d'un pas plus diligent,
Avec elle est rentré sous ce chaume indigent.

DON ALPHONSE.

Et sous ce chaume un roi n'a pas osé les suivre ?

DON PÈDRE.

Dans le premier dépit de l'amour qui m'enivre,
Pour m'aplanir le seuil de cette humble maison
Je pensai me trahir et prononcer mon nom.
Et qu'aurais-je obtenu ? ce que l'obéissance
Ou plutôt la faiblesse accorde à la puissance :
Des honneurs, des respects, mais non pas ce retour
Que tôt ou tard, sans doute, obtiendra mon amour.
Peut-être est-ce une erreur, mais cette erreur m'est chère:
C'est elle qui, brisant cet âpre caractère,
Cet orgueil indompté que m'ont transmis vingt rois,

Sous ces obscurs habits me ramène en ces bois,
Où, devenu l'égal de celle que j'adore,
J'ai devancé le jour pour la revoir encore.

DON ALPHONSE.

Quelqu'un vient.

DON PÈDRE.

C'est Juan.

SCÈNE III.

DON PÈDRE, DON ALPHONSE, JUAN, DIÈGUE, FÉLICIE; MOISSONNEURS, la faucille à la main.

JUAN.

                Le jour nous est rendu :
Reprenons le travail par la nuit suspendu.
Tant qu'on verra les champs appeler la faucille,
Ne formons, mes amis, qu'une même famille.
Que l'un de nous jamais n'implore l'autre en vain :
Tu m'aides aujourd'hui, je t'aiderai demain.
Vous, mon fils, dans nos champs comme dans nos demeures,
Du travail, du repos, distribuez les heures.
En feignant d'oublier, ayez l'art de donner ;
Car le pauvre, après nous, doit aussi moissonner.

(Félicie paraît, accompagnée de femmes portant des provisions.)

DON PÈDRE, à Alphonse.

La vois-tu?

JUAN.

Vous, ma fille, au plus prochain bocage
Portez les simples mets, le frais et pur breuvage,
Qui, lorsque du midi nous fuirons les ardeurs,
Doivent rendre la force aux bras des moissonneurs.

(Les moissonneurs traversent le théâtre, conduits par Diègue.
Félicie les suit, accompagnée de ses femmes; elle aperçoit don
Pèdre, jette sur lui un regard mêlé de trouble et d'intérêt, et
poursuit sa marche. Juan suit le dernier.)

DON PÈDRE.

O regard qui me tue! ô trouble qui m'enivre!
Mais elle fuit...

DON ALPHONSE.

Seigneur, que voulez-vous?

DON PÈDRE.

La suivre.

DON ALPHONSE.

Son père vous observe.

DON PÈDRE.

Abordons-le.

SCÈNE IV.

DON PÈDRE, DON ALPHONSE, JUAN.

DON PÈDRE.
                              Vieillard!...
JUAN.
Que voulez-vous de moi, jeune homme?
DON PÈDRE.
                              Un seul regard.
JUAN.
Puis-je vous être utile?
DON PÈDRE.
                    Ah! ma plus douce envie
Serait de l'être à ceux qui m'ont sauvé la vie;
Cette dette est sacrée.
JUAN.
                    Oui; vous l'acquitterez
Envers les malheureux que vous rencontrerez.
DON PÈDRE.
Mais envers vous, d'abord, que ma reconnaissance...
JUAN.
Le bienfait avec lui porte sa récompense.
Vous ne me devez rien.
DON PÈDRE.
                    Soulagé par vos soins,

Je dois, à votre exemple, alléger vos besoins.

JUAN.

Je n'en ai pas.

DON PÈDRE.

Ce toit n'est-il pas votre asile?

JUAN.

Penseriez-vous qu'ailleurs on dorme plus tranquille?

DON PÈDRE.

Je sais que la misère y poursuit vos vieux jours.

JUAN.

Un puissant protecteur l'en écarta toujours.

DON PÈDRE.

Et lequel?

JUAN.

Le travail : je n'en connais pas d'autre.

DON PÈDRE.

Le travail veut la force, et l'âge abat la vôtre :
Vos besoins s'accroîtront : qui donc y pourvoira?

JUAN.

J'ai nourri ma famille; elle me nourrira.

DON PÈDRE, avec chaleur.

A regret, ô vieillard, ma voix vous importune.
Pour votre fille, au moins, redoutez l'infortune.
Des horreurs de l'opprobre et de la pauvreté
Sauvez tant de vertu, sauvez tant de beauté.
Je le veux... disposez de toute ma puissance ;
Ne mettez pas de borne à ma reconnaissance.
Vous n'aurez pas formé de désirs superflus.

Parlez, Juan.

JUAN.

Le roi ne m'en dirait pas plus.

DON PÈDRE, avec embarras.

Il est vrai... mais le roi, que j'approche, qui m'aime,
Fera pour vous, sans doute, autant que pour moi-même.

DON ALPHONSE.

J'en réponds.

JUAN.

Je vous crois, et j'en gémis pour lui.

DON PÈDRE.

Et pourquoi donc?

JUAN.

Pourquoi! Ce n'est pas d'aujourd'hui
Qu'au gré des courtisans sa coupable imprudence
Des peuples épuisés prodigue la substance;
Qu'aux dépens de l'état follement généreux,
Pour un heureux peut-être il fait cent malheureux,
Et, tarissant la source en ses mains réservée,
Change en fléau public une vertu privée.

DON ALPHONSE.

Vous vous trompez.

JUAN.

C'est lui qu'on trompe en son palais,
Où ses profusions s'érigent en bienfaits;
Où d'un bonheur, restreint au séjour qu'elle habite,
Au nom du peuple entier sa cour le félicite:
Tandis que dans le champ qu'en vain il croit à lui,

Champ labouré, semé, moissonné pour autrui,
L'agriculteur gémit sur la gerbe fertile
Par l'impôt disputée à sa plainte inutile.

DON PÈDRE.

Alphonse, il se pourrait!...

DON ALPHONSE.

Imprudent, frémissez;
Vous en avez trop dit.

JUAN.

Eh! puis-je en dire assez!
Dans toute son horreur puis-je vous faire entendre
Ce que l'aspect des champs va bien mieux vous apprendre!
Osez les parcourir. Sur nos communs malheurs
Osez interroger ces simples laboureurs,
Utiles à l'état dès l'âge le plus tendre,
Qui savent le nourrir, et surent le défendre.
Moins offensés alors d'un récit ingénu,
Osez redire au roi ce que vous aurez vu.
Ah! si jamais ce roi, dans les lieux où nous sommes,
Loin de ses courtisans venait chercher des hommes,
Que je serais heureux, en ma sincérité,
A ses jeunes regards d'offrir la vérité,
Qui, bienfaisante même alors qu'elle effarouche,
Ne peut, sans s'altérer, passer par votre bouche!

DON PÈDRE.

Ce discours, mot pour mot, lui peut être rendu :
Poursuivez; et croyez qu'il a tout entendu.
Des sentiments du peuple achevez de l'instruire;

Que lui reproche-t-on?

JUAN.

De se laisser conduire
Par les derniers suppôts de la corruption,
Par d'obscurs intrigants, de qui l'ambition
Ne tend qu'à détourner ses pas encor novices,
Également voisins des vertus et des vices [5];
D'avilir le pouvoir par de tels instruments;
D'oublier ses devoirs pour ses amusements;
De chercher dans les bois des fatigues stériles,
Et d'ignorer souvent les malheurs de nos villes,
Où le mépris des lois, brisant tous les liens,
A leur propre fureur livre les citoyens;
Où le faible trahit, où le puissant opprime;
Où chaque nuit nouvelle amène un nouveau crime,
Que, jusqu'en son palais souvent ensanglanté,
Le jour en vain dénonce au juge épouvanté.
O honte! ô désespoir! la justice impuissante
N'entend pas la faiblesse à ses pieds gémissante!
Ou de l'or, ou du fer! On appelle équité
Ce trafic d'indulgence et de sévérité
Du magistrat avide au brigand qui le paie,
Du magistrat timide au brigand qui l'effraie.
Ah! dès qu'un seul sujet réclame en vain la loi,
L'impunité du crime est le crime du roi [6],
Et justifie enfin quiconque le soupçonne
D'avoir quelque intérêt aux excès qu'il pardonne.
Ces bruits dans aucun lieu ne sont plus des secrets;

Si ces bruits ont couru jusque dans nos forêts,
La faute en est au roi, que le roi la répare :
Qu'au ministre avili succède l'homme rare,
Toujours inaccessible à l'esprit de parti,
Et qu'un lâche intérêt n'a jamais perverti.
Ah ! je sens qu'investi, que fort d'une puissance
Égale à son courage, égale à sa prudence,
Cet appui de la loi, comme elle indifférent,
Peut encor du désordre arrêter le torrent ;
Opposer aux méchants son équité robuste,
Et conquérir au roi le beau titre de juste.
Que dis-je ! vains discours, avis insuffisants
Dont ma franchise en vain lasse deux courtisans,
Tandis que dans les champs, où mes blés me demandent,
Pour la première fois nos moissonneurs m'attendent.

SCÈNE V.

DON PÈDRE, DON ALPHONSE.

DON PÈDRE.

Voilà donc ce qu'on aime à publier sur moi !
Ce que tout Castillan pense en secret du roi !
Ainsi l'erreur publique, en me rendant complice
Des trop nombreux forfaits qu'ignora ma justice,
D'un surnom que mon cœur n'aurait pas mérité

Peut me flétrir aux yeux de la postérité [7] !

DON ALPHONSE.

Sire, c'est attacher trop de valeur peut-être
Aux propos d'un esclave injuste envers son maître ;
D'un esclave imprudent, qui, du fond de ses bois,
Prompt à blâmer la cour, à réformer les lois,
Voudrait tout asservir à son étroit génie,
Et croit juger son roi quand il le calomnie.

DON PÈDRE.

Sur l'état et sur moi, dans sa sévérité,
Le vieillard n'a rien dit, rien, que la vérité.

DON ALPHONSE.

Mais ne devrait-il pas excuser davantage,
Dans ces jeux fatigants où se complaît votre âge,
Où votre ardeur prélude à de plus grands exploits,
Le digne amusement des guerriers et des rois ?
Mais il devait surtout, avec moins d'injustice,
Jusque dans la vertu ne pas chercher le vice ;
Et, puisqu'à cet outrage il osait se porter,
S'il rejetait vos dons, ne pas leur insulter.

DON PÈDRE.

A ce nouveau refus devais-je encor m'attendre ?

DON ALPHONSE.

Il doit vous offenser.

DON PÈDRE.

　　　　　Bien moins que me surprendre.
Je dois en convenir, je ne soupçonnais pas
Tant d'élévation dans un rang aussi bas,

Tant de sagacité, de force et de droiture
Dans un homme éclairé par la simple nature.

DON ALPHONSE, avec ménagement.

Pour Félicie, épris d'un amour moins ardent,
Verriez-vous du même œil ce vieillard imprudent?

DON PÈDRE.

Je le devrais. Pourtant que faut-il que j'espère?
Qu'attendre de la fille, ainsi jugé du père?
Alphonse, penses-tu qu'on puisse un jour aimer
Celui qu'avec effroi l'on entendit nommer?
Ah! si je trouve ici ces sentiments sinistres,
Je le vois trop, la faute en est à mes ministres,
Qui de ma confiance abusant à loisir...
La faute en est à moi, qui devais mieux choisir...
J'y songe.

DON ALPHONSE.

Eh bien, seigneur, qu'un nouveau choix répare
Et le mal qu'on a fait et celui qu'on prépare.
En effet, il se peut qu'une trop faible main
Exerce en votre nom le pouvoir souverain;
Mais chez les magistrats que le conseil renferme,
Ou même en votre cour, n'est-il d'homme assez ferme
Pour oser réprimer ces abus différents,
Sources des maux du peuple et des fureurs des grands;
Et sous le fer des lois, à frapper toujours prêtes,
Faire indistinctement ployer toutes les têtes?

DON PÈDRE.

Tel est le magistrat dont Séville a besoin.

DON ALPHONSE.

Elle vous l'offrira.

DON PÈDRE.

Pourquoi chercher si loin?

DON ALPHONSE.

Mais où le prendrez-vous, sire?

DON PÈDRE.

Où je crois possible
De rencontrer un homme au moins incorruptible.

DON ALPHONSE.

Je n'ose vous comprendre.

DON PÈDRE.

Alphonse!

DON ALPHONSE.

Eh bien, seigneur!

DON PÈDRE.

Cependant fais savoir à ce fier laboureur...

DON ALPHONSE.

A Juan?

DON PÈDRE.

A Juan, que le roi de Castille
A Séville, aujourd'hui, le mande avec sa fille.
Garde-toi bien surtout qu'il vienne à soupçonner
Quel confident le sort se plaît à lui donner.

DON ALPHONSE.

Quels seraient vos projets?

DON PÈDRE.

Ils sont hardis, peut-être.

Avant la fin du jour tu pourras les connaître.
Quel que soit leur effet, ils serviront, je crois,
De leçons aux sujets, si ce n'est pas aux rois.

FIN DU PREMIER ACTE.

ACTE DEUXIÈME.

Le théâtre représente le palais des rois de Castille. Vestibule.

SCÈNE I.

JUAN, FÉLICIE, LÉON, se tenant embrassés
au lever de la toile.

JUAN.

En croirai-je mes yeux? Léon, est-ce bien toi?

LÉON.

Qui? vous, Juan! qui? vous, dans le palais du roi!

FÉLICIE.

Léon, tu n'en es pas plus surpris que moi-même.

LÉON.

Trois fois heureux le jour qui me rend ce que j'aime!
Mon père! Félicie! Ah! puis-je m'en flatter,
Sommes-nous réunis pour ne plus nous quitter?

JUAN.

Plaise au ciel!

LÉON.

Quel que soit le sort qu'on vous apprête,
Ce sort sera le mien.

JUAN.

Marchons, ma fille.

SCÈNE II.

JUAN, LÉON, FÉLICIE, ALMÈDE.

ALMÈDE.

Arrête.

Est-ce à toi qu'en ces lieux il est permis d'entrer?

JUAN.

Pourquoi non?

ALMÈDE.

Plus avant tu crois donc pénétrer?

JUAN.

Jusqu'au roi.

ALMÈDE.

De quel droit, insensé?

JUAN.

Que t'importe?

ALMÈDE.

Sans son ordre on ne peut l'approcher.

JUAN.

Je le porte.

Et, crois-moi, ce n'est pas de mon gré que je viens
Affronter les mépris de la cour et les tiens.

(L'officier prend l'ordre et sort.)

SCÈNE III.

JUAN, FÉLICIE, LÉON.

FÉLICIE.

Réprimez, s'il se peut, cet orgueil magnanime,
Mon père; auprès des grands on dit qu'il est un crime.

LÉON.

Il sied à la vertu qu'on veut humilier.

JUAN.

Supporter le mépris, c'est le justifier.

FÉLICIE.

Ah, mon père! Ah, Léon! j'admire ce courage;
Mais un grand, mais un roi, peut n'y voir qu'un outrage:
Au mépris du bienfait qui lui sauva le jour,
Hélas! lorsqu'un ingrat vous accuse à la cour,
Quel excès de rigueur n'avez-vous pas à craindre
Du roi, que nul motif n'engage à se contraindre;
Du roi, par vos discours déjà trop irrité!...

JUAN.

Pourquoi m'appelle-t-il, s'il craint la vérité?
Au destin, toutefois, soumettons-nous, ma fille;
Et puisque en ce palais j'ai presque ma famille,

Que j'y suis libre encore entre Léon et toi,
Oublions un moment les caprices du roi.
Revenons à l'objet de nos longues alarmes,
A Léon, dont la mort faisait couler nos larmes.
Cher Léon, quels malheurs loin de ces doux climats,
Loin de nous si long-temps ont arrêté tes pas?
Je suis impatient d'en apprendre l'histoire :
J'applaudis à l'amour quand il mène à la gloire.
J'applaudissais au tien, qui, fier d'être éprouvé,
Au-dessus de ton rang t'a sans doute élevé.
La main de Félicie est le prix du courage :
L'as-tu méritée?

LÉON.

Oui : j'en prends à témoignage
Et les mers de l'Afrique et ces bords escarpés
De sueur et de sang par moi teints et trempés.
J'en atteste l'armée, ou, pour preuves plus sûres,
J'en atteste ce sein tout couvert de blessures,
Et qui, lorsque le fer par trois fois s'y fit jour,
Palpitait de douleur moins encor que d'amour.
C'est ce dernier témoin qu'il faut surtout en croire.
L'amour fait encor plus de héros que la gloire :
Il a conduit mes coups, il a guidé mes pas;
Il enflammait mon cœur, il animait mon bras,
Soit qu'il fallût du fort vaincre la résistance,
Soit qu'il fallût du faible embrasser la défense.
C'est lui qui, les chassant tels que de vils troupeaux,
Des sanglants Africains m'a livré les drapeaux;

Et, jusque sur leurs tours, où notre étendard brille,
Par moi fraya la route aux guerriers de Castille.
Quand le fer déchira ce flanc cicatrisé,
Ce flanc, de force et non de courage épuisé,
C'est lui, c'est cet amour, dont l'excès me dévore,
Qui seul devint ma vie et me fit vaincre encore.
Sur mon ennemi mort je retombai mourant.
Cependant nos soldats triomphaient en courant,
Et des vaincus tremblants, les vainqueurs intrépides
A pas précipités pressaient les pas rapides.
Resté seul, je touchais à mes derniers moments;
Quand un pâtre attiré par mes gémissements,
Que mon malheur eût fait pardonner au plus brave...

JUAN.

D'un féroce Africain tu devins donc l'esclave?...

LÉON.

Dites plutôt l'objet de ses soins les plus doux.
Bon pâtre! il était vieux et pauvre comme vous.
Sensible comme vous, en son humeur austère,
Il m'appela son fils; je l'appelai mon père.
Il le fut : si je vis, je le dois à ses soins,
Qui n'eurent que le ciel et mon cœur pour témoins.
Certain de leur succès : « Ta blessure est guérie,
« Qui donc t'arrête encor si loin de ta patrie? »
Il dit : et j'accourais, dans ce séjour des rois,
Au prix de la valeur exposer tous mes droits,
Bouillant d'ambition, mais, vous pouvez m'en croire,
Bien plus ambitieux de bonheur que de gloire;

Mais jusqu'au roi jamais aurais-je pénétré
Si ma fortune ici ne vous eût rencontré?

SCÈNE IV.

JUAN, FÉLICIE, LÉON, ALMÈDE.

ALMÈDE.

C'est ici que le roi vous invite à l'attendre;
Au sortir du conseil, vieillard, il doit s'y rendre;
Mais il n'y veut trouver que votre fille et vous.
Soldat, vous m'entendez.

JUAN.

Léon, séparons-nous.

LÉON.

Pouvez-vous exiger que je vous abandonne?

JUAN.

Séparons-nous, Léon; s'il faut que je l'ordonne,
Je te l'ordonne en père.

LÉON.

A ce mot j'obéis.

Si mes engagements vous paraissent remplis,
Des vôtres aujourd'hui, Juan, qu'il vous souvienne.

JUAN.

Ma parole n'est pas moins sûre que la tienne.
Nous nous verrons bientôt.

SCÈNE V.

•

JUAN, FÉLICIE.

FÉLICIE.

Hélas !

JUAN.

Par des faveurs

Le destin, tu le vois, tempère ses rigueurs ;
Et l'aspect de l'ami qu'en nos bras il renvoie,
Ma fille, à tes chagrins doit mêler quelque joie.
Bien plus, hors ce bonheur long-temps inespéré,
Pour nous, en ce moment, est-il rien d'assuré ?...
Loin donc tant de contrainte ou tant d'indifférence !
Ne reconnais-tu pas l'ami de ton enfance ?
L'amant aimé, l'époux et fidèle et vainqueur,
Qui vient redemander et ta main et ton cœur ?

FÉLICIE.

Mon cœur !

JUAN.

Ressouviens-toi qu'il fut long-temps ton frère,
Ressouviens-toi, surtout, que son malheureux père,
Au moment d'expirer, vous bénissant tous deux,
De votre hymen d'avance a consacré les nœuds.
Léon a mérité que ma main les resserre.
A la paix, jeune encor, s'il préféra la guerre,

Il l'a faite en héros; et, quitte envers l'état,
S'il n'est pas laboureur, du moins il est soldat.
Tu gémis. Dans ton cœur a-t-il perdu sa place?

FÉLICIE.

En ce cœur inquiet sais-je ce qui se passe?
Dans ma tendre amitié, dès nos plus jeunes ans,
Léon trouva le prix de ses soins complaisants,
Ainsi qu'il trouvera dans ma constante estime
Le tribut imposé par sa vertu sublime.
J'ai pleuré son départ, j'ai pleuré son trépas;
Mais je ne saurais feindre, et je ne cache pas,
Désabusée enfin sur sa mort mensongère,
Qu'au bonheur cependant je me sens étrangère.
Ce n'est pas qu'un instant mon cœur ait oublié
Par quels nœuds à Léon il est déjà lié;
Que peut-être ces nœuds n'aient eu pour moi des charmes:
Mais enfin, malgré moi, je sens couler mes larmes.
Votre intérêt lui seul m'occupe en ce moment;
Ou si je me surprends un autre sentiment,
Au milieu des périls où ce jour vous expose,
C'est l'indignation pour l'ingrat qui les cause.

JUAN.

Ce jeune courtisan!

FÉLICIE.

Et n'est-ce pas à lui
Que je dois la terreur qui m'accable aujourd'hui?
Sans crainte, sans désir, en notre obscur asile,
Je vivais innocente, et vous viviez tranquille

Avant le jour, l'instant à jamais malheureux
Où j'accourus, tremblante, à ses cris douloureux.
Mon père, il était temps... Sans force, sans haleine,
Sous son coursier mourant il palpitait à peine ;
Mais, quoique de poussière et de sang tout souillé,
Il inspirait bien moins l'horreur que la pitié.
Du poids qui l'oppressait votre bras le soulage.
Dieux ! quel doux sentiment anima son visage
Quand son premier regard eut rencontré le mien !
Trop faible encor, sa voix d'abord n'exprimait rien.
Mais tout parlait en lui ; mais ses yeux, son sourire,
A sa bouche en effet ne laissaient rien à dire.
Ce sourire et ces yeux étaient donc d'un ingrat !...
O qu'il m'intéressait en ce pénible état !
Qu'il m'abusait ! Hélas ! bien loin de me déplaire,
Quand à vos heureux soins il offrait leur salaire,
Il me semblait guidé par la simple équité.
C'est vous que j'accusais ; et votre austérité,
En rejetant les dons de la reconnaissance,
Me paraissait changer un service en offense.
J'en souffrais pour l'ingrat : n'avons-nous pas appris
Qu'il méritait encor de plus cruels mépris ?
De tout ce qu'il vous doit, contre vous il abuse.
C'est par vous qu'il respire, et c'est vous qu'il accuse !
Courtisan misérable, à la faveur vendu,
Il vous dénonce au roi qu'il n'a pas défendu.
Ah ! cet excès d'horreur tient pour moi du prodige :
Il me surprend, je crois, presque autant qu'il m'afflige ;

A l'excès du malheur il doit m'accoutumer,
Et m'apprendre à haïr quand j'étais près d'aimer.

SCÈNE VI.

JUAN, FÉLICIE, ALMÈDE, DON PÈDRE,
DON ALPHONSE.

ALMÈDE.

Voici le roi.

FÉLICIE.

Le roi ! mon erreur est extrême,
Ou c'est ce courtisan... Mon père, c'est lui-même.

JUAN.

Eh bien !

DON PÈDRE.

Quand j'ai promis de tout redire au roi,
Vous ai-je trompé ?

JUAN.

Non, mais vous trompais-je, moi ?

DON PÈDRE.

Ciel ! quel trouble obscurcit le front de votre fille !

FÉLICIE.

Seigneur, n'accablez pas une triste famille.
Je tombe à vos genoux.

JUAN.

Pourquoi s'humilier ?
Sommes-nous criminels pour craindre et supplier ?

Lève-toi.

DON PÈDRE.

      Cet orgueil est juste, et tant de crainte
Peut me donner aussi quelques droits à la plainte.
Félicie, est-ce vous que je vois à mes pieds?
Croyez-vous qu'en un jour ils soient tous oubliés
Ces soins à qui je dois et la vie et l'empire?
Soins qui me sont plus chers que l'air que je respire!
Ah! si l'ingratitude est la vertu des rois,
Qu'à régner désormais je me sens peu de droits,
Moi, qui ne veux trouver dans la toute-puissance
Que l'utile instrument de ma reconnaissance;
Moi, qui mettrais au rang de mes jours les plus doux
Le jour où, triomphant et d'un père et de vous,
Je pourrais vous ravir au toit qui vous rassemble,
Et de bienfaits ici vous accabler ensemble!

JUAN.

Si, dans ce seul dessein vous m'avez fait chercher,
A mes travaux, seigneur, fallait-il m'arracher?
Croyez-vous m'assurer des destins plus prospères
Lorsque vous m'exilez du tombeau de mes pères,
Du champ qui quarante ans suffit à me nourrir,
Du toit qui m'a vu naître et doit me voir mourir?
Oubliez-moi, voilà la faveur que j'implore:
Ou si dans vos projets vous persistez encore,
Dites-moi franchement ce que j'en dois penser:
Est-ce pour me punir ou me récompenser
Que vous me condamnez à des faveurs si hautes?

Si j'ai sauvé vos jours, j'ai dévoilé vos fautes.
Mais c'est trop vous venger de ma témérité
Que me ravir la paix de mon obscurité.
Sire, vous connaissez mon âme tout entière ;
Laissez-moi mes amis, mes travaux, ma chaumière ;
Laissez-moi le bonheur : il fut toujours pour moi
Loin des villes, des cours, et surtout loin du roi.

DON PÈDRE.

Pourquoi changer en loi ma timide demande,
Et l'ami qui supplie en un roi qui commande ?
Pourquoi calomnier, sur de vains préjugés,
Un cœur qui vous honore et que vous outragez ?
Quoi ! vos droits les plus saints à ma reconnaissance
Pour mon orgueil blessé ne seraient qu'une offense !
Quoi ! je vous punirais pour m'avoir éclairé
Dans cette nuit profonde où j'errais égaré ;
Pour m'avoir révélé ces longues injustices,
Dont les noms seuls des rois sont trop souvent complices !
Ah ! croyez-moi, Juan, ces généreux secours,
Ces soins toujours présents qui prolongent mes jours,
Me sont moins précieux que les conseils d'un sage,
Que vos prudents conseils, déjà mis en usage.
Oui, le mal, en mon nom trop long-temps opéré,
Par ma sollicitude est presque réparé.
Le conseil de Castille à ma voix se rassemble ;
L'intrigant s'intimide, et le factieux tremble.
Des tributs dont aux champs le travail est chargé,
Par mon ordre, à jamais le poids est allégé ;

Et si le meurtre encore osait souiller Séville,
L'équité, désormais à la brigue indocile,
Prêtant aux justes seuls un appui solennel,
Irait dans tous les rangs saisir le criminel.
J'ai fait de vos désirs ma volonté suprême :
Bien plus, ils seraient tous remplis dès ce jour même,
Si l'homme simple et droit, en qui j'ai remarqué
Le ministre à mon choix par le vôtre indiqué,
Heureux d'anéantir la discorde intestine,
Acceptait le fardeau que le roi lui destine.

JUAN.

A l'accepter, seigneur, aurait-il hésité ?

DON PÈDRE.

Je sais qu'il se complaît en son obscurité.

JUAN.

Hélas ! je le conçois ; mais s'il peut être utile,
Il a perdu le droit d'être obscur et tranquille.

DON PÈDRE.

Il pourra m'alléguer qu'il connaît peu nos lois.

JUAN.

Mais non pas l'équité : qu'il consulte sa voix,
Qu'il cherche dans son cœur cette science auguste :
Pour juger l'injustice il suffit d'être juste [8].

DON PÈDRE.

Je le crois : mais comment lui faire surmonter
L'obstacle le plus grand qui le semble arrêter ?

JUAN.

Quel est-il ?

DON PÈDRE.

Comme vous, il vit tout pour sa fille.

JUAN.

En est-il moins l'enfant de la grande famille?
Son nouveau titre a-t-il anéanti l'ancien?
Pour être père, enfin, n'est-il plus citoyen?

DON PÈDRE.

Non, sans doute, et j'en crois ce qu'il vient de me dire.
De la vertu, Juan, rétablissez l'empire;
Prononcez sur la vie et le sort des humains;
La justice a remis son glaive entre vos mains:
Et votre roi, certain de vous trouver docile,
Vous proclame aujourd'hui grand-juge de Séville ».

JUAN.

Moi!

DON PÈDRE.

Si ce n'est en vous, en qui dois-je trouver
Cette sagacité que je viens d'éprouver;
Et dans une âme ensemble et sévère et sensible,
Les austères vertus d'un juge incorruptible?

JUAN.

Vous me voyez frappé d'un tel étonnement,
Qu'à vous désabuser je songe vainement.

DON PÈDRE.

A quoi bon le tenter? Juan, pour vous confondre,
Par vos propres discours je n'ai qu'à vous répondre.

JUAN.

O vieillard misérable! ô père infortuné!

2.   12

Dans quel piége, seigneur, m'avez-vous entraîné !
DON PÈDRE.
Je vous élève au rang où la vertu vous porte,
Où votre devoir même à monter vous exhorte.
Pratiquez vos conseils, ou l'on peut soupçonner
Qu'ils vous semblent moins bons à suivre qu'à donner.
JUAN.
Comme à donner, seigneur, je les crois bons à suivre.
Mais que penser du temps où le sort nous fait vivre,
S'il faut croire avec vous que de pareils avis
N'auraient été sans moi ni donnés ni suivis?
Quoi qu'il en soit, avant d'entrer en esclavage,
D'un peu de liberté ne puis-je faire usage?
Qu'au père de famille il soit permis du moins
De retourner aux lieux qui réclament ses soins ;
Aux champs où les doux fruits des sueurs de l'année,
Où ma moisson languit aux vents abandonnée.
Peu d'heures suffiront à mes derniers plaisirs.
DON PÈDRE.
Quoique à regret, Juan, je cède à vos désirs.
Chaque jour, chaque instant du magistrat suprême
Appartient à l'état, et non plus à lui-même;
Absent comme présent, il doit compte en effet
Du bien qu'il eût pu faire, et du mal qu'on a fait.
Plus que vous ne croyez vous m'êtes nécessaire :
Enfin j'ai des projets qu'il faut encor vous taire,
Mais sur lesquels bientôt je veux vous consulter;
Notre commun bonheur pourrait en résulter.

Hâtez-vous donc : malgré le rang qui vous décore,
Non, pour mon bienfaiteur je n'ai rien fait encore,
Rien pour ma bienfaitrice.

JUAN.

Adieu, sire.

DON PÈDRE.

Mes soins
Pourvoiront cependant à vos nouveaux besoins.
Je le dois, je le veux. Étrangers dans Séville,
Hors du toit paternel vous n'avez plus d'asile.
Je vous en réserve un dans le palais des rois.

JUAN.

Allons voir ma chaumière une dernière fois.

SCÈNE VII.

DON PÈDRE, DON ALPHONSE ; ALMÈDE, dans le fond.

DON PÈDRE.

Alphonse, il l'a promis. Alphonse, encore une heure,
Ils auront oublié leur rustique demeure ;
Et de retour enfin dans cet heureux palais,
Ils y seront rentrés pour n'en sortir jamais.
Dans ce palais, ami, je ne crains plus de vivre ;
Il est déjà rempli d'un charme qui m'enivre.
Aux lieux où sans espoir j'avais tant soupiré,

12.

J'ai respiré déjà l'air qu'elle a respiré !
J'ai lu dans ses regards ou du moins j'ai cru lire
Un sentiment semblable à celui qu'elle inspire.
Ah ! si cet embarras qu'a produit mon aspect
Naissait de la pudeur et non pas du respect ;
S'il exprimait l'amour plus encor que la crainte !

DON ALPHONSE.

Eh bien !

DON PÈDRE.

       C'est trop long-temps vivre dans la contrainte ;
Et qui m'empêcherait dès demain, dès ce jour,
D'élever jusqu'à moi l'objet de mon amour [10] ?

DON ALPHONSE.

Rien, sans doute : la loi ne le défend pas, sire ;
Et le maître de tout peut tout ce qu'il désire :
Mais peut-être à l'amour c'est trop s'abandonner,
Que d'acheter un cœur tout prêt à se donner.
De l'amour, croyez-moi, l'amour est le salaire.
Ainsi qu'on vous a plu, ne pouvez-vous donc plaire ?
Jeune, sensible, aimable, amoureux, ah ! pourquoi
Cacher un tel amant pour ne montrer qu'un roi ;
Et prodiguant l'éclat de la grandeur suprême,
Vous priver du bonheur d'être aimé pour vous-même ?

DON PÈDRE.

Le suis-je, hélas ! vingt fois j'espérai vainement
Ravir à Félicie un aveu si charmant.
Juan nous observait. L'amour qui me dévore,
Par ce doute éternel semble s'accroître encore.

DON ALPHONSE.

Tandis que l'intérêt du prince et de l'état
Retiendrait près de vous le nouveau magistrat,
Ne peut-on sur ce point interroger sa fille?
Entre mille vertus dont sa jeunesse brille,
J'ai reconnu surtout son ingénuité :
J'en peux, sans beaucoup d'art, tirer la vérité,
Que le cœur à regret dissimule à son âge,
Et qui déjà, seigneur, se lit sur son visage.

DON PÈDRE.

Eh bien, Alphonse, eh bien, je me confie à toi :
Tu connais les projets et l'amour de ton roi;
Tu sais à quels bienfaits ils doivent la naissance ;
Autant que mon amour, sers ma reconnaissance :
Lis dans ce cœur timide, à mes regards fermé,
Et dis-moi que l'on m'aime autant qu'on est aimé.

DON ALPHONSE.

N'en doutez pas, seigneur.

SCÈNE VIII.

DON ALPHONSE, ALMÈDE.

ALMÈDE.

Ah! que viens-je d'entendre!
A servir ses projets vous pourriez condescendre!

DON ALPHONSE.

Je vois à quels écarts son cœur peut l'entraîner,

Et je flatte le roi pour le mieux gouverner[1].

ALMÈDE.

C'est présumer beaucoup.

DON ALPHONSE.

                    Un ami plus austère
Ne ferait qu'irriter ce fougueux caractère.
Si je sers son amour, c'est pour avoir jugé
Qu'il s'éteindrait bientôt s'il était partagé.

ALMÈDE.

S'il était partagé, l'amour qui le dévore
Dans ce cœur de vingt ans pourrait s'accroître encore.
Qu'aurait produit alors votre imprudente erreur?
Du monarque et de vous le commun déshonneur!

DON ALPHONSE.

Ce malheur est possible, et j'en frémis d'avance;
Mais le sort en ceci peut plus que ma prudence:
Il faut bien s'y soumettre.

ALMÈDE.

                    Il faut le dominer.

DON ALPHONSE.

En sais-tu les moyens?

ALMÈDE.

                    Pourrais-je imaginer
Que cette Félicie, objet de nos alarmes,
Ignorerait encor l'empire de ses charmes,
Sans le funeste essai qu'elle en fait en ces lieux?
Pensez-vous qu'insensible au pouvoir de ses yeux,
Aucun de ses égaux n'ait soupiré pour elle?

DON ALPHONSE.

Si l'on ne m'a pas fait un récit infidèle,
Je ne sais quel Léon obtint jadis sa main.

ALMÈDE.

Léon ! qu'avez-vous dit !

DON ALPHONSE.

Au rivage africain,
Almède, ce soldat a fini sa carrière.

ALMÈDE.

Alphonse, ce soldat voit encor la lumière.

DON ALPHONSE.

De son obscur destin qui t'aurait informé ?

ALMÈDE.

Juan, qui l'embrassait ; Juan, qui l'a nommé,
Dans ces transports mêlés de surprise et de joie
Que fait naître un ami que la mort nous renvoie.

DON ALPHONSE.

Léon vit : c'est assez. J'ai conçu tes projets.
Unissons nos efforts comme nos intérêts :
Tout le veut aujourd'hui ; l'honneur de notre maître,
L'honneur de la Castille, et le nôtre peut-être.
Pour épargner au trône un si cruel affront,
Prévenons, empêchons, par un hymen plus prompt,
L'injurieux hymen que don Pèdre médite.
Va, cours, et que Juan soit instruit au plus vite ;
Tandis que ton adresse, en son cœur irrité,
Va révolter l'honneur contre la vanité,
Dans le cœur de sa fille, instruite enfin qu'on l'aime,

Je veux contre un amant révolter l'amour même.
Qu'à nous servir contre eux tous deux soient engagés :
Contre leurs intérêts armons leurs préjugés ;
Conservons à nos fils l'honneur de nos ancêtres ;
Et d'un sang plébéien n'acceptons pas des maîtres.

FIN DU DEUXIÈME ACTE.

ACTE TROISIÈME.

SCÈNE I.

DON ALPHONSE, ALMÈDE.

DON ALPHONSE.

Eh bien?

ALMÈDE.

J'ai vu Juan. De nos heureux projets
Sur son front indigné j'ai lu tout le succès.
De sa fille, seigneur, que faut-il qu'on espère?

DON ALPHONSE.

J'en puis répondre autant que tu réponds du père.
Avant la fin du jour, ami, nous l'emportons.
Si...

ALMÈDE.

Mais on vient : c'est elle et son frère.

DON ALPHONSE.

Sortons.

SCÈNE II.

DIÈGUE, FÉLICIE.

DIÈGUE.

Ma sœur, quelle nouvelle heureuse, inattendue,
Jusque dans nos forêts s'est déjà répandue!
Sous ces obscurs habits, ce voyageur caché,
Ce jeune homme, à la mort par tes soins arraché,
Ma sœur, c'était le roi! j'ose à peine le croire.
Quelle source pour nous de bonheur et de gloire!
Déjà, dans le pouvoir dont il est revêtu,
Notre père a trouvé le prix de sa vertu;
Et l'on dit qu'en l'excès de sa reconnaissance
Le roi met à tes pieds son cœur et sa puissance,
Qu'il t'aime, et que bientôt le plus sacré lien...
Tu gémis, tu rougis, tu ne me réponds rien!...

FÉLICIE.

L'amour peut-il unir l'esclave avec le maître?
Il veut l'égalité...

DIÈGUE.

Ma sœur, il la fait naître;
Et ce palais des rois où tu viens habiter...

FÉLICIE.

Ce palais, que ne puis-je à l'instant le quitter!

DIÈGUE.

Va, ton indifférence, en un jour si prospère,

Me surprend plus encor que celle de mon père.
Après tout, il est vieux ; trente ans d'obscurité
Lui font de l'habitude une nécessité ;
Et sa grandeur subite, objet de tant d'envie,
N'est qu'un brillant malheur qui vient changer sa vie.
Mais nous, devons-nous voir et juger par ses yeux ?
Si l'on doit écouter ses goûts ambitieux,
Va, c'est à notre place, et surtout à notre âge.
Quand je vois ta beauté, quand je sens mon courage,
Je me dis que le sort ne nous a pas formés
Pour languir, sans honneur, sous le chaume enfermés.
Si d'un soc à jamais je dois guider la trace,
A quoi bon dans mon sein tant d'ardeur et d'audace ?
A quoi bon sur ton front tant de grâce et d'éclat,
Si tu dois n'asservir que le cœur d'un soldat ?
Imite-moi, ma sœur. J'entre avec assurance
Dans le vaste avenir que m'ouvre l'espérance ;
J'aime à le mesurer, je veux le parcourir.
Le bonheur, de lui-même, à nos mains vient s'offrir ;
Saisis-le : qu'à tes droits ton rang enfin réponde.
La force et la beauté sont les maîtres du monde [12].

FÉLICIE.

L'honneur seul est le mien.

DIÈGUE.

Ma sœur, peux-tu penser
Que je t'engage à rien qui le puisse offenser ?
S'il fallait voir sans lui ta fortune établie,
Loin de toi le bonheur que suivrait l'infamie !

FÉLICIE.

Loin de moi le bonheur qu'on m'ose présenter,
Puisqu'à ce prix, mon frère, il faudrait l'acheter!

DIÈGUE.

Que me dis-tu?

FÉLICIE.

Don Pèdre!... et c'est lui qui m'outrage!

DIÈGUE.

Poursuis.

FÉLICIE.

D'un courtisan je n'ai pas le courage;
Mais juge quel affront il me faut supporter,
Au trouble que j'éprouve à te le raconter.
Don Pèdre! ô ciel! Sortons: la fuite la plus prompte
Ne saurait assez tôt me soustraire à ma honte.

SCÈNE III.

DON PÈDRE, DON ALPHONSE, FÉLICIE, DIÈGUE.

DON PÈDRE.

Eh bien, connaissez-vous les secrets de mon cœur?
Alphonse a-t-il parlé?

DIÈGUE, montrant sa sœur.

Vous voyez sa rougeur.

DON PÈDRE.

Qu'en faut-il augurer?

FÉLICIE.

Je ne sais s'il faut croire
Que don Pèdre pour moi veuille oublier sa gloire;
Mais je sais que ce cœur, lent à le suspecter,
N'oublîra pas la sienne, et sait se respecter.
Le ciel, en me jetant dans la foule commune,
A conformé du moins mes vœux à ma fortune.
L'honneur et la raison, qui les règlent d'accord,
Ne me permettent pas de craindre que le sort
Jusqu'à ce point jamais ou m'élève ou m'abaisse,
Qu'un roi rencontre en moi sa femme ou sa maîtresse [13].

(Elle sort avec Diègue.)

SCÈNE IV.

DON PÈDRE, DON ALPHONSE.

DON PÈDRE.

Voilà donc le succès de vos soins?

DON ALPHONSE.

Ah! mon roi,

Ces dédains affectés...

DON PÈDRE.

Des dédains avec moi!
Ah! cette seule idée et m'offense et m'irrite.
Des dédains!... Après tout, peut-être il les mérite
Celui qui, t'en croyant plus que son propre cœur,

Remet sa destinée à ton art corrupteur;
Te permet d'avilir avec celle qu'il aime,
Et sa reconnaissance, et son bonheur lui-même.
Si l'on t'a pénétré, va, j'en suis trop certain,
Malheureux! je ne puis qu'inspirer le dédain.
Non! non! je puis encore effacer cette injure.
Et que m'importe à moi que l'orgueil en murmure!
Le dois-je écouter seul? et le chef de l'état
Doit-il mettre sa gloire à toujours être ingrat?
Ne pourrai-je imiter les rois qui m'environnent?
Sans contrainte, à leurs cœurs ces héros s'abandonnent.
A Grenade, à Murcie, on vit plus d'une fois
La beauté sans aïeux s'asseoir auprès des rois [14].
Et je n'ose à ce prix posséder ce que j'aime!
Sur son front, s'il le faut, plaçons le diadème.
Qui m'asservit, peut-être a droit de commander.
Pour épouse, à son père, osons la demander.
Juan vient: à l'aspect de ce vieillard rigide,
Quel secret sentiment me gêne et m'intimide?
Est-ce à moi qu'il convient ici de se troubler?
J'offre un trône, est-ce à moi qu'il convient de trembler?

SCÈNE V.

DON PÈDRE, JUAN, DON ALPHONSE.

DON PÈDRE.

Eh bien, Juan?

JUAN.

Seigneur, j'ai parcouru Séville :
L'ordre se rétablit dans cette immense ville ;
Et je veux que la nuit y trouve à son retour
Plus de sécurité que n'en offrait le jour.
Malheur à l'assassin, seigneur, quel qu'il puisse être !
La justice en tous lieux saurait le reconnaître ;
Elle veille ; déjà le glaive est en sa main,
Et le sang désormais ne crîra plus en vain.
J'ose en répondre.

DON PÈDRE.

Ami, dans votre prévoyance,
J'ai mis, vous le savez, toute ma confiance.
A vos sages projets je souscris le premier :
C'est au bonheur public à me justifier.
Puisqu'il est assuré, votre gloire et la mienne
Ne s'offenseront pas que je vous entretienne
D'un intérêt moins grand, mais non moins cher.

JUAN.

Seigneur,

J'écoute.

DON PÈDRE.

Tu l'as dit, cher Juan, ton bonheur
Repose tout entier sur celui de ta fille.

JUAN.

Sur son honneur ; et c'est celui de sa famille.
Distrait par d'autres soins, je veux, dès aujourd'hui,
Seigneur, à sa faiblesse assurer un appui.

DON PÈDRE.

J'aime qu'à la raison ton cœur enfin se rende.
L'effort sans doute est grand ; mais tout te le commande ;
Tout, jusqu'à la tendresse, ami, te fait la loi
D'assurer à ta fille un soutien après toi.
Et pour veiller au sort d'une tête si chère,
Quel autre qu'un époux peut remplacer un père ?

JUAN.

Comme vous je le crois : à des droits aussi doux
Je ne puis renoncer qu'en faveur d'un époux.

DON PÈDRE.

Choisis, Juan, choisis, sans tarder davantage.
La vertu, la beauté, sont peut-être un partage
Digne de balancer le vain éclat des rangs.
Choisis, fût-ce en ma cour : en ma cour comme aux champs,
Père trop fortuné, crois qu'il n'est pas possible
Que ta fille jamais trouve un cœur insensible.

JUAN.

Quand mon choix dès long-temps n'eût pas été réglé,
La fortune à ce point m'aurait-elle aveuglé,
Qu'à monter jusqu'aux grands on me vît condescendre ?
Sire, mon égal seul peut devenir mon gendre.

DON PÈDRE.

Connais donc tes égaux. Le plus saint des emplois
Fait briller en tes mains le fer sacré des lois ;
Sur ton front vénéré leur majesté rayonne.
Tes vrais égaux, Juan, sont autour de mon trône :
Les voir en d'autres lieux serait plus qu'une erreur.

JUAN.

Laboureur, j'ai choisi le fils d'un laboureur.

DON PÈDRE, vivement.

L'aime-t-on ?

JUAN.

J'ai promis.

DON PÈDRE.

Orgueil inexplicable !
Mais cet engagement n'est pas irrévocable ?

JUAN.

Il l'est.

DON PÈDRE.

Le temps, les lieux, peuvent changer ton cœur.

JUAN.

Jamais.

DON PÈDRE.

Si l'un de ceux qu'illustre ma faveur,
Prêt à te partager la splendeur dont il brille,
Ne voulait pour tout prix que la main de ta fille,
Dans ton projet, Juan, tu persisterais ?

JUAN.

Oui.

DON PÈDRE.

D'un éclat emprunté tu n'es pas ébloui.
Mais si celui qui tient son éclat de lui-même,
Un prince... un roi... que sais-je enfin...

JUAN.

Vain stratagème !

2.

Que me demandez-vous?

DON PÈDRE.

Et toi, que réponds-tu?

JUAN.

Pourquoi vous faire un jeu d'éprouver ma vertu?

DON PÈDRE, à part.

Ne m'entendrait-il pas, ou craint-il de m'entendre?

JUAN.

Mais non, quittez la feinte ou daignez la suspendre.
Sire, un autre intérêt m'amenait en ces lieux;
Ne lui dérobez pas un temps si précieux.
Vous ne connaissez pas toutes les injustices...
Écoutez : un soldat, couvert de cicatrices,
Et qu'une longue route a bien moins fatigué
Que la perte du sang qu'il vous a prodigué,
Sur des droits si sacrés fondant sa confiance,
Venait vous demander le prix de sa vaillance;
Par d'obscurs courtisans il se voit repoussé :
Étouffant les soupirs de son sein oppressé,
Renfermant dans ses yeux ses généreuses larmes,
Muet, il s'éloignait, quand ses compagnons d'armes,
Aux portes du palais, sous leurs drapeaux rangés,
A ses traits, par le fer noblement outragés,
Reconnaissent l'ami dont ils pleuraient la perte.
Pour l'entourer, soudain leur troupe s'est ouverte.
Nommé dans tous les cris, sur tous les cœurs pressé,
Par les braves en pleurs ce brave est embrassé.
Après tous ses travaux, il a dit son outrage :

« Est-ce donc là le prix du sang et du courage ? »
Disent les vieux soldats ; et puis jetant les yeux
Sur moi, que le tumulte attirait en ces lieux :
« Magistrat, s'il est vrai que ton cœur justifie
« Le roi, dont la justice en toi seul se confie,
« La vérité te plaît, et peut lui parvenir :
« Se veut-il assurer des succès à venir,
« Des services passés dis-lui qu'il se souvienne. »

DON PÈDRE.

Ce brave, où donc est-il?

JUAN, indiquant le vestibule.

Il est ici.

DON PÈDRE.

Qu'il vienne.

JUAN.

Permettez-vous aussi que vos plus vieux soldats,
Témoins de ses exploits, accompagnent ses pas?

DON PÈDRE.

Qu'ils entrent tous.

SCÈNE VI.

DON PÈDRE, JUAN, DON ALPHONSE,
LÉON, soldats.

DON PÈDRE.

Amis, approchez-vous sans crainte.

13.

La voix du magistrat m'a porté votre plainte :
Elle est juste ; le roi ne peut par trop d'éclat
Récompenser le sang prodigué pour l'état :
Ce devoir est l'objet de ma sollicitude.
Toi, qui m'as pu taxer de quelque ingratitude,
Reçois plus qu'un soldat n'oserait demander :
Tu savais obéir, tu sauras commander :
Cent guerriers te suivront. Que ta valeur s'apprête
A bien répondre au choix qui t'a mis à leur tête.

JUAN.

Sire, fissiez-vous plus encor pour ce guerrier,
Vous ne feriez jamais son bonheur tout entier :
Il n'est pas tout au rang où votre choix l'élève ;
Ce que vous commencez, souffrez que je l'achève.
Quand au fer bienfaisant qui nourrit les humains,
Tu préféras ce fer si terrible en tes mains,
Léon, je déplorais ces penchants invincibles
Qui dérobaient ton bras à nos travaux paisibles.
Convaincu toutefois qu'il est plus d'un moyen
D'acquitter le tribut que doit tout citoyen,
Qu'un grand cœur peut se plaire en des dangers utiles,
Et qu'à l'amour surtout les exploits sont faciles,
Je permis que ta gloire effaçât à mes yeux
Ton oubli pour le soc si cher à tes aïeux ;
Et promis la beauté dont ton âme est charmée
Au plus brave soldat de la plus brave armée ;
J'en crois tes compagnons, dont ces lieux sont remplis ;
J'en crois ton roi ; tu l'es : sois donc aussi mon fils ;

Félicie est à toi.

LÉON.

Qu'entends-je! Félicie!

(Au roi.)

O vous, à qui je dois le bonheur de ma vie,
Quel autre sentiment peut acquitter mon cœur
Qu'une reconnaissance égale à mon bonheur!

JUAN.

Viens revoir ton épouse, et fixer la journée
Où le ciel bénira votre heureux hyménée.
Voilà mon gendre, sire. Ah! parmi ses rivaux,
Quels qu'ils soient, croyez-vous qu'il ait beaucoup d'égaux?

SCÈNE VII.

DON PÈDRE, DON ALPHONSE.

DON PÈDRE.

Je ne sais si je veille; et j'ai peine à comprendre
Ce que je viens de voir, ce que je viens d'entendre.
Penses-tu qu'à ce point on ait jamais porté
La patience, Alphonse, et la témérité?
Que suis-je? qu'est Juan? N'est-ce pas moi qui règne?
C'est moi qui le recherche, et lui qui me dédaigne!
Ni l'éclat des faveurs dont je veux le combler,
Ni le poids du courroux dont je puis l'accabler,
Ni cette passion dans tous mes traits empreinte,

Rien n'émeut sa pitié, son orgueil ou sa crainte.
Impassible, il observe avec malignité
Les divers mouvements de mon cœur agité,
Habile à se saisir du triomphe facile
Qu'a médité long-temps sa cruauté tranquille.
Du néant c'est ainsi qu'il m'oblige à tirer
L'audacieux rival qu'il m'ose préférer.
Et je le souffrirais! et l'amour qui m'anime
Permettrait qu'aux autels il traînât sa victime!
Père insensé, crois-tu tromper impunément
Et l'orgueil d'un monarque, et l'espoir d'un amant?
S'il se peut que jamais cet hymen s'accomplisse,
Malheur à toi, malheur à ton obscur complice!
Je ne veux rien résoudre, et n'ose rien prévoir:
Mais qu'on s'attende à tout d'un cœur au désespoir.

SCÈNE VIII.

DON PÈDRE, DON ALPHONSE, DIÈGUE.

DON ALPHONSE.

Que veut Diègue?

DIÈGUE.

Sire, il veut pour toute grâce
Qu'à sa sincérité la vôtre satisfasse.
Est-il vrai que mon père ait lu dans vos projets;
Est-il vrai que, bien loin d'outrager vos sujets,

Bien loin de réserver l'opprobre à ma famille,
Comme épouse, à Juan, vous demandez sa fille ?
Puis-je enfin vous servir sans me déshonorer ?

DON PÈDRE.

Eh quoi, Diègue!... Il t'est permis de l'ignorer.
Mais Juan, ce vieillard, dont l'âme inexorable,
Se faisant de ma peine un plaisir misérable,
Avec tant d'artifice élude mes aveux,
Il sait trop que tel est le plus cher de mes vœux.

DIÈGUE.

Sachez donc que l'aurore, en ouvrant la journée,
Demain doit de ma sœur éclairer l'hyménée;
Que, par vertu, barbare envers elle, envers nous,
Mon père, au jour naissant, la livre à son époux.

DON PÈDRE.

Ah, Dieu!

DIÈGUE.

De ce projet, sire, il vient de m'instruire :
Lui-même en sa chaumière il prétend la conduire.
Sous cet abri, sans doute, il espère cacher
L'hymen que vainement j'ai tenté d'empêcher.
Ou je m'abuse, sire, ou ce n'est pas sans peine
Que ma sœur tend les mains à cette triste chaîne.
Par amour, par pitié, profitez des instants;
Dans un jour, dans une heure, il ne sera plus temps :
Ils sont partis.

DON PÈDRE.

Partons. Je suis prêt à te suivre.

Allons. Vivons pour elle ou renonçons à vivre.
A travers la forêt sers de guide à mes pas ;
Et crois que cet hymen ne s'accomplira pas.

FIN DU TROISIÈME ACTE.

ACTE QUATRIÈME.

Le théâtre représente le même site qu'au premier acte.

SCÈNE I.

JUAN, FÉLICIE, LÉON.

JUAN.

Ma fille, asseyons-nous au pied de ce vieux chêne :
De mon hymen un père y consacra la chaîne ;
Ta mère aimait ces lieux, pleins de son souvenir,
Et devant elle encor je crois t'entretenir.

FÉLICIE.

Hélas!

JUAN.

     Long-temps bornée aux soins de ma famille,
Tu ne fus et tu n'es encore que ma fille.
Il est d'autres devoirs ; apprends-le en ce grand jour :
Désormais citoyenne, ah! sois mère à ton tour [15].
Dans les liens sacrés d'un hymen honorable

Cherche un bonheur modeste ; et c'est le seul durable :
C'est celui que Léon est prêt à t'assurer
Pour prix de cette foi que tu vas lui jurer.

LÉON.

Don Pèdre, en ajoutant au prix de mon courage,
Semble à mes vœux lui-même accorder son suffrage.
Tout concourt à presser ce fortuné lien.

FÉLICIE.

En faisant son devoir chacun m'apprend le mien.

LÉON.

Tu parles de devoir ! Promise à ma vaillance,
Ta foi, comme la source en est la récompense.
A travers mille morts, oui, c'est toi que mon bras
Brûlait de conquérir au milieu des combats.
Et les cieux de l'Afrique et sa brûlante arène,
Et des vents meurtriers la dévorante haleine,
Et ces vastes déserts si féconds en dangers,
Et l'exil si cruel sur ces bords étrangers,
Pour toi, j'ai tout bravé ; mais, hélas ! si ma flamme,
Mais si tout mon amour ne vit pas dans ton âme,
Mais si ton cœur esclave, aux serments seuls soumis,
Ne s'abandonne aux miens que pour s'être promis,
Reprends ton cœur, reprends ta foi : ce sacrifice
Pour celui qui t'adore est un moindre supplice
Que l'horreur de sentir, de voir à tout moment
Ce qui fut mon bonheur devenir ton tourment.
Cesse de m'accuser par d'injustes alarmes :
Je puis tout affronter, hors ta crainte et tes larmes.

]Je retourne aux combats, à la mort ; et, crois-moi,
]Il faut t'aimer beaucoup pour renoncer à toi.

FÉLICIE.

Écoute, et connais-moi. Moins que la tienne ardente,
Mon àme, cher Léon, n'en est pas moins constante.
Et l'ingénuité de nos épanchements,
Et la solennité de nos engagements,
Tout m'est présent encore : et ce cœur dont tu doutes
Ferme en ses volontés les accomplira toutes.
Oui, plus je m'examine, et plus je trouve en moi
Ce premier sentiment qui m'a donnée à toi.
Bien loin de s'affaiblir dans ce cœur qu'il honore,
Il n'y pourrait changer que pour s'accroître encore.
Ces tranquilles aveux n'offrent pas, j'en conviens,
L'impétueuse ardeur qui brûle dans les tiens :
De notre premier âge ils ont le caractère ;
Ce sont ceux d'une sœur qui s'adresse à son frère :
Mais ce frère est l'objet de mes plus tendres soins ;
Son bonheur est pour moi le premier des besoins ;
Et je veux, en serrant notre chaîne première,
Consacrer son retour sous notre humble chaumière.

JUAN.

Aimez-vous, mes enfants. Il n'est pas de séjour
Que n'embellisse encore un mutuel amour.
Aimez-vous : consolez par un doux hyménée
La chaumière déserte, et non abandonnée,
Qui m'a tant vu sourire à vos jeux innocents
Et même aux doux transports de vos amours naissants.

Échappés aux soucis où je demeure en proie,
Là vous retrouverez la liberté, la joie,
Qui, sans les offenser, peut s'y montrer aux yeux.
Là, s'il est des jaloux, il n'est point d'envieux.
Notre bonheur peut-il ne pas avoir des charmes
Pour nos amis d'enfance et nos compagnons d'armes?
Mes enfants, que ne puis-je avec vous, sans retour,
Oubliant désormais et la ville et la cour,
Dans le temple rustique où dorment nos ancêtres,
Vous présenter moi-même à nos modestes prêtres,
Et mêler aux accents de la solennité
Les bénédictions de la paternité!
Recevez-les du moins : accorde à leur jeunesse
La médiocrité bien plus que la richesse,
Grand Dieu! que leurs plaisirs naissent de leurs travaux;
Qu'ils trouvent des amis jusque dans leurs rivaux;
Mets la force en leurs bras, mets la paix en leur âme;
Bénis leur chaste amour, féconde-s-en la flamme;
Et, leur donnant des fils dignes de nos aïeux,
Conserve-moi leurs mains pour me fermer les yeux.
Soyez bénis.

FÉLICIE.

Le ciel puisse-t-il vous entendre!

JUAN.

Pourquoi faut-il briser un entretien si tendre!
Mais le devoir commande : il faut nous séparer.
Pour cet hymen, Léon, va, cours tout préparer.
Cours presser nos amis d'en partager la fête.

Que fait mon fils ? quel soin loin de ces lieux l'arrête ?
Il eût tenu ma place en des moments si doux !

(Montrant Léon.)

Mais quoi! voilà mon fils, et voilà ton époux.

(Ils sortent par différents côtés.)

SCÈNE II.

(La nuit commence à tomber.)

FÉLICIE.

Que la voix paternelle est consolante et sainte !
Comme les noirs chagrins, comme la sombre crainte
Qui tourmentaient mon cœur et fascinaient mes sens,
Se sont évanouis à ses premiers accents !
Sa bénédiction me donne un nouvel être.
Conservons bien la paix qu'en moi je sens renaître.
Repoussons, abjurons un chimérique espoir.
Si le bonheur existe, il est dans le devoir.
Ah! surtout, il n'est pas dans ce trouble funeste
D'un imprudent amour dont le secret me reste,
Dont je veux dévorer jusqu'au dernier soupir,
Dont je veux étouffer jusques au souvenir.

SCÈNE III.

FÉLICIE, DON PÈDRE.

DON PÈDRE.

A travers la forêt par la nuit obscurcie,
J'ai cru la reconnaître. Est-ce vous, Félicie?

FÉLICIE.

Vous, sire!

DON PÈDRE.

Quel motif vous fait fuir mon palais?

FÉLICIE.

Le seul auquel je puisse obéir désormais.

DON PÈDRE.

L'excès de la faiblesse ou de la tyrannie?

FÉLICIE.

Ma volonté, seigneur, à mes devoirs unie.

DON PÈDRE.

Avec plus de franchise on pourrait ajouter...

FÉLICIE.

Les seuls vœux que l'honneur m'ait permis d'écouter.

DON PÈDRE.

Les seuls! Je comprends trop ce que vous voulez dire.

FÉLICIE.

Comprenez donc aussi pourquoi je me retire.

DON PÈDRE.

Ne m'entendez-vous pas ?

FÉLICIE.

Je ne puis.

DON PÈDRE.

Un instant,

Un seul instant : restez.

FÉLICIE.

Mon honneur le défend.

DON PÈDRE.

Le mien le veut. Que dis-je ! Ah ! quand la calomnie
Et sur vous et sur moi répand l'ignominie,
L'honneur veut que je parle et doit vous ordonner
D'entendre pour punir, ou bien pour pardonner.
Mais que punirez-vous ? Si, dans mon pur hommage,
Un infidèle ami vous offrit un outrage,
Croyez-en mes soupirs, mon trouble, ma fureur,
Le crime est de sa bouche et non pas de mon cœur.
C'est pour le réparer ce crime affreux, impie,
Que j'apporte à vos pieds, où ma douleur l'expie,
Avec mon désespoir, et mon sceptre et ma foi,
Qu'un autre n'eût pas dû vous présenter pour moi.
De mes vrais sentiments voilà les interprètes.

FÉLICIE.

Rappelez-vous, seigneur, qui je suis, qui vous êtes.

DON PÈDRE, avec transport.

Vous êtes reine, et moi des rois infortunés
Le plus à plaindre, hélas ! si vous m'abandonnez.

FÉLICIE.

Si vous ne me fuyez, je suis la seule à plaindre.
Honneur, raison, pitié, tout doit vous y contraindre.
De votre illustre rang prodiguez moins l'éclat.
Fille d'un laboureur, épouse d'un soldat,
Voilà ce que je suis, et ce que je veux être.
Le sort pour être unis ne nous a pas fait naître.
Quand chaque instant accroît les obstacles trop grands
Qui déjà séparaient et nos cœurs et nos rangs,
Souffrez que je repousse un amour qui m'honore.
Au défaut du bonheur, c'est la paix que j'implore :
Elle est dans cet asile, où, loin du monde entier,
Je veux vous oublier et me faire oublier.

DON PÈDRE.

Connaissez-vous si peu l'attrait qui m'y rappelle,
Que vous y puissiez vivre et m'oublier, cruelle ?
Contemplez bien ces lieux, chers et sacrés témoins
De mes périls, hélas ! moins affreux que vos soins :
C'est là que j'expirais avant de vous connaître ;
C'est là qu'en vous voyant je me sentis renaître.
Amant déjà, vous plaire était déjà mon vœu ;
Et mon premier regard fut mon premier aveu.
Insensé ! je prêtais à votre trouble extrême
Un sentiment plus doux que votre pitié même.
C'était donc une erreur ! Ah ! pour m'en assurer,
Devant tous ces garants oserez-vous jurer
Que ces bois, ces rochers, ces sables, ces rivages,
N'offrent à vos regards que de vaines images ;

Que vous les reverrez, que vous les revoyez,
Sans me donner les pleurs dont vos yeux sont noyés ;
Sans que les souvenirs retracés par leur vue
Vous arrachent encor cette plainte imprévue,
Prémices des remords plus cruels chaque jour
Pour votre cœur parjure à son premier amour ?

FÉLICIE.

Est-il bien vrai, seigneur, que je lui sois parjure ?
Oui, sans doute, à sa foi ce cœur a fait injure ;
Oui, sans doute, il trahit le plus saint des serments ;
Mais par vous, mais pour vous, en ces tristes moments,
Où je sens mes soupirs aux vôtres se confondre,
Où j'ose vous entendre et même vous répondre.
Et puis-je vous cacher que ce cœur engagé,
Par d'horribles combats est encor partagé ?
Que si dans mon devoir j'ai dû chercher ma gloire,
Je vais en pleurs de sang expier ma victoire ?
Qu'à cet affreux malheur mon amour est réduit,
Qu'il est à ce qu'il perd bien plus qu'à ce qu'il suit ?
Oui, cruel, à ce lieu, de vos fureurs complice,
Vous venez d'attacher mon éternel supplice.
Et le puis-je habiter sans regrets superflus ?
Où puis-je l'éviter sans souffrir encor plus ?
Mais, dût le désespoir dont je suis poursuivie,
Empoisonnant le cours de ma trop longue vie,
Plus âpre, plus cruel, renaître à chaque instant,
Il n'approcherait pas de celui qui m'attend,
Si jamais, plus sensible à l'éclat qu'à l'estime,

2. 14

Je tentais d'échapper au malheur par le crime ;
Si j'osais, aux dépens de l'honneur paternel,
Acheter de vos dons l'opprobre solennel.
L'amour s'irrite en vain d'un devoir trop sévère ;
Je ne m'appartiens pas, j'appartiens à mon père :
J'appartiens à l'amant qui, maître de ma foi,
Tient de ma volonté les droits qu'il a sur moi.

DON PÈDRE.

Mais enfin vous m'aimez.

FÉLICIE.

Ah ! sur cette assurance
Gardez-vous de fonder la plus faible espérance.

DON PÈDRE.

J'y fonde tous mes droits.

FÉLICIE.

L'autel m'attend, j'y cours.

DON PÈDRE.

Je ne vous quitte plus.

FÉLICIE.

Quittons-nous pour toujours.

DON PÈDRE.

Pour toujours ! qu'as-tu dit, femme insensée ? arrête.
Que de malheurs sont prêts à fondre sur ta tête !
Frémis de l'avenir inévitable, affreux,
Que ce funeste arrêt nous prépare à tous deux.
Pour toujours ! et tu crois que j'y pourrais souscrire !
Que je perde cent fois la vie avec l'empire,
Avant qu'aux saints autels tes vœux irrésolus

Aillent promettre un cœur qui ne t'appartient plus,
Qui m'appartient, cruelle ! Allons, si l'hyménée
Doit lui seul désormais régler ta destinée,
Suis-moi sans plus tarder : viens ; c'est dans le saint lieu,
C'est devant l'Éternel...

FÉLICIE.

Adieu, seigneur, adieu.

DON PÈDRE.

Contre mes droits en vain tu cherches un refuge.

FÉLICIE.

J'en trouve un chez mon père et surtout chez mon juge ;
J'en trouve un sous ce toit jusqu'ici respecté,
Ce toit de l'innocence et de la pauvreté.

(Elle entre dans la chaumière.)

SCÈNE IV.

DON PÈDRE.

Je la laisse échapper ! et l'hymen que j'abhorre,
Ce lâche hymen... Que dis-je ! il n'est pas sûr encore.
Obscur et faible auteur de mon trouble mortel,
On m'aime, et tu n'es pas aux marches de l'autel.
Léon à la faveur est-il si peu sensible,
Est-il à la terreur si fort inaccessible,
Qu'on n'en puisse obtenir, par espoir, par effroi,
Qu'il respecte et la flamme et les droits de son roi ?
Qu'il désire et qu'il parle ; honneurs, trésors, puissance,

D'un effort généreux voilà la récompense.
De ma reconnaissance il ne peut abuser.

(Il fait un geste menaçant.)

Mais s'il refuse !... Eh quoi ! pourrait-il refuser?
D'un rival couronné braverait-il la rage?
Courons chercher Léon, sans tarder davantage.
Il peut tout demander, s'il veut tout obtenir.
Il doit tout redouter... J'entends quelqu'un venir.

SCÈNE V.

DON PÈDRE, LÉON.

DON PÈDRE.

Qui s'approche?

LÉON.

Qui m'ose interroger?

DON PÈDRE.

Ton maître.

LÉON.

Un soldat n'en a point [16].

DON PÈDRE.

Je crois le reconnaître.

C'est la voix de Léon.

LÉON.

Qui m'a nommé?

DON PÈDRE.

Ton roi.

LÉON.

A cette heure, en ces lieux que peut-il chercher?

DON PÈDRE.

Toi.

Avec tranquillité, Léon, peux-tu m'entendre?

LÉON.

Sire, de mon respect pouvez-vous moins attendre?

DON PÈDRE.

J'attends tout de Léon. Léon a mérité
Que je compte à jamais sur sa fidélité.

LÉON.

Ma fidélité seule égale ma tendresse;
Et j'aime en Castillan mon prince et ma maîtresse.

DON PÈDRE.

Je veux aussi t'aimer. Ce que pour toi j'ai fait,
De ma faveur, Léon, n'est qu'un léger effet.

LÉON.

De votre faveur, sire, ou de votre justice?

DON PÈDRE.

Qu'importe, si, pour prix d'un noble sacrifice,
Je t'accorde encor plus? Vois, dis ce que tu veux.

LÉON.

Rien, seigneur.

DON PÈDRE.

Rien, Léon!

LÉON.

Ce jour comble mes vœux.
Grâce aux premiers bienfaits, dont je vous remercie,

J'épouse ce que j'aime, et j'aime Félicie.

DON PÈDRE.

Et que répondrais-tu si j'osais t'annoncer
Qu'à son hymen sur l'heure il te faut renoncer?
Que ton roi te l'ordonne, ou plutôt t'en conjure?

LÉON.

Sire, je répondrais que mon roi fait injure
A son honneur, autant qu'aux droits de son soldat;
Qu'aux déserts africains quand j'ai servi l'état,
De la faveur d'un roi le fragile avantage
N'a pas été celui qu'enviait mon courage;
Et qu'enfin l'amour seul peut me payer le prix
De trois ans de travaux par amour entrepris.

DON PÈDRE.

Un pareil sentiment n'est pas d'un cœur vulgaire.

LÉON.

Vous pouvez en juger par ce qu'il m'a fait faire.

DON PÈDRE.

J'en veux juger aussi par ce que tu feras.
S'il inspire ton cœur comme il conduit ton bras,
Sans doute il est sublime, et, jusqu'au plus pénible,
Tout effort généreux lui doit être possible.

LÉON.

J'aime à le présumer.

DON PÈDRE.

Parlons donc sans détour.
Que peut à Félicie apporter ton amour?

LÉON.

Quelque gloire, peut-être.

DON PÈDRE.

Et beaucoup d'indigence;
Tandis qu'en écoutant la voix de la prudence,
Tandis qu'en renonçant à d'inutiles droits,
Tu feras le bonheur de trois cœurs à la fois.

LÉON.

Et quel est ce bonheur qui m'est promis sans elle?

DON PÈDRE.

Les plaisirs d'une cour où ma faveur t'appelle;
Mes trésors prodigués aussitôt que promis,
Qui te vont rendre égal à mes plus chers amis;
Les plus nobles emplois, dont ma reconnaissance
Veut augmenter pour toi l'éclat et l'importance;
Un crédit, un pouvoir, peut-être égal au mien.
Mais quoi! rien ne t'émeut, tu ne me réponds rien?
Léon, demande un trône, et rends-moi Félicie.

LÉON.

Je conçois qu'aujourd'hui mon sort vous fasse envie.
Mais du vôtre, seigneur, pourrais-je être jaloux?
Félicie est à moi, si l'Espagne est à vous.

DON PÈDRE.

Félicie est à toi! Traître, peux-tu le dire,
Quand son cœur pour un autre et palpite et soupire!

LÉON.

Un autre aurait son cœur, quand j'obtiendrais sa foi!

Et cet autre, seigneur, quel peut-il être?

DON PÈDRE.

Moi.

LÉON.

Vous!

DON PÈDRE.

A son âme en proie aux plus vives alarmes
J'ai surpris cet aveu plein d'horreur et de charmes.

LÉON.

Un aveu non moins doux de ma flamme est le prix;
Et cet aveu, seigneur, je ne l'ai point surpris.
Félicie est à moi.

DON PÈDRE.

Erreur ou tyrannie,
Qui ferait son malheur et ton ignominie,
Si d'un droit usurpé l'usage rigoureux
N'était pas réprouvé par l'amour généreux,
Par l'honneur castillan, à qui je te rappelle.

LÉON.

Mon cœur comme mon bras lui fut toujours fidèle.
A mon tour je l'invoque, et je doute, seigneur,
Qu'il souscrive au trafic repoussé par mon cœur.
Loin d'improuver mes droits, il doit vous faire entendre
Qu'un Castillan ne peut les céder ni les vendre;
Et que si votre amour songe à les outrager,
Votre justice veille et va les protéger.

DON PÈDRE.

Moi! je protégerais le rapt et l'insolence!

LÉON.

Adieu, sire.

DON PÈDRE.

Où vas-tu?

LÉON.

Pardonnez mon silence.

DON PÈDRE.

Reste, et parle.

LÉON.

Adieu, sire.

DON PÈDRE.

Imprudent! insensé!
Crains de pousser à bout ce cœur trop offensé.
Ma fureur est au comble ainsi que ton délire.
Où vas-tu?

LÉON.

Qui pourrait m'obliger à le dire?

DON PÈDRE.

Méconnais-tu don Pèdre?

LÉON.

Il ne peut rien sur moi;
Il n'est que mon rival, j'en appelle à mon roi.

DON PÈDRE.

Eh bien! je parle au nom de mon pouvoir suprême.
Où vas-tu?

LÉON, froidement.

Je vais, sire, en face de Dieu même,
Faire valoir des droits par vous seul accusés,

Et voir si mes serments y seront refusés ;
Si Félicie...

DON PÈDRE, la main sur son poignard.

Avant qu'elle me soit ravie,
Traître, j'aurai perdu la couronne et la vie.
Frappe ou péris. L'hymen où tendent tes projets...

LÉON.

S'accomplira, seigneur, dans un moment.

DON PÈDRE, le frappant.

Jamais.

LÉON.

Tu n'as plus de rival. Roi, que rien ne t'arrête.
Je meurs. Cours te saisir de ta noble conquête.
Mais tremble : en l'entraînant à l'autel qui m'attend,
Il te faudra marcher sur mon corps palpitant.

(Il fait un effort, et va tomber sur la porte de la chaumière.)

DON PÈDRE.

Qu'a-t-il dit ? qu'ai-je fait !

SCÈNE VI.

DON PÈDRE, DIÈGUE.

DIÈGUE, accourant.

Vers ces lieux on s'avance...

DON PÈDRE, égaré.

Vers ces lieux !

DIÈGUE.

Oui, seigneur; si j'en crois l'apparence,
Nos amis, nos parents, par Léon rassemblés...

DON PÈDRE.

Léon! toujours Léon!

DIÈGUE.

Mais, seigneur, vous tremblez.

DON PÈDRE.

Moi! pourquoi?

DIÈGUE.

Dans ces lieux nous convient-il d'attendre?
Dieu! quel gémissement vient de se faire entendre?
Mon roi, quel est ce corps sur le seuil étendu?
Du sang!

DON PÈDRE.

Jamais mon bras n'en avait répandu.

DIÈGUE.

C'est celui de Léon! Coupables l'un et l'autre,
Ce crime est mon secret aussi bien que le vôtre.
Fuyons.

DON PÈDRE.

Allons cacher loin du monde et du jour
Mon crime, mes remords, ma rage, mon amour.

FIN DU QUATRIÈME ACTE.

ACTE CINQUIÈME.

Le théâtre représente le palais du roi. Il est nuit.
Des lampes éclairent la scène.

SCÈNE I.

JUAN, UN VIEILLARD.

JUAN.

A cette heure, au palais quel intérêt t'appelle ?

LE VIEILLARD.

Mon ami, je t'apporte une triste nouvelle.

JUAN.

L'hymen de mes enfants n'est-il pas achevé ?

LE VIEILLARD.

Un malheur plus affreux encor t'est réservé.

JUAN.

Poursuis.

LE VIEILLARD.

Sais-tu souffrir ?

JUAN.

Et quel homme à notre âge
N'a pas fait du malheur un long apprentissage?

LE VIEILLARD.

Ton fils... ton gendre... ô ciel! qui l'eût imaginé?
Léon...

JUAN.

Eh bien! Léon?

LE VIEILLARD.

Il est assassiné.

JUAN.

Assassiné! Comment? par qui?

LE VIEILLARD.

Depuis une heure
La nuit enveloppait ta paisible demeure,
Lorsque j'y conduisais nos amis rassemblés,
Témoins aux saints autels par toi-même appelés.
Bénissant tous le ciel propice à ta vieillesse,
Nous accourions joyeux de ta propre allégresse.
Le seuil était franchi, quand d'un pied chancelant
Je crois heurter, je heurte un cadavre sanglant.
On accourt à mes cris. O désespoir! ô crime!
L'épouse reconnaît l'époux dans la victime.
A quel bras imputer ce forfait imprévu?
On n'a rien observé, rien entendu, rien vu,
Rien, que deux inconnus, qui, dans l'ombre et sans suite,
A travers la forêt précipitaient leur fuite.
Pour s'armer au hasard d'un rustique instrument,

Les suivre et les atteindre, il suffit d'un moment.
L'un d'eux, grâce à la nuit, s'évade à notre approche ;
L'autre, réfugié dans les flancs d'une roche,
En vain croit échapper à tes nombreux amis :
On l'entoure, on l'arrête... on reconnaît ton fils.

JUAN.

Mon fils !

LE VIEILLARD.

A la pitié la rage alors fait place ;
On hésite, accablé du coup qui te menace.
Père et juge, en effet, quel supplice plus grand !
Chacun fait toutefois son devoir en pleurant...

JUAN.

Mon fils !... Oui, mon malheur a passé mon courage.
Mon fils ! à cet excès il a porté la rage !
Le crois-tu ?

LE VIEILLARD.

Je voudrais en douter. Mais pourquoi
Ce trouble, cette fuite, et ce muet effroi ?
Il aimait peu Léon.

JUAN.

Avec impatience,
De son sang et du mien il voyait l'alliance.
Il l'eût voulu briser, je le sais ; mais, hélas !
On combat à son âge, on n'assassine pas.
Ah ! que dis-je ! la loi n'en est pas moins sévère.

SCÈNE II.

JUAN, LE VIEILLARD, DIÈGUE,
LABOUREURS ARMÉS.

LE VIEILLARD.

Le voici.

JUAN.

Malheureux ! qu'est devenu ton frère ?

DIÈGUE.

Je n'en ai jamais eu.

JUAN.

Jamais, Diègue ! Eh quoi !
Le fils que j'adoptai n'en est pas un pour toi ?
Qu'est devenu Léon ?

DIÈGUE.

Daignez vous faire instruire
Par ceux qui devant vous ont osé me conduire.

JUAN.

Ce vieillard a parlé : s'il dit la vérité,
Malheur à moi ! malheur à ma postérité !

DIÈGUE.

Qu'a-t-il dit ?

LE VIEILLARD.

Que Léon est mort. Plus d'un indice

Te font de ce forfait l'auteur... ou le complice.

DIÈGUE.

Je n'en suis pas l'auteur.

JUAN.

Mon fils, tu ne l'es pas?

LE VIEILLARD.

C'est donc cet inconnu qui fuyait sur tes pas?

JUAN.

Réponds : en sa faveur quel intérêt t'anime?
On devient criminel à protéger le crime.
Un étranger peut-il l'emporter en ton cœur
Sur l'honneur de ton père et sur ton propre honneur?

DIÈGUE.

Par pitié...

JUAN.

Par pitié, termine mes alarmes :
Pour la première fois tu vois couler mes larmes.
Accorde-moi ta grâce et la mienne.

(Il se jette à genoux.)

DIÈGUE.

Grands dieux !

JUAN.

Mon fils... Diègue !... Eh quoi! tu détournes les yeux!

(Il se relève.)

Tu n'entends pas ton père! Entendras-tu ton juge?
Sais-tu bien que la loi ne t'offre aucun refuge?
Que le sang veut du sang? qu'aux yeux du magistrat
Tu demeures chargé du plus lâche attentat,

Si, par la vérité détruisant l'apparence,
Tu n'éteins le soupçon qu'entretient ton silence?
Nomme le fugitif à nos mains échappé.

DIÈGUE.

Dans le sang de Léon mon bras n'a pas trempé.
N'en demandez pas plus : en vain mon juge espère
M'arracher un secret que je tais à mon père.

JUAN.

J'admire ton courage, et je veux l'imiter.
Dans mon devoir aussi je saurai persister.
Mon cœur s'affaiblissait, mais le tien le ranime.
Devrais-je à la vertu moins qu'on accorde au crime?
Que la nature expire en ce cœur paternel.
Je ne suis plus qu'un juge, et toi qu'un criminel.

(Aux gardes.)

Qu'on l'entraîne.

SCÈNE III.

JUAN, LE VIEILLARD, DIÈGUE, DON PÈDRE, DON ALPHONSE.

DON PÈDRE.

Arrêtez.

JUAN, aux gardes.

Faut-il vous le redire?

DON PÈDRE.

Cet homme est innocent.

JUAN.

D'où le savez-vous, sire?
Et comment de son cœur avez-vous arraché
Un secret qu'à son père il tient encor caché?

DON PÈDRE.

Cet homme est innocent.

JUAN.

Alors pourquoi me taire
D'un innocent effroi la cause involontaire?
Pourquoi taire surtout le nom de l'étranger
Qui partageait sa crainte et non pas son danger,
Lorsque ces laboureurs unis à sa poursuite
Au milieu de la nuit ont arrêté sa fuite?
Vous a-t-il expliqué quel intérêt pressant...

DON PÈDRE.

Je le répète encor, cet homme est innocent.

JUAN.

Vous le répétez, sire! Une telle assurance
Doit, sans doute, affaiblir la plus forte apparence;
J'en ai trop cru peut-être une prévention:
Le soupçon doit céder à la conviction.
Mon fils est innocent! quel doute affreux m'accable!
Mon fils est innocent! quel est donc le coupable?
Ah! sire, quel qu'il soit, sachez que l'assassin
Croit en vain son secret renfermé dans son sein:
Un confident pareil n'est pas toujours fidèle:

Le front peut révéler ce que le cœur recèle ;
Et souvent un seul mot à son calme imposteur
Fait soudain succéder le trouble accusateur.
Sur mon fils, cependant, je ne puis rien résoudre :
Pour le condamner, sire, et surtout pour l'absoudre,
A mon incertitude accordez un moment.
Nous avons pris tous deux un grand engagement :
Remplissons-le tous deux. L'état qui nous contemple
De notre équité, sire, attend un grand exemple.
Sachons le lui donner ; montrons-nous, vous et moi,
L'un digne d'être juge et l'autre d'être roi.
J'oserai, s'il le faut, prononcer la sentence ;
Osez la confirmer.

(Il sort avec les laboureurs et son fils.)

SCÈNE IV.

DON PÈDRE, DON ALPHONSE.

DON PÈDRE.
Grand Dieu, quelle existence !
Je ne puis sans pâlir rencontrer un regard ;
Chaque mot que j'entends est un coup de poignard,
Plus profond, plus tranchant pour ce cœur misérable
Que le coup meurtrier qui m'a rendu coupable !
Tout est juge pour moi ; pour moi tout est bourreau.

15.

Un meurtre, Alphonse, un meurtre est un pesant fardeau!

DON ALPHONSE.

Que vous m'épouvantez par ce désordre extrême!
Je vous vois prêt sans cesse à vous trahir vous-même,
A révéler au jour, par d'imprudents transports,
Un malheur qu'on prendrait pour crime à vos remords.
La plus profonde nuit le couvre de son ombre;
Mais s'il demeure écrit sur ce front pâle et sombre,
Si dans tous vos discours il vient se retracer...

DON PÈDRE.

C'est de mon cœur d'abord qu'il faudrait l'effacer;
Puissé-je l'oublier à force de le taire!
Mais quoi! puis-je à Juan cacher ce noir mystère,
Sans vouloir qu'à son fils son atroce équité
Inflige un châtiment par moi seul mérité?
Non, c'est assez d'un crime!

DON ALPHONSE.

                              Et quoi que Juan fasse,
Ne prononcez-vous pas la sentence ou la grâce?
D'un seul mot dérobez l'innocent au couteau;
De vos droits souverains c'est le droit le plus beau.

DON PÈDRE.

Je puis même arracher le coupable au supplice:
Je le sais; mais la grâce, ami, n'est pas justice [17].
C'est être accusateur, et toujours meurtrier,
Que sauver l'innocent sans le justifier.

DON ALPHONSE.

Et sans vous accuser pouvez-vous l'entreprendre?

A Félicie alors cessez donc de prétendre ;
Et résolvez-vous, sire, à la voir dès ce jour
Par sa constante horreur répondre à votre amour.

DON PÈDRE.

Dieu! voilà donc le prix de tant de sacrifices!
N'ai-je de toutes parts que le choix des supplices?
Mais que vois-je? elle-même!

SCÈNE V.

DON PÈDRE, DON ALPHONSE; FÉLICIE,
dans le plus grand trouble.

FÉLICIE.

Ah, don Pèdre! ah, mon roi!
J'expire à vos genoux de douleur et d'effroi.
Mes malheurs sont affreux ; mais ceux que je déplore
En appellent sur moi de plus affreux encore :
Léon vient d'expirer ; d'un pas faible et tremblant
J'ai suivi jusqu'ici son cadavre sanglant.

DON PÈDRE.

Quoi! jusqu'ici?

FÉLICIE.

Justice! ai-je dit à mon père ;
Le sang d'un citoyen vient d'abreuver la terre.
Léon fut votre fils, et serait mon époux :
Vengez les lois, vengez et votre fille et vous.

Insensée! ah! savais-je, en mon sort déplorable,
Que je perdais mon frère en perdant le coupable!

(*Elle se précipite vers le fond du théâtre, et ouvre une*
fenêtre.)

Voyez, voyez : bourreaux, échafaud, tout est prêt.
Oui, j'ai sollicité le plus horrible arrêt
Qui soit jamais sorti de la bouche d'un juge,
Si pour mon frère en vous je ne trouve un refuge.
Je ne sais ni ne cherche, en ce danger pressant,
Si ce frère est coupable, ou s'il est innocent;
Mais s'il meurt, je meurs, sire! Oui, si votre clémence
Ne révoque à l'instant la fatale sentence,
A votre magistrat vous pouvez déclarer
Qu'il a dès ce moment deux enfants à pleurer.

DON PÈDRE.

Vous, mourir! ah! plutôt mourir cent fois moi-même!
Ne savez-vous donc pas à quel point je vous aime?

SCÈNE VI.

DON PÈDRE, DON ALPHONSE, FÉLICIE, JUAN, DIÈGUE.

JUAN.

Sire, voici l'arrêt.

DON PÈDRE.

Malheureux laboureur!

Cesse de te complaire en ta funeste erreur :
Tu condamnes ton fils.

JUAN.

Je condamne un coupable.

DON PÈDRE.

Non, je ne rendrai pas ton crime irréparable :
Je donne pour limite aux droits de l'équité
Celle de la nature et de l'humanité,
Et ne permettrai pas qu'horriblement sublime,
Un acte de vertu soit plus cruel qu'un crime.

JUAN.

A remplir mon devoir j'ai su me résigner ;
Imitez-moi, seigneur : osez lire et signer.

FÉLICIE.

O ciel ! un magistrat n'a donc plus de famille !

JUAN.

Le crime serait-il protégé par ma fille !

DON PÈDRE, lisant.

Ne m'abusé-je point ? et mon œil ébloui...
Quel nom porte l'arrêt ? Juan, c'est le mien ?...

JUAN.

Oui.

Si je me trompe ici, mon erreur est un crime ;
De ma témérité je dois être victime.
C'est à vous d'en juger. Envisagez-moi bien,
Seigneur, et prononcez votre arrêt ou le mien.

DON PÈDRE.

Dis-moi donc quelle force, à ta faiblesse unie,

Sans cesse à ton génie asservit mon génie,
Me contraint à trahir mes plus chers intérêts,
Et du fond de mon cœur fait jaillir mes secrets?
Te faut-il d'autre aveu que l'horreur qui m'accable?
Eh bien! c'est moi, Juan, moi qui suis le coupable.
Toi, qui m'as deviné, n'as-tu pas dû prévoir
A quoi tu réduisais ce cœur au désespoir?
Ce cœur dans ses transports si terrible et si tendre!

JUAN.

A se justifier oserait-il prétendre!
Votre amour!... le pourrais-je approuver à présent?
L'ai-je approuvé tantôt? vous étiez innocent.

DON PÈDRE.

Cruel! à tout espoir faut-il que je renonce!
Mais quoi! ta fille est libre.

JUAN.

Eh bien, qu'elle prononce.

FÉLICIE.

O ciel! qu'exigez-vous? malheureuse!

JUAN.

Pourquoi
Crains-tu de prononcer entre cet homme et moi?
Interroge ton cœur, et fais ce qu'il t'inspire.
Aux vœux d'un meurtrier s'il peut jamais souscrire,
S'il dit que tôt ou tard tu peux tendre ta main
A cette main fumante encor de sang humain,
Abrège les instants, et rends cette journée
Exécrable à jamais par ton double hyménée.

Époux, voici l'autel où, pour mieux vous punir,
Ma malédiction est prête à vous unir.

(Le fond du théâtre s'ouvre, et laisse voir le cadavre
de Léon.)

DON PÈDRE.

Ah! grand Dieu!

JUAN.

Jusqu'au bout j'ai fait au moins justice:
Vous tenez votre arrêt, voilà votre supplice.

DON PÈDRE.

Pitié! pitié!

JUAN.

Seigneur, mes devoirs sont remplis;
Je vous rends le pouvoir que vous m'avez commis.
Mes enfants, pourriez-vous hésiter à me suivre?

FÉLICIE.

Ah! que de tant d'horreurs le trépas me délivre!

JUAN.

Non, mais dans nos forêts courons cacher nos pleurs.
Ma fille, le remords ne suit pas nos malheurs;
La paix sous notre toit peut encor redescendre.

(Au roi.)

Mais vous, en ce palais, qui pourra vous la rendre?
De vos égarements quels effroyables fruits!
Par votre crime, hélas! que de crimes produits!
Déjà plus d'un pervers, de qui l'œil vous contemple,
Pour outrager vos lois s'arme de votre exemple.
O roi! je pleure un fils que m'ont ravi vos coups;

Mais je pleure encor plus sur l'Espagne et sur vous.

(Ils sortent.)

DON PÈDRE.

Il fuit ; il me repousse au fond du précipice :
La vertu n'a donc pas l'indulgence du vice !
Malheur à la vertu qui m'abandonne à moi.
Je ne suis qu'un tyran ! je voulais être un roi [18].

FIN DE DON PÈDRE,

OU LE ROI ET LE LABOUREUR.

NOTES ET REMARQUES

LE ROI ET LE LABOUREUR.

---

¹ PAGE 135.

LE ROI ET LE LABOUREUR.

Quelques critiques ont prétendu que ce titre convenait moins à une tragédie qu'à un apologue. Ainsi un auteur tragique n'aurait pas le droit d'ajouter au nom de son héros un titre qui indiquât plus particulièrement le caractère du sujet qu'il traite ou le but qu'il se propose; ainsi Voltaire aurait eu tort de donner à son Alzire pour second titre *les Américains,* et à Mahomet *le Fanatisme;* titres dont l'un peut convenir à une nouvelle, et l'autre à un traité de morale tout aussi bien qu'à un drame. Loin d'être de cet avis, nous pensons que notre auteur n'a pas eu tort de joindre au titre très vague *Don Pèdre,* un second titre, qui prévient les spectateurs ou les lecteurs de l'innovation par laquelle il rapproche, dans cette tragédie, des héros de conditions si opposées.

² PAGE 137.

Famosa comedia.

Les Espagnols donnaient autrefois assez facilement ce titre emphatique aux ouvrages qu'ils imprimaient ou représentaient. *Le Cid* de Guilain de Castro est appelé aussi *famosa comedia.* Cela ne tire pas plus à conséquence que les propos d'un marchand qui vante ce qu'il débite.

Il était assez d'usage encore de présenter la *famosa comedia* comme l'ouvrage d'un bel esprit de la cour, *de un ingenio de esta corte,* ce qui était vrai quelquefois. Lopez de Véga et Caldérone ont été attachés à des ministres. On attribue même plusieurs anciens drames, et *Juan Paschal* paraît être de ce nombre, à un roi de la famille de Charles-Quint.

³ PAGE 138.

La fable du *Paysan du Danube.*

Le discours que La Fontaine met dans la bouche de cet homme à demi sauvage porte tout entier sur des objets du gouvernement. Rien de plus naturel : l'intérêt lui a fait sentir tous les vices d'un système dont il est victime. Un sens droit suffit à l'intelligence de ces matières ; et l'expérience vaut bien l'étude pour enseigner à en raisonner.

4 PAGE 146.

Au temps qu'il fut alcade, on observa ses lois.

Les alcades étaient des juges : il y en avait dans les campagnes comme dans les villes. Il n'est pas étonnant que l'exercice de cette magistrature ait donné à Juan des idées positives de justice, et même quelque connaissance des lois. Un maire de village les connaît aujourd'hui sans y avoir été autrement initié que par ses fonctions.

5 PAGE 158.

Ne tend qu'à détourner ses pas encor novices,
Également voisins des vertus et des vices.

Ces vers énoncent l'espèce de problème moral dont le dénouement du drame doit offrir la solution.

Différent de Néron, qui, vicieux par penchant, se montra d'abord vertueux par dissimulation, don Pèdre, né avec des passions violentes, est entre le bien et le mal, pour lesquels il a une égale propension. Les hommes dont ce jeune prince est entouré influeront sur ses premières actions, et ses actions sur le reste de sa vie.

Don Pèdre est ici comme *l'Ercole in bivio* de Métastase, entre le vice et la vertu.

6 PAGE 158.

Ah ! dès qu'un seul sujet réclame en vain la loi,
L'impunité du crime est le crime du roi.

Cette maxime est de toute vérité : les agents du pouvoir seraient moins hardis, si les chefs du gouvernement se disaient
bien que l'impunité de tout agent du pouvoir accuse double-
ment celui dont le pouvoir émane, et le dénonce non seulement comme coupable de déni de justice, mais aussi comme
complice du mal qu'il tolère.

7 PAGE 159.

D'un surnom que mon cœur n'aurait pas mérité
Peut me flétrir aux yeux de la postérité.

Don Pèdre fut appelé depuis *le Cruel*, et le mérite à quelques égards. Il n'est pas certain cependant que ce surnom lui
eût été donné si la fortune ne se fût pas déclarée contre lui
sous les murs de Montiel, où son frère lui ôta la couronne
et la vie.

Les premiers crimes qui signalèrent le règne de ce prince
ne lui sont pas imputables. La mort d'Éléonore de Guzman,
mère de Henri de Transtamare, fut l'effet de la jalousie de
Marie de Portugal, mère de don Pèdre. Ce roi ne se montra
cruel qu'à la suite d'une maladie qui avait mis ses jours en
danger, et pendant laquelle plusieurs maisons puissantes

avaient fait valoir leurs droits à sa succession. Il ne pardonna
à aucun de ceux qui avaient énoncé des prétentions.

Don Pèdre est néanmoins appelé par quelques auteurs *le
Justicier*. L'action dans laquelle il figure ici, et plusieurs faits
conservés par la tradition, donnent lieu de croire qu'il ne fut
pas toujours indigne de ce nom.

[8] PAGE 176.

Pour juger l'injustice il suffit d'être juste.

Cette maxime est moins hasardée qu'elle ne le semble d'a-
bord. C'est la véritable base de la salutaire institution du jury.
Il ne faut pas confondre le sentiment du juste et de l'injuste,
à l'aide duquel un esprit droit peut résoudre une question,
avec la science des lois, utile pour la poser. Le sentiment de
la justice et la science des lois ont souvent produit des effets
bien différents. Si l'un est toujours la première qualité à désirer dans le juge qui prononce, l'autre est souvent la première
qualité à craindre dans le juge qui instruit. C'est à l'aide de
cette science fatale que les *constructeurs* de délits embrouillent
ce qui est simple, rendent douteux ce qui semblait certain,
obscur ce qui était clair, et qu'habiles à tout dénaturer, ils
parviennent à trouver un crime dans une action innocente, ou
une action innocente dans un crime.

[9] PAGE 177.

Et votre roi, certain de vous trouver docile,
Vous proclame aujourd'hui grand-juge de Séville.

Cette promotion est tout-à-fait dans le caractère de don

Pèdre ; soit qu'elle mette en évidence la capacité de Juan, soit qu'elle confonde sa présomption, cette épreuve ne peut qu'être utile au roi, qui de plus rapproche de lui par là le père de ce qu'il aime.

¹⁰ PAGE 180.

> Et qui m'empêcherait dès demain, dès ce jour,
> D'élever jusqu'à moi l'objet de mon amour?

C'est ce que don Pèdre fit quand il épousa depuis sa maîtresse Maria de Padilla ; c'est ce que Henri VIII fit pour Anne Boulen, Jeanne Seymour, Catherine Howard, Catherine Parr ; c'est ce que Henri IV pensa faire en faveur de Gabrielle d'Estrées ; c'est ce qu'a fait Louis-le-Grand, quand il donna sa main à la veuve d'un poëte burlesque. Mais, de tous les souverains modernes, celui dont la conduite se rapproche le plus de ce principe est Pierre Iᵉʳ, qui épousa et couronna Catherine Iʳᵉ, veuve d'un soldat livonien, mésalliance grâce à laquelle la Russie a vu le règne d'un héros continué par une héroïne.

¹¹ PAGE 182.

> Et je flatte le roi pour le mieux gouverner.

Vieille tactique de courtisan ; et tel est le but que l'histoire donne aux complaisances coupables de don Alphonse Albuquerque, gouverneur de don Pèdre, et son premier corrupteur.

¹² PAGE 187.

La force et la beauté sont les maîtres du monde.

Force et *beauté* sont des substantifs féminins : leur adjectif devrait être du même genre ; et, grammaticalement parlant, à *maîtres*, employé ici adjectivement, l'auteur aurait dû substituer *maîtresses* ou *reines* : l'un ou l'autre mot peut compléter son vers. Oui, mais ni l'un ni l'autre n'eût exprimé son idée : c'est une autorité virile qu'il voulait caractériser ici par l'épithète.

Santeuil, dans une pareille intention, n'hésite pas à dire *virgo sacerdos, vierge prêtre*. Le peuple hongrois, dans un élan sublime, jure de mourir pour Marie-Thérèse SON ROI : *Moriamur pro rege nostro Maria-Theresia*. Ils n'ont pas fait de solécisme, et l'auteur de *Don Pèdre* n'en a pas fait non plus.

¹³ PAGE 189.

Qu'un roi rencontre en moi sa femme ou sa maîtresse.

Cette réponse, attribuée à plusieurs femmes célèbres, fut réellement faite à don Pèdre. Voyez l'*Histoire d'Espagne*, par le père d'Orléans.

¹⁴ PAGE 190.

A Grenade, à Murcie, on vit plus d'une fois
La beauté sans aïeux s'asseoir auprès des rois.

Les mahométans n'attachent pas aux alliances par mariage

la même importance que nous; ils ne considèrent dans la femme que les qualités qui lui sont propres : sa beauté quand ils la choisissent, sa fécondité quand ils la possèdent. Cette dernière qualité seule élève au rang de sultane l'esclave devenue mère. Dès lors elle n'a plus d'autre caractère que celui d'épouse du prince, que celui de mère de l'héritier du trône. On ne voit en elle que ce qu'elle est, sans songer à ce qu'elle a pu être. Il y a quelque chose de grand dans le sentiment par lequel un souverain se fait ainsi source d'une noblesse qu'aucune relation ne saurait altérer ou augmenter.

¹⁵ PAGE 201.

Désormais citoyenne, ah! sois mère à ton tour.

Cette dénomination si noble, qu'on avait avilie en la prostituant, reprend sa valeur à mesure que les idées se rectifient. Le titre de *citoyen* n'est véritablement dû qu'aux membres de la société qui remplissent leurs devoirs vis-à-vis d'elle.

Voltaire était loin de regarder cette qualification comme incompatible avec la dignité tragique. Il avait pour cela une trop grande idée des obligations qu'elle impose. C'est le terme dont Zamti se sert pour faire sentir à Idamé l'étendue des sacrifices que l'état est en droit d'attendre d'elle :

Que j'immole mon fils! — Telle est notre misère :
Vous êtes citoyenne avant que d'être mère.

L'Orphelin de la Chine, acte II, scène III.

¹⁶ PAGE 212.

Ton maître.

— Un soldat n'en a point.

Un citoyen n'en a pas non plus ; il est soumis aux lois, comme le soldat est soumis à la discipline ; et les officiers, ainsi que les magistrats, ne sont dans leurs fonctions que les organes de la volonté générale. Là où l'homme libre a un maître, il y a despotisme. Ceci ne s'applique pas, comme de raison, aux hommes, nobles ou non, qui se mettent volontairement en état de domesticité, et se soumettent aux caprices de celui dont ils reçoivent les gages. Ils font exception : ces gens-là ont un maître. Le reste de la nation n'a qu'un roi.

¹⁷ PAGE 228.

Mais la grâce, ami, n'est pas justice.

C'est un singulier droit que le droit de grâce attribué, même dans les monarchies tempérées, au chef du pouvoir exécutif. Ce chef ne peut pas condamner, et cependant il paralyse l'effet d'une condamnation ; il ne peut pas exercer le pouvoir judiciaire, et cependant il en arrête l'action. Cela est bon néanmoins, puisque les réformateurs l'ont reconnu, même en établissant le jury. En effet, il y a des cas où le discernement du jury n'a pas pu sauver, dans le coupable, un malheureux envers lequel la rigoureuse application de la loi serait injuste, et auquel les juges n'ont pas pu ne pas faire application de cette loi. L'intervention d'une autorité à laquelle appartient le droit de remettre ou de commuer la peine est sans doute d'intérêt public en pareil cas. C'est un supplément de justice, devenu d'autant plus nécessaire dans notre nouvelle législation, qu'elle se prête moins que l'ancienne à l'arbitraire. Aussi, est-ce moins sur le droit de grâce que sur la manière dont ce droit s'exerce que portent nos observations.

Il nous semble que c'est du pouvoir dont la loi émane que la faculté de modifier l'exécution de la loi devrait émaner. D'après ce principe, le droit de grâce serait toujours exercé par le pouvoir exécutif; mais il n'en userait que d'après la résolution d'un conseil permanent, formé de ses agents et de délégués des deux fractions du corps législatif, nommés tous en nombre égal. Ainsi les actes qui modifient une volonté législative seraient encore une volonté législative; ainsi le droit de grâce serait vraiment exercé dans les intérêts de l'état; ainsi la responsabilité des ministres, en supposant qu'elle soit jamais déterminée, ne pourrait pas devenir une institution dérisoire.

Nous livrons ces rêveries aux méditations des législateurs, là où il y en a.

18 PAGE 234.

Malheur à la vertu qui m'abandonne à moi.
Je ne suis qu'un tyran ! je voulais être un roi.

Les malheurs de tout un règne n'ont souvent pas eu d'autre principe. Tel roi, dont on a trop tôt désespéré, n'est devenu un tyran que par la faute des gens honnêtes. Doublant par leur retraite la force des hommes pervers, ils ne sont pas

moins coupables envers la société que ces soldats qui désespè-
rent de la victoire sur un premier échec, et cèdent le champ
de bataille à l'ennemi au lieu de s'obstiner à le lui disputer.

Sénèque, que nous sommes loin de vouloir excuser en tout,
puisqu'il a eu la faiblesse de chercher à justifier des atrocités
qu'il n'a pas pu empêcher, Sénèque est digne de louange pour
l'opiniâtreté qu'il mit à rester auprès de Néron. Il y balança
souvent l'ascendant d'Anicet et de Tigellin. Au témoignage
de Tacite, ce philosophe avait fait plus souvent entendre le
langage de la vérité que celui de la flatterie au tyran, *qui
sæpius libertatem Senecæ quam servitium expertus esset.* Néron l'en récompensa par l'ordre de mourir; et c'est en cela
seulement qu'il se montra bienfaisant envers l'instituteur
qui lui avait sacrifié jusqu'à sa propre réputation, et que cette
sentence de mort pouvait seule réhabiliter.

GERMANICUS,

TRAGÉDIE EN CINQ ACTES,

REPRÉSENTÉE A PARIS, PAR LES COMÉDIENS ORDINAIRES DU ROI,

LE 22 MARS 1817.

Breves et infaustos populi romani amores.

TACITE.

AVERTISSEMENT.

Germanicus est peut-être le personnage le plus accompli de l'histoire. Il réunissait en lui tout ce que les hommes aiment et admirent, les dons de la nature et ceux de la fortune, les vertus du guerrier et celles du citoyen, les qualités de l'homme public et celles de l'homme privé; il avait tout reçu du ciel, qui semble s'être une fois complu à créer un homme parfait.

Quelques critiques ont avancé qu'un pareil personnage ne saurait être dramatique; qu'un héros ne peut intéresser au théâtre qu'autant qu'il n'est ni tout-à-fait coupable ni tout-à-fait innocent; que tels sont les héros d'Eschyle, d'Euripide et de Sophocle; et qu'enfin cela est incontestable, parceque c'est l'opinion d'Aristote.

L'autorité de ce législateur universel est sans doute de quelque poids. On ne saurait disconvenir que les personnages qui réunissent ces conditions n'inspirent par cela même un grand intérêt, et que ce ne soit déjà un avantage pour un poëte que d'avoir rencontré un héros de cette nature. Mais prétendre que la scène leur doive être exclusivement réservée, prétendre qu'un personnage parfait n'y saurait être intéressant, c'est tirer d'un principe juste une fausse conséquence.

L'admiration est, dit-on, un sentiment qui s'use bientôt, et l'on finit par voir avec ennui un homme exempt des faiblesses humaines.

Oui, si au tableau d'une vertu irréprochable se trouve joint celui d'un bonheur continu; oui, si cet homme, exempt de nos défauts, l'est aussi de nos malheurs : une tragédie conçue dans ces idées serait certes d'une insupportable monotonie.

Mais si le poète a l'habileté de vous faire craindre pour l'homme qu'il vous a fait aimer, s'il vous le montre environné de périls nés de ses vertus mêmes, si ces périls s'accroissent à mesure que ces vertus se développent, si la perte du héros est enfin la conséquence de sa perfection, niera-t-on que ce personnage soit d'autant plus dramatique qu'il est plus vertueux?

Quel est le vrai but de la tragédie, sinon d'exciter la terreur et la pitié? peut-on, sans s'effrayer et sans s'attendrir, voir de grands malheurs provoqués par de grandes vertus?

Quand on a excité ces deux sentiments au théâtre, on y a satisfait à la première de ses lois, à la seule qui ne puisse pas souffrir de modification. Ce succès peut s'obtenir par mille moyens différents; mais, moins le sujet traité paraît propre à donner cet heureux résultat, plus il y a de mérite à savoir l'atteindre.

C'est d'après ces opinions que M. Arnault a cru le personnage de Germanicus susceptible de figurer heureusement sur la scène. Il est probable qu'il eût été devancé dès long-temps dans son entreprise, si, dans l'histoire, ce sujet, d'ailleurs si riche, n'était pas dénué de l'incident qui lui a donné au théâtre l'intérêt et la vie: l'intervention de Séjan.

Il est évident pour tout homme qui réfléchit et sait voir les causes dans les effets, que Germanicus est mort victime de la politique ombrageuse de Tibère; que Pison et Plancine n'étaient que des agents, dont les passions ont été déchaînées parcequ'elles servaient les calculs du plus dissimulé des tyrans; et que de Rome, enfin, cet impénétrable despote faisait mouvoir toutes ces machines, qu'il a eu l'habileté de briser aussitôt qu'elles ont cessé de lui être utiles, et sans attendre même qu'elles lui fussent devenues nuisibles.

Ce grand drame est tout entier dans l'histoire pour quiconque la sait lire; mais il y est épars, mais il y est avec toute
la latitude que le genre comporte. Point de limites dans l'histoire pour la durée de l'action, à qui l'on accorde des années
pour se développer; point de limites là non plus pour l'étendue de la scène, qui peut embrasser le monde entier.

Comment accommoder pour le théâtre une action de cette
nature, une action commencée dans les Gaules, continuée à
Rome, dénouée en Orient? comment la réduire aux proportions voulues par les règles, sans la dépouiller de quelques
unes de ses plus importantes circonstances; ou comment les
lui conserver toutes sans blesser la vraisemblance dramatique?

Cela était impossible sans le concours de Séjan : aussi n'est-ce
qu'après avoir eu l'idée d'employer ce personnage que M. Arnault s'est regardé comme maître de son sujet. Quelle fécondité
cette conception n'y répand-elle pas! par elle disparaissent
les obstacles de temps et de lieux; par elle Tibère, sans quitter
Rome, se trouve à Antioche, où il est *invisible et présent*.

L'intervention du *génie du mal* était indispensable ici pour
renouer sans cesse les atroces projets déconcertés sans calculs
par le *génie du bien :* et c'est par cela même qu'une malice
inépuisable y lutte contre une infatigable générosité, que l'intérêt ne fait que croître lorsque le héros échappe à un danger,
parcequ'on prévoit que c'est pour retomber bientôt dans un
danger plus grand, parceque chaque trait d'héroïsme semble
rendre sa perte plus certaine.

Par ces combinaisons, la mort de Germanicus est devenue
un sujet de tragédie d'autant plus heureux, que Tacite offrait
de grandes richesses au poëte assez hardi pour traiter ce sujet; mais, semblables aux marbres qui sont dans la carrière,
ces richesses voulaient, pour être adaptées à la scène, une

main qui sût les tailler et les placer dans un plan propre à leur conserver leur éclat.

C'est ce à quoi M. Arnault s'est appliqué. Peut-être a-t-il fait preuve de quelque adresse, en faisant entrer naturellement dans le cadre qu'il a imaginé la peinture de la consternation des provinces, lors de la maladie de Germanicus; celle du désespoir de ce prince, au sujet du désastre qu'éprouva l'armée romaine au retour de la campagne où elle avait vengé la défaite de Varus; et enfin la peinture de la révolte et du repentir des légions.

Quant au style, sans s'étudier constamment à traduire ou à imiter Tacite, M. Arnault s'en est imbu autant qu'il lui a été possible, et l'on reconnaît souvent, dans les vers du poëte, des traits de l'historien mariés à ceux qui sont propres au premier. On est fondé à croire que cette méthode n'est pas mauvaise; c'est celle que Racine avait adoptée pour écrire Britannicus, et cette fois-là du moins l'excellence en a été démontrée par le succès.

Qu'on nous permette une dernière observation sur le personnage de Germanicus. Il nous semble que ce caractère est entièrement neuf. Germanicus n'est pas un héros colossal; c'est le plus grand des hommes, mais un homme aussi grand qu'il est donné de l'être: sa perfection n'est pas au-dessus de notre nature; il ne dit rien, ne fait rien qui soit hors de notre portée, et c'est par cela même qu'il nous intéresse. On aime en lui le modèle auquel on sent qu'il est possible de ressembler; on aime en lui l'homme qui ne diffère du commun des hommes qu'en ce qu'il est constamment ce que l'on peut être quelquefois, ce qu'on peut quelquefois avoir été.

Le succès qu'a obtenu GERMANICUS a eu moins de durée que d'éclat. Une persécution plus active, et cette fois universelle, a bientôt fait expier à l'auteur ce triomphe d'un moment, triomphe que l'autorité semblait lui avoir ménagé dans une intention différente. Depuis cette époque, les malheurs de M. Arnault, aggravés par son bonheur même, se sont accrus aussi du malheur de ses amis. Depuis cette époque, errant de contrée en contrée, d'asile en asile, sans rapport avec la société si ce n'est par le mal qu'il en reçoit; sans relations avec sa famille, dont les soins lui deviennent de jour en jour plus nécessaires; environné de presque autant de persécuteurs qu'il y a d'agents de l'autorité; ne rencontrant que chez de simples citoyens ces vertus que les rois ne se croient plus permises; privé de sa fortune, privé des ressources de son industrie, sans avenir, sans lendemain même; dans cette calamité qui se renouvelle sans cesse, il n'a pour toutes consolations que celles qu'il retrouvera toujours en lui, grâce à une conscience irréprochable et à quelque philosophie.

Tant d'agitations, loin de le détourner des lettres, les lui font cultiver avec plus d'activité que jamais : tant qu'il a pu s'arrêter, il s'est occupé d'une édition classique; quand il a été forcé de marcher, il a repris ses travaux dramatiques. Accoutumé à composer de tête, les bois, les champs, les grandes routes, ne sont pour lui qu'un plus vaste cabinet : tout en errant, il a fait une nouvelle tragédie, étrangère néanmoins à sa situation. Comme moyen de distraction, sa facilité lui a été utile; mais peut-il en attendre d'autres fruits? Ainsi que sa patrie, le théâtre ne lui est-il pas fermé? et ceux mêmes de ses ennemis qui le désignent comme ne pouvant mériter un succès ne sont-ils pas déterminés à ne plus lui laisser l'occasion d'en obtenir un?

Germanicus a été traduit dans presque toutes les langues européennes. Au nombre des littérateurs étrangers qui ont donné à cette tragédie ce témoignage d'estime, est le chevalier George Bernel, qui dédie sa traduction à l'auteur, de la manière la plus noble et la plus flatteuse. M. Arnault doit être d'autant plus touché des bons procédés d'un littérateur anglais, que ses malheurs ne lui en ont pas obtenu de pareils de tous les littérateurs français.

———

N. B. Cette édition est conforme au manuscrit original. L'auteur y rétablit plusieurs passages que ses amis avaient cru devoir supprimer pour accélérer à la scène la marche de l'ouvrage. Il est quelquefois nécessaire de faire, pour une première représentation, des sacrifices de ce genre au grand intérêt de la réussite; mais l'on restitue ensuite au drame ce qu'il réclame sur ces suppressions. Les plus considérables que cette tragédie ait éprouvées portaient sur la scène de Pison et de Plancine, dans le quatrième acte : le lecteur la retrouvera ici telle qu'elle a été primitivement conçue. Pison y résiste davantage à l'effroyable ascendant de Plancine. Après ce qui s'était passé entre Germanicus et lui, il ne pouvait reprendre sa haine et ses projets sans de violents combats; qui peut-être seraient vus avec un vif intérêt au théâtre, si les acteurs jouaient cette scène avec confiance.

Au reste, ceux d'entre eux qui craindraient de la risquer telle qu'elle est ici, la retrouveront dans les variantes telle qu'elle a été jouée sur le théâtre français.

Épître dédicatoire

à

Mes Enfants.

J'ai désiré que la dédicace de Germanicus acquittât une dette de reconnaissance : plusieurs personnes y ont droit. Si j'ai trouvé des persécuteurs dans toutes les classes et dans toutes les nations, dans les unes et les autres j'ai trouvé des défenseurs : mais le temps n'est pas venu où je puis les nommer ; je dois taire jusqu'à leurs bienfaits en les recevant, et paraître ingrat pour ne pas l'être.

La même réserve ne m'est pas imposée vis-à-vis de vous, mes enfants. Je puis vous remercier publiquement de ce que vous faites publiquement pour moi ; je puis payer des aujourd'hui, par le témoignage d'une tendresse sans réserve, tant de preuves d'une piété sans bornes.

Vous ne vous êtes pas renfermés dans l'étroite circonscription de la bienséance; vous ne vous êtes pas contentés de ne rien faire de blâmable : tout ce qui est louable, vous l'avez fait; et vous n'avez trouvé de louable que ce qu'il y a de plus généreux. C'est dans votre cœur que vous avez cherché la mesure de votre devoir : en faisant ce qu'il vous dictait, vous avez fait plus que je n'attendais, plus même que je n'eusse désiré.

Ce sentiment a toutefois jeté l'un de vous dans un excès, et je dois l'en reprendre. Oui, mes enfants, je dois reprocher au second d'entre vous d'avoir été trop sensible aux lâches outrages qu'un triomphe inespéré m'avait mérités; d'avoir cru pouvoir venger autrement que par le mépris une injure qui se perdait dans les témoignages d'estime et de regrets que la voix publique prodiguait à votre père; d'avoir honoré un ignoble délateur au point de le contraindre à prendre l'attitude d'un homme de coeur; de l'avoir élevé un moment au niveau d'un brave, au niveau d'un soldat couvert de blessures, reçues toutes au champ d'honneur.

Cependant, mon fils, je le reconnais aussi, il n'est pas donné à tous les jeunes gens de faire une pareille faute. Non, ma main ne pourrait se résoudre à déchirer cette page de l'histoire de ta vie, déjà si pleine de faits honorables, quoique tu sois encore si jeune: non, mon coeur ne saurait s'entendre avec ma raison pour te condamner; et j'en appelle à tous les pères: en est-il un qui à ma place ne serait fier de n'avoir jamais eu qu'un reproche pareil à faire au plus coupable de ses enfants!

Que de consolations n'ai-je pas reçues de mes enfants, dans les malheurs dont je suis assailli! Pendant que l'un de vous me défendait en France, l'autre, dans cette terre d'exil, ne me rendait-il pas les soins les plus tendres, les plus courageux! ne me faisait-il pas jouir, par ses doux entretiens, d'un bonheur que je n'ai pas connu au temps de notre prospérité, puisque cette prospérité même nous séparait! Ah! mes enfants, croyez que je me résigne facilement à supporter une infortune dont l'étendue me révèle celle de vos excellentes qualités; une infortune qui, ne pouvant diminuer mon honneur, ne fait qu'augmenter le vôtre.

Et comme nos âmes s'entendent aussi sur l'honneur! sur ce bien sans lequel il n'est pas de bonheur véritable, et avec lequel il n'est pas de véritable malheur. En effet, sont-ce des malheurs que ces revers qui, loin de vous aliéner l'estime publique, vous la concilient! et, s'ils vous l'accroissent, ces revers ne sont-ils pas préférables à l'accroissement de tant de fortunes!

L'honneur me réconcilie avec la pauvreté, avec laquelle il m'avait déjà familiarisé pendant la révolution; avec laquelle je savais bien qu'un honnête homme ne doit jamais se regarder comme brouillé pour toujours. L'honneur n'est-il pas, après tout, le seul bien dont le prix soit invariable! La naissance, le rang, la richesse, le pouvoir même, n'ont qu'une valeur précaire : rien de plus incertain que la considération qu'ils obtiennent, surtout au temps où nous vivons; elle se perd du jour au lendemain : le souffle qui suffit pour donner une autre direction à cette chose si mobile qu'on nomme l'opinion publique, le souffle le plus léger suffit pour la faire évanouir. Il n'en est pas ainsi de la considération que l'honneur commande : pur, inaltérable comme le diamant, qui par le frottement acquiert plus d'éclat, l'honneur reçoit un nouveau lustre du malheur, et change en faveur de la fortune la persécution même.

Conservons-le précieusement ce bien, le seul que je puisse vous transmettre intact, le seul que vous puissiez augmenter, le seul que les révolutions ne sauraient nous enlever, le seul que ne pourraient nous ravir les maîtres du monde. Mes enfants, faites tout ce que l'honneur vous commandera, et ne faites que cela ; allez partout où il vous appellera, et n'allez que là ; et reconnaissez surtout la voix de l'honneur dans celle qui vous ordonnerait d'oublier tout malheur privé, pour ne songer qu'au malheur de la patrie; dans celle qui vous ordonnerait de vous rallier à tous les partis, pour reconquérir à votre pays la gloire et l'indépendance.

Dût même votre victoire ne pas me rendre à ma patrie, je ne gémirais pas de me voir séparé de vous, si je vous savais réunis pour une si noble cause sous des drapeaux français. Que dis-je! faire votre devoir, n'est-ce pas le plus sûr moyen de mettre un terme à nos malheurs! Qu'il ne nous suffise pas d'être innocents envers la France, obstinons-nous à lui être utiles: peut-être la fortune finira-t-elle par rougir, et les hommes aussi.

Je le souhaite plus que je ne l'espère, dans cet isolement absolu où je suis retombé. Séparé, par l'exil, des enfants qui me restent en France, séparé même, dans mon exil, de ceux de mes enfants qui, avec leur généreuse mère, étaient venus le partager, peut-être suis-je condamné à ne plus vous revoir. Mon cœur se brise à l'idée d'une éternelle séparation; mais si telle est la volonté suprême, voyez un testament dans l'épître que je vous adresse, et qu'elle ait quelque prix pour vous cette dédicace d'un ouvrage que j'aime à vous offrir comme un garant public de ma tendre estime pour la meilleure des familles, comme un legs auquel votre père attache sa dernière bénédiction.

Arnault.

DE MA RETRAITE, LE 1ᵉʳ DÉCEMBRE 1817.

COSTUMES A OBSERVER.

Les costumes doivent être simples, et tels qu'on les portait à la cour de Germanicus.

Germanicus paraît en costume civil et revêtu de la pourpre impériale.

Pison porte l'habit militaire pendant les trois premiers actes; au quatrième il prend le costume civil.

Séjan paraît sous l'habit d'esclave jusqu'à la dernière scène du cinquième acte, où il se montre revêtu de la pourpre.

Sentius paraît en costume civil.

Marcus paraît pendant les cinq actes en habit militaire.

Agrippine et Plancine doivent porter un costume élégant, mais sévère.

A la représentation de cet ouvrage, les comédiens français résolurent de rétablir le costume romain dans sa belle simplicité; cela produisit le plus heureux effet.

PERSONNAGES.

GERMANICUS, fils adoptif de Tibère, gouverneur général des provinces romaines en Orient.

AGRIPPINE, son épouse.

PISON, gouverneur de Syrie.

SENTIUS-SATURNINUS, sénateur romain.

SÉJAN, ministre et favori de Tibère.

PLANCINE, épouse de Pison.

MARCUS, fils de Pison.

VÉRANIUS, ami de Germanicus.

PLUSIEURS CONJURÉS.

UN PREMIER CONJURÉ.

UN SECOND CONJURÉ.

AMIS DE GERMANICUS,

ENFANTS DE GERMANICUS,

SOLDATS, LICTEURS,   } personnages muets.

PEUPLE,

FEMMES DE LA SUITE D'AGRIPPINE,

La scène est à Antioche.

GERMANICUS.

ACTE PREMIER.

Le théâtre représente un vestibule auquel plusieurs appartements aboutissent. Sur l'un des côtés est le tribunal où siège Germanicus; de l'autre s'élève une statue d'Auguste. On aperçoit la ville par-delà les colonnes qui ferment le péristyle.

———

SCÈNE I.

(Le jour n'est pas encore levé.)

SÉJAN, SENTIUS.

SENTIUS.

Vous, Séjan, vous, l'ami du maître de la terre,
Des secrets de César, vous, le dépositaire,
Sous l'obscur vêtement qui semble vous cacher,
Loin de Rome, en ces murs, que venez-vous chercher ?
Quels projets...?

SÉJAN.

Sentius, c'est pour vous en instruire
Qu'avant le jour ici je me suis fait conduire.
Un grand dessein m'amène aux murs d'Antiochus.
Mais avant tout, parlez, que fait Germanicus?
Que fait Pison?

SENTIUS.

Jamais leur mésintelligence
Ne se manifesta par plus de violence.
Pison... vous connaissez ce caractère ardent,
Cachant sous un front grave un esprit imprudent,
Égaré par l'orgueil en sa marche incertaine,
Et dans tout inconstant, excepté dans la haine.

SÉJAN.

Eh bien, seigneur?

SENTIUS.

Joignant les effets aux discours,
A ses fougueux transports laissant un libre cours,
Jamais par tant d'excès, même en cette province,
Pison n'avait bravé la majesté du prince.
Sans doute on vous a dit qu'imprudent une fois,
Ce prince avait enfreint les rigoureuses lois
Qui des plaines d'Isis lui défendent l'entrée¹ :
Trop sensible aux malheurs d'une triste contrée
Que l'empereur lui seul a droit de consoler,
Aux rivages du Nil il crut pouvoir voler.
Des bouches de ce fleuve aux roches menaçantes
Qu'à Sienne il franchit de ses eaux mugissantes,

Tandis que l'on voyait l'héritier des Césars
De sa sollicitude étendre les regards;
Tandis qu'on le voyait, innocemment peut-être,
Donnant en bienfaiteur ce que refuse un maître,
Sans l'appareil qui suit ou la crainte ou l'orgueil,
A tous les opprimés faire un égal accueil,
Opposer aux abus sa rigueur généreuse,
Et surtout alléger la loi trop onéreuse,
La loi que sans pitié nous appesantissons
Sur l'Égypte, affamée au milieu des moissons,
L'impétueux Pison, resté seul en Syrie,
Bien plus que la prudence écoutant sa furie,
Changeait l'ordre établi, sans but, sans autre effet
Que d'effacer partout ce qu'un autre avait fait,
Dans son orgueil jaloux, croyant porter sa place
Au-dessus du pouvoir qu'affrontait son audace.
Le prince à son retour, de ses yeux indignés,
Cherche en vain ses amis par l'exil éloignés;
Il entend la cité qu'il avait protégée
Réclamer de ses droits la justice abrogée :
Dans son juste courroux, devant son tribunal
Il cite un lieutenant qui s'est cru son égal.
Pison, toujours superbe, hésite, délibère
S'il doit céder au fils d'Auguste et de Tibère;
Quand, frappé tout-à-coup par un mal inconnu,
Sur les bords de la tombe à trente ans parvenu ,
Germanicus pâlit : son épouse alarmée
Jette un cri que répète et le peuple et l'armée.

Tout s'émeut; on s'empresse aux pieds des immortels;
Les plus précieux dons surchargent leurs autels;
De vœux et de sanglots leurs temples retentissent;
Vingt nations, sur qui leurs coups s'appesantissent,
Confondent leurs douleurs;... le Sarmate inhumain
S'étonne de prier pour les jours d'un Romain;
Et, du Tibre à l'Indus, on ne voit sur la terre
Qu'une famille en pleurs qui tremble pour un père.
A ce deuil qui s'accroît en raison du danger,
A ce commun effroi Pison reste étranger.
S'il implore des dieux les faveurs protectrices,
C'est aux dieux des enfers qu'il fait ses sacrifices.
Feindre, même en public, n'est pas en son pouvoir;
Quand on tremble, il sourit; et son farouche espoir,
Suivant que le mal presse ou suspend son ravage,
Prend l'accent de la joie ou celui de la rage.
Aux vœux du peuple enfin le héros est rendu.
L'encens fume; à grands flots le sang est répandu.
Pison l'apprend: parmi les prêtres qu'il disperse,
Il court au temple, il court aux autels, qu'il renverse,
Outrageant, sans respect ni des droits ni des lieux,
Et le peuple et le prince, et César et les dieux;
Puis, à travers l'horreur dont la foule est saisie,
Insolemment tranquille, il gagne Séleucie.
Trois jours se sont passés depuis l'affreux moment
Que signale à jamais ce triste événement;
Et nul indice encor ne nous a fait comprendre
Quel parti désormais Germanicus veut prendre.

Pison semble assuré de son impunité.

S'il ne s'abuse pas, de quelle autorité

D'Auguste en ce climat la race est-elle armée?

C'est ce qu'on se demande à la ville, à l'armée.

De quelques guerriers même, en secret convaincus

Qu'un autre que Pison poursuit Germanicus,

Déjà la discipline a reçu quelque atteinte :

Fidèles à César, s'il faut parler sans feinte,

En servant bien son fils ils croiraient le trahir,

Et mettent leur devoir à ne point obéir[3].

SÉJAN.

Et, Sentius, quel est, en cette circonstance,

Celui des deux partis que sert votre prudence?

SENTIUS.

D'un bruit qui s'accrédite, en secret alarmé,

Séjan, dans mon devoir je me suis renfermé,

Sans blâmer comme aussi sans approuver personne;

Et j'attends pour agir ce que César ordonne.

SÉJAN.

Sur vous, sur votre foi, quand il s'est reposé,

César, je le vois bien, ne s'est pas abusé.

SENTIUS.

César, quoi qu'il exige aujourd'hui de mon zèle,

Ne peut pas rencontrer un sujet plus fidèle.

SÉJAN.

Et ce zèle déjà n'a pas osé prévoir

Ce que va lui prescrire aujourd'hui le devoir?

Vous ne pénétrez pas, sans que je vous l'explique,

Le conseil qu'à César dicte la politique?

SENTIUS.

Poursuivez.

SÉJAN.

Dans le rang où le sort l'a placé,
Au milieu des périls dont il est menacé,
César ne doit-il pas, pour le bien de la terre,
Regarder comme fait le mal que l'on peut faire?

SENTIUS.

Comme vous je le crois.

SÉJAN.

Sur un audacieux
N'est-il pas temps qu'enfin Tibère ouvre les yeux?

SENTIUS.

Il en est temps : d'un fils il doit venger l'outrage.
Ce fils peut-être est-il plus généreux que sage;
Mais l'indiscret désir dont il est animé
N'est après tout, seigneur, que celui d'être aimé.
Quant à Pison, Pison, de qui l'audace extrême
Pour servir le pouvoir insulte au pouvoir même :
Pison, qui, de son chef hardi persécuteur,
Qui, de son souverain plus hardi protecteur,
Rebelle autant qu'impie, a, jusque dans un temple,
D'un double sacrilége osé donner l'exemple,
Lui seul, seigneur, lui seul peut être dangereux
Lui seul est criminel !

SÉJAN.

Ils le sont tous les deux.

SENTIUS.

Vous ne verriez entre eux aucune différence ?

SÉJAN.

Je les vois tous les deux égaux par la puissance.

SENTIUS.

De son devoir le prince est-il jamais sorti ?

SÉJAN.

S'il en voulait sortir, n'a-t-il pas un parti ?
N'en peut-il pas sortir en dépit de lui-même ?
L'étranger le chérit, le peuple romain l'aime,
Le sénat l'idolâtre, et leur commun appui
Peut à l'empire un jour le porter malgré lui.

SENTIUS.

Les vertus dont le ciel envers lui fut prodigue,
Son noble orgueil, son cœur étranger à l'intrigue,
Tout devrait de Tibère apaiser la terreur.

SÉJAN.

Dans ses craintes tout doit affermir l'empereur :
On craint, quand on connaît le peuple et ses caprices,
Les vertus d'un rival tout autant que ses vices.
Tibère ainsi le pense.

SENTIUS.

Et qu'a-t-il résolu ?

SÉJAN.

De ne plus partager le pouvoir absolu ;
De régner en Asie ainsi qu'il règne à Rome ;
De réprimer Pison ; de réprimer tout homme
Qui pourrait, s'il le veut, contre son souverain

Lever impunément une insolente main;
De gouverner par vous cette vaste province.

SENTIUS.

César auprès de lui rappelle donc le prince?

SÉJAN.

Le prince est plus à craindre à Rome encor qu'ici.
Il n'y rentrera pas.

SENTIUS.

    S'il en doit être ainsi,
S'il est dans ces climats relégué par Tibère,
Quelle est l'autorité que César me confère?

SÉJAN.

Celle qu'un téméraire exerça trop long-temps;
Celle qu'il doit garder tant qu'il vivra.

SENTIUS.

       J'entends.

SÉJAN.

On ouvre.

SENTIUS.

    Vers ces lieux Germanicus s'avance.

SÉJAN.

Je ne dois pas encor paraître en sa présence.
Puisque vous m'entendez, seigneur, nous saurons bien
Renouer avant peu cet utile entretien.

        (Il sort.)

SCÈNE II.

SENTIUS, GERMANICUS, MARCUS,
LICTEURS, SUITE.

GERMANICUS, à Marcus.

J'estime vos vertus ; c'est par leur entremise
Que l'Arménie enfin à son prince est remise :
J'en instruirai Tibère ; et vous pouvez, Marcus,
Au rang de vos amis compter Germanicus :
Mais pour Pison cessez de me demander grâce ;
En oubliant les droits de mon rang, de ma race,
Votre père me force à m'en ressouvenir ;
Et lui seul rompt les nœuds qui devraient nous unir.
J'en gémis : pour fléchir cet âpre caractère
J'ai fait, vous le savez, plus que je n'ai dû faire ;
Mais plus j'accorde et plus il se montre exigeant.
M'a-t-il jugé timide à me voir indulgent ?
La faute en est à moi : dès le premier outrage,
Si d'un chef irrité j'avais pris le langage,
On ne l'aurait pas vu, bravant tout à la fois
La majesté des lieux, la sainteté des lois,
Insulter, au milieu d'Antioche alarmée,
Le magistrat du peuple et le chef de l'armée.
Depuis trois jours enfin que je tarde à punir,
De ses égarements le voit-on revenir ?

Pour fléchir ma puissance, à l'accabler contrainte,
A-t-il même daigné recourir à la feinte?
Tout est délibéré, Marcus, c'en est assez :
Les jours de la clémence à la fin sont passés.
Quoique à regret encor, j'en prends à témoignage
Auguste, dont ici nous encensons l'image;
Puisqu'à mon rang Pison n'a pas voulu donner
L'excuse qu'attendait mon cœur pour pardonner,
Puisqu'il cherche ma haine, enfin, je la lui jure :
Il verra si je suis insensible à l'injure ;
Si, pour le ramener au chemin du devoir,
Je manque de courage ou manque de pouvoir.
Après un tel éclat, je doute qu'il s'attende
A rester plus long-temps aux lieux où je commande :
Je l'exige, Marcus, qu'il en sorte aujourd'hui;
Qu'il en sorte, ou demain je marche contre lui.
Pour s'attacher l'armée, en vain sa politique
A banni de nos rangs la discipline antique [4];
Le désordre imprudent dont il veut s'étayer
Peut affliger mon cœur et ne pas l'effrayer.
A l'aigle un vrai Romain sera toujours fidèle ;
J'en compte encore assez pour réduire un rebelle :
Vous êtes de ce nombre; et c'est vous que mon choix
Chargerait de venger et le culte et les lois,
Si le coupable, ami, n'était pas votre père.
Votre âme est, je le sais, ferme autant que sévère;
De votre dévoûment je ne saurais douter;
Mais à tous vos chagrins ai-je droit d'ajouter

Ceux qu'entraîne un effort presque au-dessus de l'homme,
Et qu'un Romain ne doit qu'au seul salut de Rome ?

MARCUS.

Prince, cette pitié, que votre noble cœur,
Malgré son courroux même, accorde à mon malheur,
Adoucit un moment les peines de mon âme.
Je connais mon devoir, je sais ce qu'il réclame ;
Et rends d'autant plus grâce à cette humanité
Qui daigne en modérer l'affreuse austérité.
C'est de mon père seul que j'ai droit de me plaindre :
Vous défendez les lois, il ose les enfreindre ;
Et si dans son erreur il s'obstine aujourd'hui,
Le cruel, il m'oblige à me perdre avec lui ;
A partager, au gré du sort qui nous opprime,
Son malheur que j'épouse en détestant son crime.

(Il sort.)

SCÈNE III.

GERMANICUS, SENTIUS, VÉRANIUS,
SUITE.

GERMANICUS.

Pison méritait-il un fils si généreux !

(A Véranius.)

Quoi qu'il en soit, suivez mes ordres rigoureux.

18.

Il importe au repos du peuple et de l'armée
Que l'Asie à Pison soit pour jamais fermée :
C'est par trop prolonger cet insolent débat.

(A Sentius.)

Demain vous partirez. Je dois compte au sénat,
Je dois compte à Tibère, en cette circonstance,
Non pas de ma rigueur, mais de mon indulgence
Pour un ingrat, un traître, en ces jours malheureux,
Moins coupable peut-être envers moi qu'envers eux.
Que Pison, cette fois, obéisse ou qu'il tremble.
Vous recevrez bientôt mon dernier ordre.

(Il sort.)

SCÈNE IV.

SENTIUS.

Il semble
Qu'il ait lu dans mon cœur, et se fasse un plaisir
De le contrarier dans son secret désir.
A l'ordre qu'il me donne, il semble enfin qu'il sache
Quel intérêt puissant à ces lieux me rattache.
Ces honneurs, ce pouvoir, ce rang qui m'est promis,
Il doit les conserver tant qu'il vivra !... Frémis.
Sur les bords de l'abîme où le destin t'entraîne,
Ah ! si l'ambition conspire avec la haine,
Du piége épouvantable où s'engagent tes pas
L'amour du monde entier ne te sauvera pas.

Que peut, infortuné, cet univers qui t'aime
Contre Pison, Tibère, et peut-être moi-même?

SCÈNE V.

SENTIUS, SÉJAN.

SÉJAN.

Au sort qui vous attend n'avez-vous pas pensé⁵ ?

SENTIUS.

Je pense à mon devoir.

SÉJAN.

César est offensé ;
Son intérêt, pour vous, est le seul légitime.

SENTIUS.

J'ai pour Germanicus moins d'amour que d'estime.

SÉJAN.

S'il en devient indigne?

SENTIUS.

Il a rompu nos nœuds.
Mais quoi, Germanicus n'est-il plus vertueux?

SÉJAN.

Ce doute, je le crois, surprendrait fort Tibère :
Un fils innocemment fait-il trembler son père?
Un prince innocemment... Mais sur de tels secrets
Pourquoi donc arrêter nos regards indiscrets?
Tibère a prononcé, que voulez-vous encore?

Ignorons, croyez-moi, ce qu'il veut qu'on ignore.
Imprudent serviteur, voulez-vous aujourd'hui
Vous établir arbitre entre son fils et lui ?
Ah ! loin de consulter, dans le doute où nous sommes,
Cette équité qu'on doit au vulgaire des hommes,
Examinons, seigneur, d'un œil désabusé,
Quel est l'accusateur et quel est l'accusé.
Songeons aux droits du trône, à cette politique
Qui fonde et qui maintient la sûreté publique,
Et sans éclat surtout s'applique à prévenir
Ces crimes qui, commis, ne peuvent se punir.
N'oublions pas enfin qu'ici tout est mystère ;
Qu'un prince, en voyant tout, quelquefois doit tout taire,
Et sous un voile épais savoir habilement
Ainsi que le forfait cacher le châtiment.
Frapper sans bruit, seigneur, tel est l'ordre suprême.

SENTIUS.

Et cet ordre où doit-il s'accomplir ?

SÉJAN.

                                        Ici même.

SENTIUS.

Bientôt ?

SÉJAN.

        Dès aujourd'hui.

SENTIUS.

                Quels moyens ?

SÉJAN.

                                Les plus prompts.

SENTIUS.

Et sur qui comptez-vous?

SÉJAN.

Sur Pison. Ses affronts...

SENTIUS.

Un grand prix l'attend donc pour un si grand service?

SÉJAN.

Vous ne l'envîrez pas.

SENTIUS.

Mais encor, la justice...

SÉJAN.

Ne vous dit-elle pas qu'aux yeux de l'empereur
Pison est un objet d'épouvante et d'horreur?

SENTIUS.

Pison!

SÉJAN.

Par lui César veut perdre un téméraire;
Mais refusera-t-il aux larmes de la terre
Le sang d'un furieux, exécrable aux Romains,
Qui dans le sang d'Auguste aura trempé ses mains?
A l'y déterminer nos efforts doivent tendre.

SENTIUS.

De moi, je vous l'ai dit, César peut tout attendre.

SÉJAN.

Contraint (vous en devez pénétrer la raison)
De fuir, jusqu'au succès, les regards de Pison,
C'est aussi par vos soins, c'est par leur entremise
Que je veux terminer cette grande entreprise,

Dont vous devez bientôt recueillir tout le fruit.

SENTIUS.

Il importe, avant tout, que vous soyez instruit
Des obstacles nombreux qu'il faudra...

SÉJAN.

Je les brave.

Sentius, sous le nom et l'habit d'un esclave,
Je puis tout : cet anneau, remis entre mes mains,
Change mes volontés en décrets souverains :
C'est le sceau de César, qui confirme d'avance
Tout ce que j'aurai fait pour servir sa puissance.
Nos succès toutefois ne me paraîtront sûrs
Que quand Pison sera revenu dans ces murs.

SENTIUS.

Apprenez donc, seigneur, qu'à nos projets funeste,
Un ordre le bannit de l'Orient.

SÉJAN.

Qu'il reste.

Il ne doit pas quitter encor ces régions.
Qu'il revienne ici même au cri des légions.
Il leur plaît : vous savez qu'il s'est fait une étude
De flatter tous les goûts de cette multitude,
Qui, pour son corrupteur, contre son général
Prête à s'armer, seigneur, n'attend plus qu'un signal :
Donnons-le.

SENTIUS.

Mais le prince a parlé. Sa menace
Du fier Pison peut-être étonnera l'audace.

Son fils qui la lui porte en est intimidé.
Peut-être qu'au départ il l'aura décidé;
Ce fils qui, du devoir observateur sévère,
Ne respecte pas moins le prince que son père.

SÉJAN.

N'importe! je n'en crains aucune trahison,
Si Plancine, seigneur, est auprès de Pison.

SENTIUS.

Cette femme, il est vrai, que dévore l'envie,
Et qu'enhardit surtout l'amitié de Livie,
Porte un cœur plus féroce encor que son époux.
Pour présenter la coupe ou pour frapper les coups,
On pourrait au besoin s'en fier à son zèle :
Le mal même inutile a des attraits pour elle.

SÉJAN.

Que sera-ce aujourd'hui, que ce premier attrait
Va se fortifier d'un plus grand intérêt,
Et qu'en perdant l'objet offert à sa colère
Elle croira gagner la faveur de Tibère!

SENTIUS.

Sans perdre un seul moment, seigneur, je vais la voir.

SÉJAN.

Allez donc : réveillez sa crainte et son espoir.
Prouvez-lui que sa perte, aujourd'hui résolue,
Peut par celle du prince être encor prévenue;
Qu'on ne peut, pour sortir de cette extrémité,
Frapper un coup trop fort et trop précipité.
Irritez son humeur inquiète et jalouse

Contre Germanicus et contre son épouse,
Qui, du noble Agrippa digne postérité,
Et chère aux légions par sa fécondité[7],
Partage avec l'objet de sa tendresse austère
La haine de la cour et l'amour de la terre.
Que Plancine, en un mot, en son aveuglement,
D'un projet qui la perd se faisant l'instrument,
Entraîne son époux sur les bords de l'abîme
Où Pison doit tomber en poussant sa victime.

SENTIUS.

Vos vœux seront remplis.

(Il sort.)

SCÈNE VI.

SÉJAN.

O pouvoir! ô grandeurs!
Quel charme exercez-vous sur presque tous les cœurs!
Sur tous! Bien que le sage autrement en décide,
Le moins ambitieux n'est que le plus timide.
Esprit faible, effrayé de ce qu'il faut braver
Et pour vous acquérir et pour vous conserver,
Il feint de mépriser ce qu'il ne peut atteindre.
Dévoré d'une soif que rien ne peut éteindre,
Paré, selon les temps, de vices, de vertus,
Le reste, sur les pas des Césars, des Brutus,
Par des chemins divers poursuit le rang suprême,

Et parfois le surprend dans la liberté même.
Je les imiterai quand il en sera temps;
Quand, pour déterminer les esprits inconstants,
Il ne me faudra plus qu'un titre qui déguise
Et le but et l'effet de ma haute entreprise.
A commander aussi je me sens destiné.
Qui m'en empêcherait? Séjan, n'es-tu pas né
Plus éloigné du rang où ton choix délibère
Qu'en ce rang tu ne l'es du trône de Tibère?
Quoi qu'il en soit, servons notre maître aujourd'hui;
Frappons un coup qui va me rapprocher de lui;
Dans un héros, proscrit par l'amour qu'il inspire,
Frappons un héritier de ce trône où j'aspire;
Pour trahir le tyran gardons-lui notre foi...
N'ayons dans ce projet de confident que moi.

FIN DU PREMIER ACTE.

ACTE DEUXIÈME.

SCÈNE I.

PLANCINE, MARCUS.

PLANCINE.

Oui, mon fils, Agrippine est faite pour l'empire ;
Comme vous je le crois, et comme vous j'admire,
En ses moindres discours et jusqu'en son maintien,
L'orgueil qu'elle a puisé dans un sang plébéien :
Toutefois je ne puis fléchir sous sa puissance.
La fierté des Plancus, auteurs de ma naissance,
Qu'à celle des Pisons mon cœur sait allier,
Jusqu'à ce point en moi n'apprit pas à plier.
Mais parlons du motif qui dans ces lieux m'amène,
Ces lieux où je n'inspire et ne sens que la haine ;
C'est vous, mon fils, vous seul que je viens y chercher.
D'un odieux parti je veux vous détacher.

MARCUS.

M'en détacher, madame ! ah ! cessez d'y prétendre.

D'un Romain, d'un soldat, tout ce que peut attendre
Le prince dont il tient sa gloire et son bonheur,
Germanicus toujours l'a trouvé dans mon cœur;
Et ses nombreux bienfaits, quel que soit votre blâme,
Lui donnent à jamais tout pouvoir sur mon âme.
Vous en étonnez-vous? Votre esprit prévenu,
Dans ce héros, ma mère, aurait-il méconnu
Et ce vaste génie et ce grand caractère
Qui dans Jule annonçaient le maître de la terre?
Actif, infatigable, invaincu comme lui,
Quand je le vois de Rome et l'amour et l'appui,
Tempérant la fierté des vertus héroïques
Par la simplicité des vertus domestiques,
Être même adoré des rois qu'il a vaincus,
J'admire, ah! disons mieux, j'aime en Germanicus,
Jeune encor par son âge, et vieux par ses services,
Les vertus de César affranchi de ses vices.
Quoi de plus? Chaque jour semble multiplier
Les nœuds dont sa bonté se plaît à me lier.
Vous ne l'ignorez pas. C'est peu que mon courage
Sous lui de l'art de vaincre ait fait l'apprentissage;
Quand aux bords du Wéser nos aigles reparus
Effaçaient et vengeaient les malheurs de Varus,
Je dus aussi la vie à ses mains généreuses,
Dans l'une de ces nuits, à jamais malheureuses [8],
Où le commun effort et des vents et des eaux,
Au retour des vainqueurs dispersant leurs vaisseaux,
Couvrit la vaste mer de leurs mille naufrages.

Je crois l'entendre encore, à travers les orages,
Au bruit de la tempête entremêlant ses cris,
Redemandant aux flots, aux rochers, aux débris,
Ses braves compagnons livrés par la fortune
Des fureurs de Bellone aux fureurs de Neptune,
S'accuser de leur perte, et, de vivre indigné,
Faire un crime au destin de l'avoir épargné.
Tels sont les droits du prince à ma reconnaissance.

PLANCINE.

Et ceux que m'a sur vous donnés votre naissance ?

MARCUS.

Mon cœur n'en a jamais mieux senti le pouvoir;
Mais ils ne me font pas oublier mon devoir,
Mon devoir que je hais, mais dont la voix sévère
Dans mon cœur, malgré moi, s'élève contre un père.

PLANCINE.

Ainsi donc vous pensez qu'au mépris de son rang,
Qu'en dépit de l'orgueil que lui transmit son sang,
Pison doit s'avilir ?

MARCUS.

Les âmes les plus hautes
N'ont pas cru s'avilir en réparant leurs fautes.
D'ailleurs, par quels moyens pourrait-il échapper
Aux maux de toutes parts prêts à l'envelopper,
A cette alternative, également cruelle,
De partir en banni s'il ne reste en rebelle ?

PLANCINE.

Le sort, sous quelque aspect qu'on l'ose envisager,

Ne nous offre, en effet, que honte ou que danger.
Le danger fuit parfois l'audace qui l'affronte;
Le danger ne peut rien sur l'honneur : mais la honte!
L'asile qu'en ses bras cherche la lâcheté,
A quel horrible prix n'est-il pas acheté!
Du salut qu'on lui doit la longue ignominie
Non seulement du faible empoisonne la vie,
Mais, plus durable encore avec le souvenir,
Elle poursuit son nom jusque dans l'avenir.
Je ne puis ni céder, ni supplier.

MARCUS.

Ma mère,
En cette extrémité que voulez-vous donc faire?

PLANCINE.

Me perdre ou me sauver par quelque coup d'éclat.

MARCUS.

Le peuple est contre vous.

PLANCINE.

J'ai pour moi le soldat,
Qui sait ôter, mon fils, et donner la puissance :
Il m'est acquis, je crois, par la reconnaissance.

MARCUS.

Voilà donc vos projets! voilà donc votre espoir!
Grands dieux! que de malheurs me faites-vous prévoir!
Déplorable débat! faut-il qu'il ne s'achève
Que par l'autorité de la force ou du glaive!
Ah! craignez les secours que vous aura prêtés
Le caprice insolent des soldats révoltés;

Des soldats qui, par vous instruits de leur puissance,
Et dès lors affranchis de toute obéissance,
Contre l'ambitieux qui n'a pas d'autre appui
Tourneront tôt ou tard le fer tiré pour lui.
Si l'armée à ce point s'abandonnait au crime
Que d'arracher l'empire au prince légitime,
Au prince qu'elle fut instruite à révérer,
Quelle fidélité pourrait en espérer
L'insensé dont les droits à ce grand héritage
De la révolte seule auraient été l'ouvrage?
Pense-t-il imposer à des séditieux
Un respect qu'ils n'ont pas pour le sang de nos dieux?
Et, pour eux, des faisceaux le possesseur injuste
Sera-t-il plus sacré qu'un petit-fils d'Auguste?
Puissent, en leur pitié, les dieux nous garantir
D'un succès que bientôt suivrait le repentir!
Gardons-nous d'oublier que le même génie
Peut ici, comme en Gaule et comme en Germanie,
D'un excès dans un autre entraîner à l'instant
De nos guerriers oisifs le vulgaire inconstant;
Peuple armé, trop semblable à la foule incertaine,
Dont l'amour est fureur aussi bien que la haine,
Et qui, par les horreurs des plus sanglants transports,
Signale également son crime et ses remords.

PLANCINE.

Dans les camps, dans les murs, oui, de la multitude
Telle est, je le sais trop, la constante habitude;
Oui, trop souvent ingrat, le peuple a déchiré

La généreuse main qui l'avait délivré;
Oui, trop souvent au joug la milice échappée
Contre un libérateur a tourné son épée:
Mais tant d'infortunés, punis de leurs bienfaits,
Des assassins peut-être auraient bravé les traits,
S'ils avaient fait sentir à la foule en colère
L'ascendant qui partout suit un grand caractère,
Lui sert de bouclier jusque sous le couteau,
D'un regard foudroyant l'arme contre un bourreau,
Intrépide vertu, tranquillité profonde⁹,
Que n'étonnerait pas la ruine du monde.
Mais quoi! le temps nous presse, et des dangers pareils
Demandent des secours et non pas des conseils.
Parlons donc sans détours. Mon fils, par un courage,
Par des exploits peut-être au-dessus de votre âge,
Vous avez, sans faiblesse et sans profusions,
Vous avez obtenu parmi nos légions
Un crédit que n'ont pas les plus vieux capitaines.
Formerai-je, mon fils, des espérances vaines
En comptant, s'il me faut emprunter des soutiens,
Qu'en ce jour vos amis se rallîront aux miens?

MARCUS.

Contre un persécuteur, oui, s'il faut vous défendre,
Je suis, vous le savez, prêt à tout entreprendre;
Mais vous savez aussi qu'un rebelle aujourd'hui,
Quel qu'il soit, ne saurait compter sur mon appui.

PLANCINE.

Trahirez-vous le sang qui vous donna la vie?

MARCUS.

Vous ne trahirez pas le devoir qui nous lie.

PLANCINE.

Si le sort m'y contraint, que ferez-vous?

MARCUS.

Le sort,
S'il vous contraint au crime, aura voulu ma mort.
Mais malgré vous, malgré la fortune, j'espère
Vous sauver, sans trahir ou mon prince ou mon père.
Et sans plus différer, madame...

PLANCINE.

Où courez-vous?

MARCUS.

Au-devant de mon père, embrasser ses genoux.
Pour l'effrayer, ma mère, il suffit de lui dire
Les dangereux projets que ce jour vous inspire.

(Il sort.)

SCÈNE II.

PLANCINE.

Ingrat! plus ils sont grands les périls que je cours,
Plus je devrais pouvoir compter sur tes secours.
Sentius ne vient pas... En ce péril extrême,
Lorsque mon propre fils s'arme contre moi-même,
Sur qui puis-je compter?... Ah! pourquoi sans besoin
Pison a-t-il poussé l'emportement si loin!

Traverser en secret tous les projets du prince,
Lui dérober sans bruit l'amour de la province,
De piéges ténébreux environner ses pas,
L'entourer d'ennemis qu'il ne soupçonne pas ;
Sous un zèle imposteur dissimulant sa haine,
Doucement le conduire à sa perte certaine,
C'est ainsi que peut-être on aurait évité
Ce choc de la révolte et de l'autorité :
Moyen dont le succès fut trop souvent funeste,
Et le seul toutefois qui dans ce jour nous reste.
Mais je vois Sentius ; que vient-il m'annoncer ?

SCÈNE III.

PLANCINE, SENTIUS.

SENTIUS.

A rester dans ces murs il vous faut renoncer.
Car je ne pense pas, même en ces circonstances,
Que vous puissiez céder aux coupables instances
Du soldat, à mourir pour vous déterminé ;
Du soldat, qui vous offre en son camp mutiné
Un asile, où des lois que vous venez d'enfreindre
Le courroux, j'en conviens, ne saurait vous atteindre.

PLANCINE.

Qu'entends-je ? il se pourrait ! Mais que vois-je, grands dieux !
N'est-ce pas Agrippine ?

SCÈNE IV.

PLANCINE, SENTIUS, AGRIPPINE.

AGRIPPINE.

En croirai-je mes yeux ?
Ainsi donc, au mépris des ordres légitimes
Qui ferment désormais ces remparts à vos crimes,
C'est peu pour votre orgueil que d'oser y rentrer ;
Sans remords, sans terreur, on vous voit pénétrer
Jusqu'à ce tribunal que votre aspect profane.
Venez-vous y braver l'arrêt qui vous condamne ?
Ou Pison pense-t-il que quelques factieux
Lui pourront obtenir, par leurs cris furieux,
Un pardon qu'à présent l'autorité suprême
Ne peut plus accorder à son repentir même ?
A le désabuser je dois vous exhorter.

PLANCINE.

Quand jusqu'à la menace on l'a vu s'emporter,
On doit penser du moins que son âme est trop fière
Pour s'abaisser jamais jusques à la prière.
Soyez donc moins prodigue en conseils aujourd'hui,
Sinon pour moi, madame, inutiles pour lui :
Soit vice, soit vertu, Pison est inflexible.
Quant à moi, je l'avoue, un moment trop sensible
Aux malheurs que deux chefs, de leurs droits si jaloux,

Attireraient bientôt sur le peuple et sur nous;
Croyant que mon devoir d'épouse et de Romaine
Est non pas d'irriter mais d'apaiser leur haine,
Peut-être à votre prince allais-je proposer...
A quels affronts, grands dieux, j'ai pensé m'exposer!
Et combien je rends grâce à l'avis salutaire
Que daigne me donner votre franchise austère!
Je le suivrai, madame, et je pars sans délais :
Mais, si la foule armée aux portes du palais
De l'exil où je cours me fermait le passage,
Souffrez que j'en appelle à votre témoignage,
Pour rejeter sur vous le sinistre avenir
Que j'ai prévu, madame, et voulu prévenir;
Et devant votre époux, qui vers ces lieux s'avance,
N'allez pas m'accuser de mon obéissance.

(Elle sort.)

SCÈNE V.

AGRIPPINE, GERMANICUS, SENTIUS, VÉRANIUS.

GERMANICUS, à Sentius.

Partez, seigneur, partez sans perdre un seul instant :
Au port de Séleucie un vaisseau vous attend.
Faites voile vers Rome, et portez à Tibère

Cet écrit où ma main trace un récit sincère
Des projets, des fureurs, des attentats... Mais, quoi!
Que César lise et juge entre Pison et moi.
Cette cause, seigneur, que César s'en souvienne,
Est celle du pouvoir, et c'est surtout la sienne.

SENTIUS, à part.

Allons trouver Séjan.

GERMANICUS, à Véranius.

          Toi, cours aux factieux :
Peut-être on peut encor leur dessiller les yeux ;
Je connais et je plains l'erreur qui les égare.
Que par le repentir cette erreur se répare,
Et je puis faire grâce : autrement aujourd'hui
Je dois rétablir l'ordre, ou périr avec lui.

SCÈNE VI.

AGRIPPINE, GERMANICUS.

AGRIPPINE.

Qu'as-tu dit?

GERMANICUS.

     Ce discours t'étonnerait?

AGRIPPINE.

           Mon âme
Admire en ce discours la vertu qui t'enflamme ;

Mais sans frémir, dis-moi, peut-elle envisager
Les périls où ce jour est prêt à t'engager?

GERMANICUS.

A la sévérité, va, si ce jour m'oblige,
Il t'épouvante moins encor qu'il ne m'afflige.

AGRIPPINE.

Tu ne prévois donc pas où pourra s'arrêter
Le feu qu'autour de nous je vois prêt d'éclater?

GERMANICUS.

Quand de la discipline, en son aveugle rage,
L'armée ose abjurer l'honorable esclavage;
Quand sa rébellion méconnaît une fois
La dignité des chefs, la sainteté des lois,
A l'erreur qui l'égare et tôt ou tard l'obsède,
La seule lassitude est souvent le remède.
Mais avant qu'à ce joug, qu'il crut pouvoir changer,
Le soldat de lui-même accoure se ranger;
Avant que de remords sa faute soit suivie,
Que de forfaits auront signalé sa furie!
Elle éclate : ces cris, d'ici même entendus,
Ces cris des révoltés en nos murs répandus,
Ce fer qui sans mon ordre en leurs mains étincelle,
Tout nous en avertit; tout ici me rappelle
Ces jours de sang, ces jours où le Rhin sur ses bords ¹⁰
Vit mes anciens soldats, par de pareils transports,
Armer contre eux des camps la justice inflexible.

AGRIPPINE.

L'outrage, la vengeance, hélas! tout fut terrible,

Dans ces jours de révolte et d'opprobre et d'horreur,
Où, dans le repentir retrouvant sa fureur,
Le rebelle entraînait le rebelle au supplice,
Et se faisait bourreau pour n'être pas complice!

GERMANICUS.

Cesse donc d'ajouter aux trop nombreux tourments
Qui déchirent mon cœur en ces affreux moments,
Les craintes qu'en ces lieux me donnent ta présence.
J'ai besoin, tu le vois, de toute ma constance :
Si tu veux me la rendre, avant tout sauve-moi
Du malheur de trembler pour nos enfants, pour toi;
Et, loin de ces remparts, d'où mon amour t'exile,
Hors du monde romain va chercher un asile.

AGRIPPINE.

Moi, fuir! En quels climats irais-je demander
L'asile que ton camp ne peut plus m'accorder?
De ses armes partout Rome a porté l'outrage;
Et, tu le sais trop bien, l'univers se partage
Entre un peuple vainqueur ennemi des humains,
Et cent peuples vaincus ennemis des Romains.
N'avons-nous pas à craindre, en ces périls extrêmes,
Les ennemis de Rome et les Romains eux-mêmes?

GERMANICUS.

Va, les Romains eux seuls sont nos vrais ennemis.
Mais loin d'eux un asile à ta fuite est promis :
L'Arménie à ma voix déjà te le prépare.
Son roi...

AGRIPPINE.

Te confier à la foi d'un barbare,
Quand tu te vois trahi par tes propres soldats!

GERMANICUS.

Les barbares du moins ne sont pas des ingrats.
Le fils de Polémon tient de moi sa puissance,
Et nous pouvons compter sur sa reconnaissance [1].

AGRIPPINE.

Les peuples et les rois en ont-ils, cher époux?
Va, n'attendons rien d'eux, et n'espérons qu'en nous.

GERMANICUS.

C'est être même injuste envers l'âge où nous sommes,
Que de douter ainsi du cœur de tous les hommes.
Pars sans plus différer.

AGRIPPINE.

Qui? moi, t'abandonner!

GERMANICUS.

Je le veux.

AGRIPPINE.

Je ne puis.

GERMANICUS.

Faut-il te l'ordonner?

AGRIPPINE.

T'ai-je donné le droit, par mon indifférence,
De compter aujourd'hui sur mon obéissance?

GERMANICUS.

C'est ton amour lui seul que j'implore.

AGRIPPINE.

Cruel!

Au nom de cet amour si long-temps mutuel,
Cesse de m'imposer un devoir si pénible,
Un devoir que ton cœur trouverait impossible.
Méconnais-tu mes droits? de l'hymen je les tiens.
Ces droits seraient-ils donc moins sacrés que les tiens?
Tu ne le croyais pas dans les jours de ta gloire.
Je leur ai dû ma place en ton char de victoire;
Je leur ai dû ma part dans les nombreux bienfaits
Dont la faveur d'Auguste a payé tes succès :
Dans les périls que veut affronter ton courage,
Comme dans ton bonheur, tu leur dois un partage.
Je l'exige. Ah! je vois ton grand cœur se troubler.
Quand tu trembles pour moi, pour toi je puis trembler.
Par pitié pour l'effroi qui de mon cœur s'empare,
Entre tous les malheurs que ce jour me prépare,
Accorde-moi du moins la faveur de choisir.
Ah! même entre tes bras dût la mort me saisir,
Ne me les ferme pas, barbare! je préfère
La mort qui sous tes yeux finirait ma misère,
A ce funeste exil où j'irais achever
Des jours que tu proscris en voulant les sauver.
Je ne te quitte pas; dussé-je être importune,
Je ne te quitte pas; partout où la fortune,
Partout où le pouvoir enchaînera tes pas,
En exil, à la mort, je ne te quitte pas.
Même au milieu des rangs où ton impatience

Va braver la révolte et punir la licence,
Je suivrai mon époux. L'épouse de Pison
Peut-être en ce moment y sert la trahison ;
J'y servirai l'honneur : la vertu qui m'anime
N'aura pas moins d'audace aujourd'hui que le crime !
Marchons, si tu m'en crois ; marchons, dis-je.

GERMANICUS.

Un moment.

Pourquoi t'abandonner à tant d'emportement ?
Crains d'imiter Plancine en son délire extrême,
Et redoute l'excès jusqu'en la vertu même.
Que Plancine, oubliant cette timidité
Qui sied à la faiblesse ainsi qu'à la beauté,
Dépouille de son sexe et la force et la grâce,
Et coure aux yeux d'un camp étaler son audace ;
Soit : mais que, sans mépris toi qui ne peux la voir,
Sur ses égarements tu règles ton devoir,
Je dois m'en étonner. Ce n'est pas que je blâme
Toute intrépidité dans le cœur d'une femme ;
Mais j'y veux le courage et non pas la fureur,
Et ce courage aussi doit avoir sa pudeur.
Ce courage, conforme à ton grand caractère,
Aux vertus d'une épouse, aux devoirs d'une mère,
Est celui d'obéir lorsque je te défends
De m'aimer plus que toi, plus que nos chers enfants,
Ces gages précieux d'une union féconde,
Cet espoir de l'armée, et de Rome et du monde,
Que l'amour et l'orgueil ne te permettent pas

D'exposer plus long-temps aux fureurs des ingrats.
Sois mère : les efforts qu'il te faut pour les suivre
Dans l'exil salutaire où près d'eux tu dois vivre
Sont-ils plus douloureux, plus cruels que les miens,
Quand il faut m'arracher de leurs bras et des tiens ?

SCÈNE VII.

AGRIPPINE, GERMANICUS, VÉRANIUS,
FEMMES DE LA SUITE D'AGRIPPINE, AMIS DE
GERMANICUS.

VÉRANIUS.

La révolte, un moment à votre nom calmée,
Avec plus de fureur est partout rallumée,
Prince ; dans les transports qui troublent sa raison,
Le soldat, à grands cris, redemande Pison,
Qui jusque dans ces murs vient vous braver lui-même.

GERMANICUS, à ses amis et aux femmes de la suite d'Agrippine,
en leur remettant Agrippine.

Amis, guidez ses pas dans ce péril extrême ;
Qu'elle parte, il le faut.

AGRIPPINE.
Moi ?

GERMANICUS.
Reçois mes adieux.

AGRIPPINE.

Te quitter !

GERMANICUS.

(A Véranius.)

Il le faut. Marchons aux factieux.

(Il sort après avoir remis Agrippine au cortége qui doit
l'accompagner.)

FIN DU DEUXIÈME ACTE.

ACTE TROISIÈME.

SCÈNE I.

MARCUS, AGRIPPINE.

AGRIPPINE.

J'aime à le répéter, c'est vous dont le courage
Des révoltés, Marcus, a désarmé la rage ;
C'est vous qui, prévenant de nouveaux attentats,
Sous le joug du devoir ramenez nos soldats.
Dans le camp, dans ces murs, la paix vient de renaître :
Mon époux vous la doit ; je vous dois plus peut-être !

MARCUS.

Vous !

AGRIPPINE.

Moi, moi, que la paix ramène en ce séjour
Qu'avait à ma tendresse interdit son amour.

MARCUS.

Oui, réparant l'erreur qui causait vos alarmes,

Nos soldats à vos pieds ont déposé les armes ;
Mais le remords subit d'où naît un si grand bien,
Madame, est votre ouvrage encor plus que le mien.
Malgré tous les efforts qu'avait tentés mon zèle,
Le trouble allait croissant ; déjà l'aigle rebelle
S'élançait vers ces murs, déjà les factieux
Dirigeaient sur son vol leurs pas séditieux.
Traversant tout-à-coup leur marche sacrilége,
Vous paraissez : ce noble et malheureux cortége [1],
Ces femmes, ces enfants, attachés à vos pas,
Le dernier de vos fils pleurant entre vos bras,
Fixent tous les regards... Aux sanglots qu'ils entendent,
Les soldats interdits s'arrêtent, se demandent :
« Pourquoi ces pleurs ? pourquoi ce morne abattement ?
« Sans autre escorte, amis, par quel événement
« Voyons-nous des Césars et l'épouse et la fille
« Dans l'exil avec elle entraîner sa famille ? »
Bientôt la voix publique apprend à ces ingrats
Que le prince, doutant de ses propres soldats,
Lègue cette famille à la foi d'un barbare.
Même des plus mutins la honte alors s'empare ;
Et la honte a bientôt fait place à la pitié.
« S'il ne vous semble pas assez justifié
« L'immortel déshonneur qu'un héros vous imprime,
« Que tardez-vous ? leur dis-je, achevez votre crime.
« Ennemis du sénat et du peuple romain,
« Ennemis de César, le feu, le fer en main,
« Bravant des trois pouvoirs la majesté suprême,

« Assiégez votre chef jusqu'en son palais même.

« Ah ! plutôt courez-y, par un prompt repentir,

« Détourner les malheurs prêts à s'appesantir

« Sur tout soldat parjure au devoir qu'il s'impose.

« Si Pison vous est cher, défendez mieux sa cause ;

« Et venez, d'un héros embrassant les genoux,

« Implorer sa bonté pour mon père et pour vous.

« Venez, dis-je. » A ces mots tout a changé de face :

L'accent du repentir succède à la menace ;

L'ordre renaît ; les rangs oubliés sont repris ;

On vous porte en triomphe ; et votre époux, surpris

Du prodige imprévu qui soudain l'environne,

Prêt à punir, vous voit, vous embrasse, et pardonne.

AGRIPPINE.

Trop généreux Marcus ! ah ! comment mon époux

Pourra-t-il aujourd'hui s'acquitter envers vous ?

MARCUS.

Déjà de sa bonté j'ai des preuves certaines,

Et comme vous je touche au terme de mes peines.

AGRIPPINE.

Qu'aurait donc fait pour vous le prince ?

MARCUS.

Il a promis

Qu'à se justifier Pison serait admis.

AGRIPPINE.

Lui, se justifier ! le peut-il ?

MARCUS.

Je l'espère.

AGRIPPINE.

Un rebelle !

MARCUS.

Arrêtez.

AGRIPPINE.

Un traître !

MARCUS.

Il est mon père.

AGRIPPINE.

Pardonnez, je l'oublie en voyant vos vertus.

MARCUS.

Oubliez ses erreurs. Déjà Germanicus,

(Il montre la statue.)

Déjà le fils d'Auguste, imitant sa clémence,
A laissé par des pleurs désarmer sa vengeance.
S'il est vrai qu'aux exploits par mon zèle entrepris
Votre bonté, madame, attache quelque prix,
Ne m'en refusez pas le plus noble salaire :
Ne me repoussez pas ; laissez votre colère
Condescendre à des vœux qu'exauce votre époux,
Et qu'avec moi mon père exprime à vos genoux.

AGRIPPINE.

Pison se repentir !

MARCUS.

Mon bonheur vous l'atteste.

AGRIPPINE.

Puisse tant de bonté ne t'être pas funeste,
Cher époux !... Pison vient. Marcus, je sens l'effroi

2.   20

Dans le fond de mon cœur renaître malgré moi.
Sortons.

(Pison l'observe avec attention.)

SCÈNE II.

MARCUS, PISON.

PISON.

A mon aspect tu vois fuir la princesse :
Se peut-il que jamais tant d'inimitié cesse ?

MARCUS.

Faible et dernier effet de ces ressentiments
Qui vont s'anéantir à vos premiers serments.

PISON.

Et quand daignera-t-on les recevoir ?

MARCUS.

Le prince
A convoqué les grands, les chefs de la province,
Que sa sincérité veut prendre pour garants
Du mutuel oubli de vos longs différents.

PISON.

Dis plutôt, dis, mon fils, pour témoins de l'outrage
Qu'aujourd'hui son orgueil réserve à mon courage.

MARCUS.

De semblables soupçons ne vous sont pas permis.

PISON.

Tu le crois ?

MARCUS.

J'en réponds.

PISON.

Et que t'a-t-on promis?

MARCUS.

Qu'à l'heure où le sénat, le peuple, les rois même,
Viennent attendre ici la volonté suprême,
César vous entendrait.

PISON.

Ne permettra-t-on pas
A mes tristes amis d'accompagner mes pas?
Leur faute fut la mienne; et ce jour, je le pense,
Leur permet d'aspirer à la même indulgence.

MARCUS.

Ces lieux à vos amis ne seront pas fermés;
Ils peuvent comme vous s'y montrer désarmés.

PISON.

Désarmé!

MARCUS.

Cette loi, mon père, vous étonne?

PISON.

A la foi de ton prince en tout je m'abandonne:
J'en veux donner l'exemple à mes trop fiers clients;
D'ailleurs, le fer sied mal aux mains des suppliants.

(Il se désarme.)

MARCUS.

Mon père, c'est ainsi qu'une âme peu commune
Se fait une vertu conforme à sa fortune.

Que j'aime en vous ce cœur assez grand, assez fort
Pour oser reconnaître et réparer un tort !
Sur le respect public l'autorité se fonde :
Celui qui nous est dû par le reste du monde,
Ne le refusons pas au fils de nos Césars.
La paix fuirait nos murs, l'ordre nos étendards,
Si, dans cet instant même où le camp vous contemple,
Vous ne raffermissiez, par un utile exemple,
Les droits qui de l'état sont les premiers soutiens :
Respecter ceux d'autrui, c'est consacrer les siens.

PISON.

Va trouver mes amis, presse-les de se rendre
Devant ce tribunal où je viens les attendre.

MARCUS.

Vous serez satisfait, et de ce pas j'y cours.
On vient. Dieux, c'est ma mère ! Ah ! puissent ses discours
Ne pas détruire, ainsi qu'une vaine chimère,
Les projets...

PISON.
Ils seront approuvés par ta mère.

SCÈNE III.

PISON, PLANCINE.

PLANCINE.

Vous ici, vous, Pison ! Je n'imaginais pas
Que vous dussiez jamais y reporter vos pas

Tant que Germanicus régnerait en Syrie.
Je n'ai point approuvé votre aveugle furie,
Égarement d'un cœur cette fois trop ardent,
Quand d'un bras sacrilége, et surtout imprudent,
Vous avez contre vous, par un public outrage,
Des dieux et des humains armé la double rage :
Mais j'approuve encor moins l'excès d'abaissement
Qui tout-à-coup succède à tant d'emportement,
Et comme un criminel qui vient demander grâce,
Vous ramène en ces lieux qu'étonnait votre audace.
J'y viens aussi, j'y viens, mais pour vous déclarer
Que ce jour est celui qui doit nous séparer.
Je peux, de votre gloire inséparable amie,
Partager vos malheurs, mais non votre infamie.
J'abhorre vos projets ; si vous y persistez,
Déshonorez-vous seul ; pour moi, je pars.

PISON.

Restez.

PLANCINE.

Pour voir se consommer ta honte et ma ruine ?

PISON.

Reste, pour t'enivrer des larmes d'Agrippine.

PLANCINE.

Agrippine pourrait pleurer sur nos malheurs !

PISON.

C'est sur ses propres maux que vont couler ses pleurs.

PLANCINE.

Quel jour à tous ses vœux fut jamais plus propice ?

Germanicus triomphe.

PISON.

Au bord du précipice.

PLANCINE.

Il y serait tombé sans ton fils et sans toi.

PISON.

Il y tombe.

PLANCINE.

Et qui va l'y précipiter?

PISON.

Moi.

PLANCINE.

Toi, Pison?

PISON.

Moi, Plancine! Et quelle autre espérance
M'a fait de la faiblesse emprunter l'apparence?
Mais toi, dans ton époux peux-tu soupçonner rien
Que doive réprouver ou ton cœur ou le sien?
Dans les premiers transports d'une aveugle furie,
J'avais songé, Plancine, à quitter la Syrie:
Plus calme enfin, je vois quel prix m'eût rapporté
Un projet si timide et si mal concerté;
Le mépris et l'horreur dont m'eût chargé la terre,
Et surtout quel accueil m'eût réservé Tibère.
Jamais à son neveu pourra-t-il pardonner
La faveur dont le peuple aime à l'environner?
Quand il lui déféra l'empire de l'Asie,
Sa politique, ou mieux, disons sa jalousie,

Sous l'éclat des honneurs s'efforça de cacher
Qu'à l'amour de l'Europe il voulait l'arracher,
Et, loin des légions qui faisaient sa puissance,
A notre inimitié le livrer sans défense.
Mais tels étaient, tels sont ses sentiments secrets.
Les ai-je bien servis ces communs intérêts ?
Non : favorable au prince, il faut que j'en convienne,
J'ai bien moins préparé sa perte que la mienne,
Et n'ai fait que donner à son cœur indigné
Le droit de me punir de l'avoir épargné.
Réparons tant d'erreurs. J'ai déjà su contraindre
Mon orgueil à fléchir, et ma vengeance à feindre ;
Devant un ennemi qui m'allait échapper
Je saurai m'incliner, mais c'est pour le frapper.
Dans ce projet, qui sauve et ma gloire et ma vie,
Reconnais les conseils que m'a donnés Livie,
Et qui, par des chemins qu'elle aime à nous cacher,
Aujourd'hui même encor sont venus me chercher.
Je les exécutais, Plancine, et sans escorte
D'Antioche déjà je franchissais la porte,
Quand, abordé soudain par mon indigne fils,
J'apprends quel noble effort ont tenté mes amis,
Quel obstacle il oppose à leur fureur fidèle,
Et quel accès ici m'a ménagé son zèle.
Cet insolent bienfait, je veux le mériter ;
Et tu verras bientôt si j'en sais profiter.

PLANCINE.

Dans le noble projet conçu par ta grande âme,

Que j'aime à retrouver la fureur qui m'enflamme !
Ah ! pardonne aux soupçons où j'ai pu m'égarer :
L'aspect de ton fils seul doit me les inspirer.
Traître à nos intérêts, dans mon erreur extrême,
J'ai cru qu'à les trahir il t'entraînait toi-même.

PISON.

En suivant son projet, c'est lui qui sert le mien.

PLANCINE.

Poursuis donc : mais, Pison, n'est-il pas un moyen
Préférable à celui que ta fierté veut prendre ?

PISON.

Au poignard ?

PLANCINE.

Tu n'as pas oublié qu'Alexandre
Au milieu de sa cour mourut empoisonné ;
Sans qu'on ait pu savoir par qui lui fut donné
Ou l'aliment perfide, ou le fatal breuvage.

PISON.

Plancine, un tel moyen répugne à mon courage.
Livie à l'employer m'a jadis invité ;
A lui plaire en ce point j'ai toujours hésité.
Je ne m'y résoudrai, s'il faut parler sans feindre,
Qu'autant qu'un ordre exprès viendrait pour m'y contraindre.
Et que Tibère ici m'enverrait pour signal
Cet anneau qui, semblable à celui d'Annibal [13],
Cache un poison pareil au poison par qui Rome
Vit enfin s'achever les jours de ce grand homme.
A ce sujet, voilà tout ce que j'ai promis.

Mais brisons ce discours : j'aperçois nos amis.
Sachons, Plancine, avant que de rien entreprendre,
Quel secours de leur zèle il m'est permis d'attendre.

SCÈNE IV.

(Toute cette scène doit être débitée d'un ton mystérieux , et à demi-voix.)

PLANCINE, PISON, CONJURÉS.

UN CONJURÉ.

Que prétends-tu, Pison ?

PISON.

Pour soutenir vos droits,
Pour les accroître, amis, j'ai fait tout, et je crois
Avoir excédé même, en plus d'une occurrence,
Les bornes qu'à mon zèle opposait la prudence.
Vous accordant toujours plus que je n'ai promis,
Je vous ai tout livré, je vous ai tout permis,
Soit lorsque du trésor, tari par mes largesses,
Ma prodigue amitié grossissait vos richesses,
Soit lorsque des Césars les favoris chassés
Par vous dans les honneurs se sont vus remplacés.
Ah ! si votre fortune, à mes vœux mesurée,
Pouvait de ma puissance excéder la durée,
Comme je me rirais des caprices du sort !
Comme vous me verriez, en butte à son effort,
D'un front inaltérable accueillir la tempête,

Et succomber plutôt que de courber la tête !
Mais je tremble pour vous : puis-je, si je péris,
Ne pas vous écraser du poids de mes débris;
Ne pas vous entraîner jusqu'au fond des abîmes
Que m'ouvrent des bienfaits où l'on veut voir des crimes?
Tout à ces sentiments, je n'en suis que plus prêt
A m'immoler encore au commun intérêt.

(Avec mystère.)

Qu'ordonne-t-il? Parlez. C'est à vous de m'apprendre
Le parti que pour vous il m'importe de prendre.

LE PREMIER CONJURÉ, même ton.

Si dans mon désespoir je ne m'abuse, amis,
Entre deux partis seuls le choix nous est permis :
Ou subissons, aux yeux d'Antioche surprise,
Un pardon qui n'est fait que pour ceux qu'on méprise ;
Ou sachons ressaisir, par un dernier effort,
Le pouvoir qu'on ne doit perdre que par la mort.

UN DEUXIÈME CONJURÉ.

C'est l'opprobre ou l'honneur.

PLANCINE.

Eh! quelle âme romaine

Entre ces deux partis peut rester incertaine?

LE SECOND CONJURÉ.

Songez d'ailleurs, songez qu'avec l'autorité
Il vous faut renoncer à la sécurité;
Et que la liberté qu'on feindrait de vous rendre
Est un bien que sans risque on pourra vous reprendre
Dès que, tombés du rang dont nous avons joui...

LE PREMIER CONJURÉ.

Mais est-il un moyen de le conserver?

PISON.

Oui.

LE PREMIER CONJURÉ.

Parle.

PISON.

Notre ennemi va paraître. Le prince
Devant les grands, devant les chefs de la province,
Vient étaler ici l'excès de son bonheur,
Moins encor que celui de notre déshonneur.
Quel plaisir en effet pour sa faiblesse altière!
Des Romains à ses pieds, Pison dans la poussière,
Lui faisant de leurs droits un honteux abandon,
De sa bouche à ce prix obtiendraient leur pardon!
Non. Prenons pour témoins d'une juste vengeance
Les témoins rassemblés par sa feinte indulgence.
Il veut du dictateur affecter les vertus;
Il croit être César: qu'il rencontre un Brutus!
A nos ressentiments, dans ses justes alarmes,
En vain sa prévoyance a défendu les armes:
Il m'en reste une encor, celle qu'un vrai Romain
Tient toujours sur son cœur, tient toujours sous sa main;
Noble et dernier recours contre l'ignominie,
Noble et dernier recours contre la tyrannie:
La voici.

(En leur montrant un poignard qu'il tire de son sein.)

Dès l'instant où, par vous entouré,

Germanicus des siens se verra séparé,
Qu'il tombe, comme on vit César au Capitole,
Victime au même instant qu'il s'était fait idole,
Expier, sous ce fer redoutable aux tyrans,
Des bienfaits plus réels et des mépris moins grands.
Ainsi vous conservez les droits qu'on vous conteste ;
Ainsi l'honneur, ainsi la liberté vous reste.
Du prince, après ce coup, si quelques partisans
Élèvent quelques cris, ces cris insuffisants
Seront bientôt couverts, je me plais à le croire,
Par ceux de la milice et des chefs du prétoire,
Dont l'amour, qui tantôt vient encor d'éclater,
Ne saurait me trahir quand je puis l'acheter.
Amis, que ce projet à l'instant s'accomplisse.

LES CONJURÉS.

Oui.

PISON.

Quand Germanicus paraîtra, qu'il périsse !
Dans le piége où lui-même il vient s'envelopper
Sachez le retenir, je saurai le frapper.

SCÈNE V.

PLANCINE, PISON, MARCUS, LES CONJURÉS.

MARCUS.

Le frapper, qui ? grands dieux ! Germanicus ?

PLANCINE.

Oui, traître !

PISON.

Quand ton père est proscrit, tu trembles pour ton maître !

MARCUS.

Je tremble pour vous seul : j'ai surpris vos complots ;
Je les préviendrai.

PISON.

Cours, aux pieds de ton héros,
Cours nous accuser.

PLANCINE.

Oui, cours dénoncer ton père.

MARCUS.

Je cours sauver mon prince.

PLANCINE.

Arrête !

MARCUS.

Et vous, ma mère,
Et vous, assassinez votre fils, qu'aujourd'hui
Vous trouverez partout entre vos coups et lui.

PLANCINE.

Mes amis, quoi qu'il fasse, achevez votre ouvrage.

PISON.

Je n'eus jamais besoin d'un aussi grand courage.

LE SECOND CONJURÉ.

Le prince vient.

PLANCINE.

Moment heureux !

MARCUS.

Instant fatal !

(Aux licteurs, qui entrent dans ce moment.)

Licteurs, d'un double rang ceignez ce tribunal.

SCÈNE VI.

(On distinguera facilement dans cette scène les passages qui doivent être
débités à demi-voix : au reste, ils sont indiqués par un signe.)

PISON, PLANCINE, CONJURÉS, MARCUS, GERMANICUS, SUITE.

GERMANICUS. Il entre accompagné d'un seul homme en toge,
portant à la main l'épée de Pison.

Autour de moi pourquoi ces faisceaux et ces armes ?
Il est passé, Romains, le moment des alarmes.
Un semblable appareil ne nous est plus permis.

(Aux licteurs.)

Sortez : je ne suis pas avec des ennemis.

PISON.

* Étrange aveuglement !

PLANCINE.

* Heureuse imprévoyance !

MARCUS, à Pison.

* Vous n'abuserez pas de tant de confiance.

(Le mouvement concerté entre les conjurés s'exécute.)

GERMANICUS.

Marcus, pourquoi ce trouble empreint dans tous vos traits?

MARCUS.

Mon âme est agitée entre tant d'intérêts.
Je désire et je crains l'instant qui vous rapproche.

GERMANICUS, à demi-voix, et prenant Marcus à part.

Pour l'orgueil de Pison vous craignez le reproche?
Cet orgueil a fléchi, mes droits sont satisfaits.
Consolons, s'il se peut, à force de bienfaits,
Ce cœur que ma justice à regret désespère.
Approchez-vous, Pison.

(Ici Pison fait un mouvement pour s'approcher du prince, en portant
sa main sur le poignard caché dans son sein.)

MARCUS, plein de trouble.

* Que faites-vous, mon père!

PISON.

* J'obéis.

GERMANICUS.

Pourquoi donc retenez-vous ses pas?

PISON.

* Mon bras est désarmé.

MARCUS.

* Votre cœur ne l'est pas.

GERMANICUS.

Laissez-le s'approcher; je n'en ai rien à craindre :
L'homme fier est du moins incapable de feindre;
Sa bouche avec son cœur est toujours de concert :
Il dit ce qu'il éprouve, et frappe à découvert.

Il pourra quelquefois trop écouter ces haines
Qu'un Marius prenait pour des vertus romaines ;
Mais enfin, par orgueil, si ce n'est par raison,
Sa fureur s'abstiendra de toute trahison.

(Dans ce moment le prince passe entre lui et Marcus, qui jusque là
les avait tenus séparés.)

(A Pison.)

Reprenez votre épée, et parlez sans contrainte :
Dussiez-vous publier mes torts par votre plainte,
Parlez, ne craignez pas de vous justifier.

(Pison reste interdit.)

PLANCINE.

Ces secrets à vous seul peuvent se confier,
Prince.

GERMANICUS.

(A Pison.)

Je vous entends. Indiquez le lieu, l'heure,
Non pas dans mon palais, mais dans votre demeure,
Où, sur les intérêts qui réclament nos soins,
Votre franchise à moi veut s'ouvrir sans témoins.
J'écarterai, s'il faut, jusqu'à Marcus lui-même.

PLANCINE.

* Il se livre !

PISON.

* Il se sauve ! à mon désordre extrême,
Je sens qu'au repentir mon cœur n'est point fermé.

(A Germanicus.)

En me rendant ce fer vous m'avez désarmé.

(Il jette son épée et s'incline.)

PLANCINE, à Pison.

Lâche !

GERMANICUS, le relevant.

Que faites-vous ? La douleur vous égare ;
Pison, me prenez-vous pour un Parthe, un barbare,
Dont l'orgueil, s'entourant de fronts humiliés,
Se plaît surtout à voir des Romains à ses pieds ?
A trop de désespoir votre cœur s'abandonne :
Pison, pardonnez-vous des torts qu'on vous pardonne.
Levez les yeux, voyez ces lieux s'environner

(Dans ce moment les sénateurs et les grands de la province entrent.)

Des témoins, des garants que j'ai voulu donner
Au traité solennel qui nous réconcilie ;
A la sainte union qui désormais nous lie ;
A l'éternel oubli des longs ressentiments
Que je veux étouffer en ces embrassements.

PISON.

O grandeur !

PLANCINE.

O bassesse !

GERMANICUS.

Il est temps que l'armée
De ce rapprochement, Pison, soit informée :
Courons renouveler dans ses rangs, sous ses yeux,
Les saints engagements que j'ai pris en ces lieux :
C'est le premier bienfait que de vous je réclame.

PISON.

Je cède à l'ascendant qui vous livre mon âme.

Oui, j'y cours démentir, oui, j'y cours réparer
Les trop longues erreurs où j'ai pu m'égarer.

SCÈNE VII.

PLANCINE.

Ainsi, quand du succès tout m'offrait l'assurance,
Quand je touchais au prix de ma persévérance,
Mon espoir est déçu, mes projets sont trahis;
Je perds tout à la fois, et perds tout par mon fils.
Esclave par penchant comme par habitude,
Et du nom de devoir parant sa servitude,
Au joug qu'il s'est donné voulant tout asservir...

SCÈNE VIII.

PLANCINE, SENTIUS.

SENTIUS.

De tout ce qui se passe, ah! daignez m'éclaircir.
Serait-il vrai, madame, ainsi qu'on le publie,
Qu'entre Germanicus et Pison tout s'oublie?

PLANCINE.

Oui. Pison a comblé son opprobre aujourd'hui :
Il cède à l'ascendant d'un fils digne de lui.

Quant à moi, qui ne puis devenir leur complice,
Moi, pour qui cette paix est un affreux supplice,
Loin d'eux je cours chercher, au fond de mon palais,
Le moyen, s'il en est, de la rompre à jamais.

SCÈNE IX.

SENTIUS, SÉJAN.

SENTIUS.

Tout est perdu.

SÉJAN

Perdu?... malgré la foi jurée,
La paix ne sera pas d'une longue durée.

SENTIUS.

Quel moyen de la rompre?

SÉJAN.

Il en est un certain :
Cet écrit que le prince a tracé de sa main,
Sentius...

SENTIUS.

Contre lui peut nous donner des armes?

SÉJAN.

Vous l'avez dit. Avec ses premières alarmes
On rendrait à Pison sa première fureur,
Si, de la vérité faisant jaillir l'erreur,
On lui persuadait que ce billet funeste,

21.

Des vœux d'un ennemi confident manifeste,
Fut écrit contre lui dans le même moment
Où de lui pardonner on faisait le serment.
Pour mieux tromper Pison, trompons d'abord Plancine;
Par elle jusqu'à lui que l'erreur s'achemine;
Livrez la lettre, et moi je saurai profiter
Des transports qu'en Pison les siens vont exciter.

SENTIUS.

Il ne faut plus compter sur l'appui de l'armée.

SÉJAN.

Laissons-la dans son camp désormais renfermée.
Si le fer nous trahit, que le poison soit prêt.

SENTIUS.

Le poison, dites-vous!

SÉJAN.

Oui. Sachez un secret
Que par ma bouche ici vous révèle Tibère:
« La mort du prince importe au repos de la terre,
« M'a-t-il dit. Pison croit qu'en son camp mutiné
« On verra l'imprudent tomber assassiné:
« S'il s'abusait pourtant, si, malgré l'apparence,
« Il voit l'événement trahir cette espérance;
« Après avoir du fer essayé le secours,
« A de plus sûrs moyens s'il faut avoir recours,
« Donnez-lui cet anneau, de ma rigueur secrète [14]
« A ses yeux prévenus souverain interprète;
« Et vous verrez Pison, rentré dans son devoir,
« Perdre tous ses remords, s'il pouvait en avoir. »

SENTIUS.

Contraints à nous couvrir du voile du mystère,
Quel agent nous pourra prêter son ministère?

SÉJAN.

Ami, c'est à Plancine à préparer les coups,
Qui ne seront portés ni par moi ni par vous.
Mais il faut, pour qu'en tout ce projet s'accomplisse,
Que le prince aujourd'hui soit mon premier complice.

FIN DU TROISIÈME ACTE.

ACTE QUATRIÈME.

SCÈNE I.

MARCUS, GERMANICUS, AGRIPPINE,
SUITE.

GERMANICUS, à Marcus.

Oui, sans doute, en ces lieux j'attendrai votre père ;
L'intérêt de l'état, l'intérêt de la terre,
A toute heure chez moi veulent qu'il soit admis ;
Et c'est aussi le droit de mes meilleurs amis.
Vous, cependant, allez remplir à Séleucie
Le message important qu'à vos soins je confie :
Marcus, à votre père il n'est pas étranger :
Avec ses sentiments les miens ont dû changer.
Joignez donc Sentius ; empêchez qu'à Tibère
Il ne rende un écrit dicté par la colère,
Dicté par la vengeance à mon orgueil blessé :

Il m'aurait mieux servi s'il s'était moins pressé.
S'il en est temps encor, que le mal se répare.

MARCUS.

Sentius n'est pas loin. Un court chemin sépare
Le port de Séleucie et ces remparts heureux,
Pacifiés enfin par vos soins généreux :
En pressant mon départ, je l'atteindrai, je pense.

GERMANICUS.

Le ciel à vos vertus doit cette récompense.
Puisse-t-il, favorable à vos désirs, aux miens,
Accélérer vos pas en retardant les siens !
Allez, Marcus, allez.

(Marcus sort.)

(A sa suite.)
                    Et vous, sous ces portiques,
Où fument les autels de nos dieux domestiques,
Dans ces lieux consacrés où nos communs exploits
Entassent chaque jour les dépouilles des rois,
D'un banquet solennel que la pompe s'apprête :
Pour tous les cœurs je veux qu'il soit un jour de fête,
Le jour où, dans ces murs sous mon pouvoir remis,
Entre tant de Romains je n'ai plus d'ennemis.

(Ils sortent.)

SCÈNE II.

GERMANICUS, AGRIPPINE.

AGRIPPINE.

Tu le crois! Cet écrit que ta bonté regrette
N'est pourtant, cher époux, qu'un fidèle interprète
Du long ressentiment qu'en sa témérité
Le superbe Pison n'a que trop mérité.

GERMANICUS.

Écarte un souvenir qui, réveillant ta haine,
Sur des torts expiés chaque jour te ramène.
Pison nous offensa; Pison s'est repenti :
L'écrit qui l'accusait doit être anéanti.
Que le ressentiment expire avec l'injure.

AGRIPPINE.

Tu jurais de haïr!

GERMANICUS.

Je faisais un parjure;
Mais la terre et le ciel pardonnent aisément
Au prince qui trahit un semblable serment.
Cet effort de vertu n'est pas sans quelque gloire;
Il est bien plus facile, et ton cœur peut m'en croire,
Quand on n'a pour punir qu'un signal à donner,
De venger ses affronts que de les pardonner.

AGRIPPINE.

O bonté d'un grand cœur! ô vertu plus qu'humaine!

Cependant, quand je songe au péril où t'entraîne
Ta clémence et ce cœur facile à désarmer,
Je tremble en t'admirant et j'ose te blâmer.
Je conçois qu'on pardonne et non pas qu'on oublie.
Épargner l'ennemi qui cède ou qui supplie,
C'est user du pouvoir, c'est agir en vainqueur ;
Mais presser dans ses bras, rapprocher de son cœur
Le cruel qui, trompé dans sa lâche espérance,
Pleure de repentir bien moins que d'impuissance,
Autant que l'amitié c'est blesser la raison ;
Contre soi-même c'est aider la trahison ;
C'est se livrer aux coups, c'est provoquer le crime
Dont on doit tôt ou tard devenir la victime.

GERMANICUS.

Loin de le provoquer, va, c'est le désarmer.
Mais ton amour, pour moi si prompt à s'alarmer,
Ne peut pas concevoir qu'en se livrant au traître
On lui puisse enlever jusqu'au désir de l'être.
Des mortels cependant le cœur est ainsi fait.
Croyons, quand le meilleur est le moins imparfait,
Quand le plus vertueux n'est jamais sans faiblesse,
Que le moins généreux n'est jamais sans noblesse :
Son penchant par ses vœux est souvent combattu.
Ne désespérons pas de rendre à la vertu
L'homme égaré qui tient encore à notre estime.
Tel, après une faute, est tombé dans un crime,
Pour n'avoir rencontré que des cœurs sans pitié :
Malheureux, il n'était coupable qu'à moitié :

Il allait revenir à la vertu qu'il aime,
Si l'on ne l'eût contraint à douter de lui-même,
A se ranger parmi ces dangereux proscrits
Repoussés dans le vice à force de mépris.
Pison a fait paraître un repentir sincère :
Je l'accueille en mes bras, sur mon sein je le serre ;
C'est l'empêcher d'oser jamais se démentir.
L'héroïsme peut naître aussi du repentir.
Tu ne me réponds rien ?

AGRIPPINE.

                    Que puis-je te répondre ?
Sans me convaincre, hélas ! tu viens de me confondre.
Mais plus que la raison j'en crois mes sentiments :
Crains les affreux effets de ces ménagements ;
Songe à César, et vois où conduit l'indulgence.

GERMANICUS.

Songe à Tibère, et vois où conduit la vengeance.

AGRIPPINE.

Par ceux qu'il épargna l'un meurt assassiné.

GERMANICUS.

L'autre vit ; mais l'effroi dont il est dominé,
Plus cruel chaque jour, en son esprit réveille
Avec les souvenirs les soupçons de la veille,
Et sans cesse en nourrit la secrète fureur.
Vois du prince aux sujets circuler la terreur ;
Vois les mères en deuil, les épouses en larmes,
Sans les calmer jamais expier ses alarmes ;
Tandis qu'entre la crainte et la haine placé,

De tout le mal qu'il fait se croyant menacé,
Du crime, qu'il prévient par d'éternels supplices,
Jusque dans sa famille il croit voir des complices.
Ah ! plutôt mille fois mourir sous les poignards,
Que garder à ce prix le trône des Césars !
Oui, fussé-je en effet séduit par l'apparence,
A mon erreur je donne encor la préférence
Sur l'art de pénétrer dans ces lâches détours
D'un cœur dont les pensers démentent les discours.
Eh ! pourquoi me livrer à tant d'inquiétude,
Quand mes soins les plus doux, quand ma plus chère étude,
N'ont usé du pouvoir qui réside en mes mains
Que pour calmer l'effroi qu'inspirent les Romains,
Et qu'à travers les flots, les déserts, les tempêtes,
D'un bout du monde à l'autre ont porté nos conquêtes?
Les peuples que Tibère a rangés sous ma loi,
Quand je veille pour eux, veillent aussi pour moi ;
Et ma sécurité plus que jamais se fonde
Sur le bien que j'ai fait à la moitié du monde :
Que ne peut-il s'étendre à l'univers entier !
Auguste, si j'envie à ton pâle héritier
L'empire dont ton choix l'a fait dépositaire,
C'est qu'il peut appeler le reste de la terre
A jouir d'un bonheur que je suis las de voir
Restreint aux seuls climats soumis à mon pouvoir.
Quel triomphe en effet pour le prince, pour l'homme
Qui seul peut relever la dignité de Rome,
De donner cette base à sa propre grandeur ;

De rendre aux saintes lois leur antique splendeur ;
De ne se réserver des droits du rang suprême
Que celui de sauver le peuple de lui-même ;
Et d'assurer sa gloire et sa prospérité
Par l'accord de l'empire et de la liberté !

AGRIPPINE.

Tel était le projet de ton malheureux père :
Il rêva comme toi le bonheur de la terre ;
Comme toi, dès l'enfance, on avait vu ses mains
S'essayer à briser les chaînes des Romains :
Vain espoir qu'a détruit sa mort prématurée !
Sa vie à nos besoins ne fut pas mesurée ;
Et le sort, qui voulut prolonger nos malheurs,
A l'âge où je te vois le ravit à nos pleurs.
Affreux pressentiment pour le cœur d'une épouse !
Sourde à la voix publique, en sa fureur jalouse,
Des héros dont le monde avait fait ses amours
Rarement la fortune a prolongé les jours :
Drusus ayant trente ans finit sa destinée ;
Marcellus expira dans sa vingtième année.
Dieux ! gardez mon époux d'un sort si rigoureux !
Plus aimé qu'eux, hélas ! sera-t-il plus heureux !

SCÈNE III.

AGRIPPINE, GERMANICUS, VÉRANIUS;
PISON ensuite.

VÉRANIUS.

Un de ces affranchis par qui souvent Tibère
De ses intentions vous transmet le mystère,
Aux portes du palais arrive en ce moment.

GERMANICUS.

Qu'on le fasse passer dans mon appartement.
Mais j'aperçois Pison. Seigneur, veuillez m'attendre
En ces lieux, où bientôt je reviens vous entendre,
Et régler avec vous les intérêts divers
De la plus belle part de ce vaste univers.

PISON.

A vos désirs en tout ma volonté défère,
Prince.

(Germanicus sort appuyé sur Agrippine.)

SCÈNE IV.

PISON.

Discours, regards, en lui tout est sincère ;
Et son aspect lui seul suffit pour éclaircir
Mes doutes, trop souvent prêts à me ressaisir...

Ces doutes, malgré moi, renaissent dans mon âme.
D'où vient donc, après tout, que ma raison les blâme ?
Le prince a-t-il bien dit tout ce qu'il a pensé ?
M'a-t-il bien pardonné ?... Je l'ai tant offensé !...
Telle est notre faiblesse à tous tant que nous sommes :
Sur notre cœur jugeant du cœur de tous les hommes,
Nous prêtons à chacun la crainte, le dessein
Qui fermente en secret dans notre propre sein.
C'est ainsi que mon cœur, inquiet, implacable,
Doutant d'une vertu dont il n'est pas capable,
Malgré lui quelquefois voit un piége tendu
Dans ce noble pardon qu'il n'a pas attendu.

(Plancine entre brusquement, une lettre à la main.)

SCÈNE V.

PISON, PLANCINE.

PLANCINE.

Lisez, Pison, lisez [16].

PISON.

La perfidie est forte.

Et qui vous a remis cette lettre ?

PLANCINE.

Qu'importe ?

Vous en reconnaissez et l'empreinte et le trait ?

PISON.

Il est vrai.

PLANCINE.

Sur le reste on m'oblige au secret.

PISON.

Mais l'accusation fut écrite peut-être...

PLANCINE, vivement.

Écrite, et chaque mot le fait assez connaître,
Depuis qu'avec Pison d'un nouveau nœud lié
Germanicus jurait avoir tout oublié.

PISON.

Il me trompait !

PLANCINE.

Le traître !

PISON.

Ainsi, lorsqu'il me jure
L'oubli si généreux d'une si longue injure ;
Lorsqu'il m'appelle à lui, cruel en caressant,
Plancine, ce héros me frappe en m'embrassant !

PLANCINE.

Vous en étonnez-vous ?

PISON.

Oui, cet écrit m'étonne.
Oui, peut-être, malgré les preuves qu'il nous donne,
Votre haine en croit-elle un peu trop aisément...
Que dis-je ! tout est clair, tout est précis... Vraiment,
Moi, nourri dans les cours, moi, dont l'âme éprouvée
Par de vains préjugés ne fut pas énervée,
A de pareils moyens s'il fallait recourir,
Je ne répondrais pas de si bien réussir.

PLANCINE.

Vous ne savez pas feindre.

PISON.

                    Ah ! puisqu'il se déguise,
Puisqu'il use de feinte, employons la franchise.
Il croulera bientôt, à mes pieds abattu,
Ce colosse imposant d'une fausse vertu.
Dans cette même fête, où le perfide pense
Par un nouveau parjure endormir ma prudence,
Je cours le démasquer, cette lettre à la main,
Je cours le dénoncer à quiconque est Romain :
L'univers connaîtra l'objet de son estime !

PLANCINE.

Votre indignation n'est que trop légitime ;
Ne consultons ici que l'excès du danger :
Vous ne pouvez ni trop ni trop tôt vous venger.
Mais, loin qu'à son courroux votre cœur s'abandonne,
Profitez des leçons qu'un ennemi vous donne :
Au dedans agité, soyez calme au dehors,
Et ne trahissez pas vos vœux par vos transports.

PISON.

Ah ! de tant de fureurs mon âme est enivrée !
Mais cette lettre encor qui peut l'avoir livrée ?

PLANCINE.

Pourquoi vous obstiner, seigneur, à le savoir ?
Quelque ami, qui, sans doute, oubliant son devoir,
Fait tout pour vous sauver de ce péril extrême,
Et que vous allez perdre en vous perdant vous-même.

Plus d'effets, croyez-moi, seigneur, et moins d'éclats.

PISON.

S'ils peuvent réveiller dans le cœur des soldats
Cet amour inconstant dont il me faut dépendre,
Amour qu'un mot m'enlève et qu'un mot peut me rendre,
Loin de les réprimer, je veux les redoubler;
Et mes amis long-temps n'auront pas à trembler :
Car puis-je séparer leur intérêt du nôtre?

PLANCINE.

Vous serviriez bien mieux et leur cause et la vôtre,
Si, laissant cet appui qui nous a trahis tous,
Vous ne cherchiez enfin votre force qu'en vous :
Oui, seigneur, en nous seuls mettons notre espérance.

PISON.

Et puis-je même avoir en moi quelque assurance?
N'ai-je pas vu tantôt, au moment de frapper,
Le poignard infidèle à ma main échapper!

PLANCINE.

Pison, ne pouvons-nous obtenir par la ruse
Un succès que l'audace aujourd'hui nous refuse?
Le plus déterminé souvent frappe au hasard :
Une coupe est plus sûre, après tout, qu'un poignard :
Un banquet solennel en ce moment s'apprête.

PISON.

Eh bien?

PLANCINE.

Dans ce banquet, au milieu de la fête,
Au milieu de l'ivresse, il faut que de Pison

2.   22

Germanicus reçoive aujourd'hui le poison.

PISON.

De moi !

PLANCINE.

Vous prévenez ainsi notre ruine.

PISON.

De moi !

PLANCINE.

De vous.

PISON.

De moi !

PLANCINE.

Vous hésitez !

PISON.

Plancine,

A la table du prince, entouré de témoins !

PLANCINE.

S'ils étaient plus nombreux je craindrais encor moins.

PISON.

La publique allégresse éteint la malveillance.

PLANCINE.

La publique allégresse endort la surveillance.
Songez-y ; pour trancher des discours superflus,
Qui perd l'occasion ne la retrouve plus.

PISON.

Ainsi donc vous pensez que l'art de Canidie...

PLANCINE.

Le cède en cruauté, le cède en perfidie

A l'art plus ténébreux de ces lâches esprits,
D'un poison plus subtil armés dans leurs écrits.
Je crois surtout, je crois que la règle ordinaire
N'est pas loi pour une âme au-dessus du vulgaire;
Et qu'il faut écarter tout scrupule importun
Avec un ennemi qui n'en connaît aucun.

PISON.

Quelle arme vous mettez dans mes mains, dans les vôtres!

PLANCINE.

Celle qu'on peut saisir quand on n'en a plus d'autres.

PISON.

Par le poison jamais nous ne serons vengés.

PLANCINE.

Un grand cœur n'est donc pas un cœur sans préjugés?

PISON.

Les préjugés sur moi sans doute ont trop d'empire:
Je le vois, je le sens au trouble que m'inspire
Ce projet, qui me semble indigne d'un Romain.
Ah! d'un nouveau poignard faut-il armer ma main?
En exposant mes jours, faut-il à force ouverte
D'un puissant ennemi poursuivre encor la perte?
Je le veux, je suis prêt: mais, par un homme admis
Au rang qui m'assimile à ses plus chers amis,
Qu'au milieu de la joie en riant je me venge:
Au vin hospitalier, par un cruel échange,
Que j'ose dans sa coupe allier le poison,
C'est une lâcheté, c'est une trahison
A laquelle mon cœur ne saurait se résoudre,

22.

Que la nécessité pourrait à peine absoudre,
Et qui, malgré les droits qu'on donne à ma fureur,
Ne m'a jamais peut-être inspiré tant d'horreur.

PLANCINE.

Jadis tels n'étaient pas vos discours à Livie :
Plus fier, plus digne alors du rang qu'on nous envie,
Pison n'eût pas souffert qu'au mépris de ses droits,
Germanicus l'osàt confondre avec les rois,
Et, jusque dans ces murs étalant sa puissance,
Tentât de nous plier à quelque obéissance.
Les temps sont bien changés ! Pison, désabusé
De ce trop juste orgueil dont il fut accusé,
Dans la vertu contraire est tout prêt à descendre :
D'un tel sujet le prince enfin peut tout attendre :
Oui, quoi que son caprice en exige aujourd'hui,
Il n'aura pas d'esclave aussi soumis que lui.
Pison, comme à la gloire, insensible à l'outrage,
Contre la patience a changé son courage ;
D'un œil indifférent sa vertu lui fait voir
L'opprobre et les honneurs, l'exil et le pouvoir,
Et tout ce que réserve à sa lâche indulgence
Tibère, tant de fois trahi dans sa vengeance.

PISON.

En quoi l'ai-je trahi ? J'ai promis, j'en conviens,
Que si mon bras trompait et mes vœux et les siens,
Le secours du poison, devenu nécessaire,
Ferait ce qu'aujourd'hui le glaive n'a pu faire.
Mais, grâce au ciel, l'instant fatal n'est pas venu ;

Mais je n'ai pas reçu le signe convenu [17],
Qui, de sa volonté souverain interprète,
Changerait en refus le doute qui m'arrête.

PLANCINE.

Voici Germanicus ; réprimez ce transport.

SCÈNE VI.

PISON, PLANCINE, GERMANICUS,
SUITE.

GERMANICUS.

Que je bénis les dieux de cet heureux accord
Qui de nos deux maisons termine la querelle !
Comme il me fait jouir de la faveur nouvelle
Dont Tibère à l'instant se plaît à vous combler !
Tandis que nos soldats, prompts à se rassembler,
Vengeurs des saints traités, iront punir l'injure
Que du Parthe inconstant nous a fait le parjure ;
Tandis que les combats réclament tous mes soins,
Veillez sur l'Orient, prévenez ses besoins.
Dans tous les lieux soumis à mon pouvoir suprême,
Exercez tous les droits que j'exerce moi-même ;
Et, plus heureux que moi, faites régner la paix
Sur la moitié du monde ouverte à vos bienfaits :
Mon cœur vous en convie, et César vous l'ordonne :
« A cet anneau, garant du pouvoir qu'on lui donne,

« Que Pison, m'écrit-il, reconnaisse aujourd'hui
« Ce que ma confiance attend encor de lui. »

(Il lui remet l'anneau.)

PISON, troublé.

Dieux !

PLANCINE.

A l'ordre absolu que vous venez d'entendre
Pourriez-vous bien, Pison, hésiter à vous rendre ?

PISON, troublé de plus en plus.

Moi ! je n'hésite pas, Plancine ; je n'attends...

GERMANICUS.

Venez, Pison, venez, sans tarder plus long-temps,
Aux lieux où l'allégresse à grands cris nous appelle ;
Où de notre amitié la première nouvelle
A déja rapproché les esprits apaisés ;
Où le peuple et l'armée, autrefois divisés,
Ne forment qu'une voix, qui par ses chants publie
La paix entre leurs chefs aujourd'hui rétablie ;
Bienfait du saint traité qui vient de nous unir
Et promet à l'Asie un si doux avenir.
Raffermissez encor ce traité qui nous lie ;
Je veux que le serment qui nous réconcilie
Sur la coupe à l'instant soit par nous répété.

(Il se dispose à sortir.)

PLANCINE, bas à Pison.

Aussi loin, s'il se peut, poussez la fausseté.

PISON.

Quel pouvoir inconnu, d'accord avec ma haine,

Vers le but que je fuis malgré moi me ramène ?
Assistez-moi, grands dieux, dans le trouble où je suis !

GERMANICUS, qui s'est avancé vers le fond du théâtre,
s'apercevant qu'il n'est pas suivi de Pison, se retourne.

Ne me suivez-vous pas, mon ami [18] ?

PISON.

Je vous suis.

FIN DU QUATRIÈME ACTE.

ACTE CINQUIÈME.

SCÈNE I.

PLANCINE.

Rien encor, rien. Partout règne un calme profond.
Que veut-il? qu'attend-il? ce retard me confond.
Ah! si les passions qui dévorent mon âme,
Un seul moment, Pison, t'avaient prêté leur flamme;
Si mon ambition, ma haine, ma fureur,
Pouvaient un seul moment se glisser dans ton cœur,
Que bientôt ce palais, témoin de mon outrage,
Retentirait des cris du deuil et du veuvage !
Que bientôt Agrippine expîrait à mes pieds
Mes affronts, qui jamais ne seront expiés!
Quel plaisir de la voir, de sa chute indignée.
Tantôt dissimuler sa douleur dédaignée,
Ou, par de vains éclats tantôt la trahissant,
Exhaler en menace un courroux impuissant !
Mais quels accents confus la foule me renvoie?
Des acclamations de concorde et de joie?...

Consolons-nous... Grands dieux ! quelle était mon erreur !
Ce sont des cris d'effroi, ce sont des cris d'horreur.
Sans doute ce moment comble mon espérance ;
Et Pison vient ici m'en donner l'assurance.

SCÈNE II.

PLANCINE, PISON.

PISON.

C'en est fait : j'ai rempli tes vœux et mon dessein.

PLANCINE.

Germanicus est mort ?

PISON.

    Il se meurt. Dans son sein
La coupe, qu'attestait sa clémence parjure,
La coupe en ce moment venge, avec notre injure,
Tous les maux que son cœur nous avait préparés.
De fleurs, de pourpre, d'or, les lits étaient parés :
Le prince auprès de lui m'invite à prendre place.
Plancine, en ce moment, je ne sais quelle grâce
Tempérait de son front la noble austérité,
Prêtait à ses discours ce ton de vérité
Qui séduirait, crois-moi, le cœur le plus farouche ;
Ce nom d'ami surtout, que m'adressait sa bouche,
Faisait déjà revivre en mon cœur désarmé

Le scrupule insensé qui t'avait alarmé ;
Je tremblais, comme on tremble au bord du précipice,

(Il montre un billet.)

Quand je reçois ces mots : « Voici l'instant propice ;
« Profite du tumulte excité par mes soins,
« Qui détourne de toi les regards des témoins
(Le désordre en effet troublait alors la fête) :
« Préviens, par un grand coup, le coup que l'on t'apprête.
« Qu'attends-tu? le poison, la coupe est sous ta main. »
Ces mots avaient laissé mon courage incertain ;
Mais tandis qu'en moi-même encor je délibère,
Je ne sais quelle voix me dit : « Pense à Tibère. »

PLANCINE.

Trop salutaire avis! qui peut l'avoir donné?

PISON.

D'esclaves, de soldats, de peuple environné,
Mes regards vainement ont sur chaque visage
De quelque émotion cherché le témoignage :
Je n'ai pu discerner, parmi tant d'inconnus,
Celui dont les avis jusqu'à moi sont venus ;
Avis qui m'ont sauvé de ma faiblesse extrême,
Et me semblaient donnés par Tibère lui-même.

PLANCINE.

De Tibère sans doute il était émané
L'avis mystérieux qui t'a déterminé.
Goûtons, mon digne époux, goûtons d'intelligence
Les plaisirs de l'orgueil et ceux de la vengeance ;
Et, quelque grands qu'ils soient, songe que cet instant

Te livre un prix moins beau que celui qui t'attend.
Songe que, de faveur t'accablant sans mesure,
Tibère te paìra bientôt avec usure
Tout ce qu'il doit au sort, qui pour lui, j'en conviens,
Fit tout en rattachant ses intérêts aux tiens.

PISON.

Je le crois ; cependant déguisons notre joie :
Accueillons le bonheur que le sort nous envoie,
Sans contrainte, Plancine, et sans empressement :
Tous deux nous trahiraient.

PLANCINE.

                    Tel est mon sentiment,
Pison ; mais la terreur est surtout indiscrète :
Des grands secrets du cœur le trouble est l'interprète.

PISON.

Crois, puisqu'à t'obéir j'ai pu me décider,
Crois que rien désormais ne peut m'intimider.

SCÈNE III.

PISON, PLANCINE, MARCUS.

MARCUS.

Vous ici ! vous aux pieds de l'image d'Auguste,
Mon père ! de ses fils le plus grand, le plus juste,
Le plus semblable à lui quand il a pardonné,

Pour prix de ses vertus mourant empoisonné,
Vient exhaler ici les restes de sa vie :
Si d'en troubler la paix vous n'avez pas l'envie,
Pour lui, pour vous, mon père, ayez quelques égards ;
Par pitié, dérobez à ses derniers regards
L'aspect...

PLANCINE.

Par ce discours que prétendez-vous dire,
Marcus?

PISON.

Sans rechercher quel intérêt l'inspire,
Devant ce demi-dieu, dans ces mêmes moments
Où j'immole à l'état tous mes ressentiments,
Je vous dirai, mon fils, qu'en ce danger du prince,
L'intérêt de ces murs, celui de la province,
Celui de l'Orient, qui, je dois le prévoir,
Pourrait dès aujourd'hui passer sous mon pouvoir,
Ne me permettent pas de m'éloigner d'un homme
En qui réside encor l'autorité de Rome ;
Qu'enfin je reste ici, dût-on s'en étonner,
Pour recevoir ses lois ou bien pour en donner.

SCÈNE IV.

PLANCINE, PISON, MARCUS, AMIS DE PISON, SOLDATS, CONJURÉS.

LE PREMIER CONJURÉ.

Père des légions, on menace ta vie.
Entends-tu les clameurs de ce peuple en furie?
Mais, n'en redoute rien; prêts à te secourir
Vois de tous les côtés les soldats accourir...

PLANCINE.

Voici Germanicus.

SCÈNE V.

PISON, PLANCINE, MARCUS, VÉRANIUS
AGRIPPINE; GERMANICUS, porté sur un lit,
entouré de ses amis et de ses enfants; CONJURÉS, SOLDATS,
LICTEURS, etc.

(On dépose Germanicus aux pieds de la statue d'Auguste. Les partis
se groupent, suivant leurs intérêts, autour de Pison ou du prince.)

GERMANICUS, avec peine.

Image auguste et chère,

O père des Romains, des Césars, ô mon père !
Reçois mes derniers vœux.

AGRIPPINE.

Dieux! Plancine, Pison!

GERMANICUS.

Ils viennent épier les progrès du poison [19],
Compter le peu d'instants qui me restent à vivre.
Saisissez-le, cruels, ce pouvoir que vous livre
Ma main, qui vainement voudrait le retenir,
Et laisse aux immortels le soin de vous punir.

AGRIPPINE.

Oui, périsse ce couple homicide et parjure !

PISON.

Bien qu'au malheur, madame, on pardonne l'injure,
J'ai peine à supporter le reproche odieux
Qui m'impute les maux que vous ont fait les dieux.

GERMANICUS, d'une voix faible.

Oui, les dieux n'ont que trop favorisé leur rage.
Échappé tant de fois aux fureurs du carnage,
O malheureuse épouse, ô malheureux enfants,
Je n'en péris pas moins à la fleur de mes ans!
Je tombe enveloppé dans une embûche infâme,
Dans un piége tendu par la main d'une femme;
Dans le piége où mon cœur se plut à m'entraîner, ·
Quand, à force de biens croyant les enchaîner,
Et traitant vos conseils de méfiance extrême,
En leurs perfides mains je me livrai moi-même.
Mes amis, vous donnez des larmes à mon sort;

Mais ce n'est pas assez, il faut venger ma mort.

C'est vous qui redirez à mon prince, à mon père,

(Montrant Plancine et Pison.)

Les chagrins dont ils ont abreuvé ma misère,

Les piéges dont ils ont environné mes pas,

Mes jours affreux qu'abrège un plus affreux trépas.

Perdez ce couple ingrat. Sa haine, qui m'opprime,

M'a contraint à la haine, et c'est son plus grand crime.

Que cette haine, amis, ne soit pas sans effet;

C'est peu de les punir pour le mal qu'ils m'ont fait;

Punissez-les surtout pour consoler la terre

De la perte du bien que j'espérais lui faire.

Dieux cruels, vous savez quel était mon dessein !...

Mes tourments plus affreux renaissent dans mon sein...

Des criminels, grands dieux, quels seront les supplices !

Adieu, patrie, adieu !

AGRIPPINE.

Je meurs !

(Elle se précipite sur le corps de son époux, et y reste abîmée
dans la douleur. Les groupes qui occupaient le devant de la scène
se rapprochent, et dérobent aux spectateurs la vue de ce tableau
déchirant.)

PISON.

Ses injustices,

Que la raison sait mettre au rang de ses malheurs,

Ne nous défendent pas de lui donner des pleurs,

Mais point de désespoir; par sa mort imprévue

De soutiens la patrie est-elle dépourvue !

Non, peuple : César vit. Citoyens et soldats,
A ma voix, à la sienne, oubliez vos débats,
Et de Tibère en moi respectant la puissance,
A son représentant jurez obéissance.
Qui peut faire hésiter vos cœurs irrésolus?
Qu'attendez-vous?

SCÈNE VI.

LES PRÉCÉDENTS, SENTIUS.

SENTIUS.

Chargé de pouvoirs absolus,
Seigneur, Séjan lui-même arrive sur mes traces.

PLANCINE.

Séjan!

PISON, avec la joie la plus vive.

Séjan! Fortune, enfin je te rends grâces!
Que je reconnais bien ta faveur à ce soin
Qui donne à mes succès un semblable témoin !

SCÈNE VII.

LES PRÉCÉDENTS; SÉJAN, revêtu de la pourpre, accompagné de licteurs, et dans tout l'appareil du pouvoir.

PISON.

Favori de César, parlez; faites connaître
Les ordres souverains de votre auguste maître.

SÉJAN.

Qu'on arrête Pison [20].

PISON.

Moi!

SÉJAN.

Traître envers l'état,
De ses lâches complots il doit compte au sénat.
Qu'il parte; et vous, Romains, songez qu'en ces murailles
L'héritier de Tibère attend des funérailles.

PISON.

Qu'ai-je entendu?... grands dieux!... je suis trompé, trahi!
Séjan, mon crime est grand, Tibère est obéi...
J'échapperai du moins aux affronts qu'il m'apprête.
Dieux!... je suis désarmé!

MARCUS présente son épée en détournant la tête.

Tenez, mon père.

PLANCINE, retenant Marcus.

Arrête!

(A Pison.)

A ses conseils encore oses-tu te fier ?
Quels moyens t'offre-t-il de te justifier ?
Celui qu'un malheureux promis aux gémonies
Prendrait pour échapper à tant d'ignominies.
Le poignard à la main te sauver chez les morts,
C'est prouver ta vertu bien moins que tes remords.
Nous, des remords ! Pison, loin que j'en sois atteinte,
Je ne connais pas plus les remords que la crainte.
Quelque juge, après tout, qu'on puisse nous donner,

(Montrant Séjan.)

Fût-ce lui, sa rigueur nous doit-elle étonner ?
Le sénat est encor plus facile à confondre :
S'il t'ose interroger ne crains pas de répondre,
Et bientôt tu verras tant de sévérité
Se changer en terreur devant la vérité.
Bien plus, si la fureur du parti qui t'opprime
Parmi tant de hauts faits croyait trouver un crime,
Fût-il prouvé, Romain, songe qu'un attentat
Que t'aurait commandé le salut de l'état,
Doit conduire au triomphe et non pas au supplice ;
Et qu'après tout enfin César est ton complice.

AGRIPPINE. (A ces mots elle perce la foule qui l'environne ;
on voit le corps du prince.)

L'ai-je bien entendu ? Monstres d'iniquité !
Quoi ! vous osez compter sur quelque impunité !
Tremblez ! je vis encore ; et ce dernier outrage
Avec le sentiment m'a rendu mon courage.

Et vous, que cet espoir vient surtout accuser,
Amis, que tardez-vous à les désabuser ?

(La foule qui cachait le corps se sépare.)

Voilà Germanicus ! sur sa bouche expirante
Avec son dernier souffle elle est encore errante
Sa voix, sa faible voix, qui de votre amitié
Réclamait à la fois et vengeance et pitié !
Vengeance ! était-ce donc à des honneurs futiles,
A des brandons baignés de larmes inutiles,
Romains, que se bornaient les vœux de votre ami ?
Ce serait les trahir que les suivre à demi.
Vengeance ! au tribunal, qui déjà les réclame,
Poursuivons, accusons, perdons ce couple infâme.
Vengeance ! la justice est prête à les frapper :
A sa rigueur comment pourraient-ils échapper ?
D'un côté, mes amis, c'est un rebelle, un traître,
Qui, pour se disculper, calomniant son maître,
Veut épouvanter ceux qu'il n'a pas convaincus ;
De l'autre, c'est le sang du grand Germanicus !
Est-il un cœur si dur qu'il nous puisse être injuste,
Et voir, sans s'attendrir, les petits-fils d'Auguste,
Les fils du plus aimé, du plus grand des Romains,
Et sa veuve éplorée, une urne entre les mains,
Mettre aux pieds du sénat, dans leur douleur profonde,
Une image du deuil qui va couvrir le monde ?

VÉRANIUS.

De ces devoirs sacrés si nous nous écartons,
Malheur à nous !

23.

AGRIPPINE.

Jurez!...

LES AMIS DE GERMANICUS, étendant la main
sur son corps.

Nous le jurons!

AGRIPPINE.

Partons!

SÉJAN, sur le devant du théâtre.

Applaudis-toi, Séjan, des malheurs de la terre [21];
La joie, en ce moment, te sied mieux qu'à Tibère.

FIN DE GERMANICUS.

VARIANTES

DE

GERMANICUS.

VARIANTES

DE

GERMANICUS.

~~~~~~

ACTE QUATRIÈME.

SCÈNE V.

PISON, PLANCINE.

PLANCINE.

Lisez, Pison, lisez.

PISON, après avoir lu.

La perfidie est forte !

Et qui vous a remis cette lettre ?

PLANCINE.

Qu'importe ?

Vous en reconnaissez et l'empreinte et le trait.

PISON.

Il est vrai.

PLANCINE.

Sur le reste on m'oblige au secret.

PISON

Mais l'accusation fut écrite peut-être...

PLANCINE, vivement.

Sans doute, et chaque mot le fait assez connaître,
Depuis qu'avec Pison d'un nouveau nœud lié,
Germanicus jurait avoir tout oublié.

PISON.

Il me trompait!

PLANCINE.

Le traître!

PISON.

Ainsi, lorsqu'il me jure
L'oubli si généreux d'une si longue injure,
Lorsqu'il m'appelle à lui, cruel en caressant,
Plancine, ce héros me frappe en m'embrassant.

PLANCINE.

Vous ne savez pas feindre.

PISON.

Ah! puisqu'il se déguise,
Puisqu'il use de feinte, employons la franchise.
Il croulera bientôt, à mes pieds abattu,
Ce colosse imposant d'une fausse vertu.
Dans cette même fête, où le perfide pense
Par un nouveau parjure endormir ma prudence,
Je cours le démasquer, cette lettre à la main,
Je cours le dénoncer à quiconque est Romain.

L'univers connaîtra l'objet de son estime.

PLANCINE.

Votre indignation n'est que trop légitime.
Ne consultons ici que l'excès du danger :
Vous ne pouvez assez ni trop tôt vous venger;
Mais, loin qu'à son courroux votre cœur s'abandonne,
Profitez des leçons qu'un ennemi vous donne.

PISON.

Ah ! je vais des soldats réveiller le courroux.

PLANCINE.

Arrêtez. Ne cherchez votre force qu'en vous.
Oui, seigneur, en nous seuls mettons notre espérance.

PISON.

Et puis-je même avoir en moi quelque assurance!
N'ai-je pas vu tantôt, au moment de frapper,
Le poignard infidèle à ma main échapper?

PLANCINE.

Pison, ne pouvons-nous obtenir par la ruse
Un succès que l'audace aujourd'hui nous refuse?
Le plus déterminé souvent frappe au hasard :
Une coupe est plus sûre, après tout, qu'un poignard.
Un banquet solennel en ce moment s'apprête.

PISON.

Eh bien?

PLANCINE.

Dans ce banquet, au milieu de la fête,
Au milieu de l'ivresse, il faut que de Pison
Germanicus reçoive aujourd'hui le poison.

PISON.

De moi !

PLANCINE.

Vous prévenez ainsi votre ruine.

PISON.

De moi !

PLANCINE.

De vous.

PISON.

De moi !

PLANCINE.

Vous hésitez ?

PISON.

Plancine,

A la table du prince, entouré de témoins !

PLANCINE.

S'ils étaient plus nombreux, je craindrais encor moins.

PISON.

La publique allégresse éteint la malveillance.

PLANCINE.

La publique allégresse endort la surveillance :
Songez-y ; pour trancher des discours superflus,
Qui perd l'occasion ne la retrouve plus.

PISON.

Quelle arme mettez-vous dans mes mains, dans les vôtres !

PLANCINE.

Le sort à votre choix en a-t-il laissé d'autres ?
Qu'espérez-vous encor ?

PISON.

Me venger en Romain.

Oui, d'un nouveau poignard s'il faut armer ma main,
En exposant mes jours, s'il faut à force ouverte

D'un puissant ennemi poursuivre encor la perte,
Je le veux, j'y suis prêt : mais, par un homme admis
Dans son propre palais, au rang de ses amis,
Qu'au milieu de la joie en riant je me venge ;
Au vin hospitalier, par un cruel échange,
Que j'ose dans sa coupe allier le poison ;
C'est une lâcheté, c'est une trahison,
A laquelle mon cœur ne saurait se résoudre,
Que la nécessité pourrait à peine absoudre,
Et qui, malgré les droits qu'on donne à ma fureur,
Ne m'a jamais peut-être inspiré tant d'horreur.

PLANCINE.

Jadis tels n'étaient pas vos discours à Livie :
Plus fier, plus digne alors du rang qu'on nous envie,
Pison n'eût pas souffert qu'au mépris de ses droits
Germanicus l'osât confondre avec les rois,
Et, jusque dans ces murs étalant sa puissance,
Tentât de nous plier à quelque obéissance.
Les temps sont bien changés ! Pison, désabusé
De ce trop juste orgueil dont il fut accusé,
Dans la vertu contraire est tout prêt à descendre :
D'un tel sujet le prince enfin peut tout attendre.
Oui, quoi que son caprice en exige aujourd'hui,
Il n'aura pas d'esclave aussi soumis que lui.
Pison, comme à la gloire, insensible à l'outrage,
Contre la patience a changé son courage ;
D'un œil indifférent sa vertu lui fait voir
L'opprobre et les honneurs, l'exil et le pouvoir,
Et tout ce que réserve à sa lâche indulgence
Tibère, tant de fois trahi dans sa vengeance.

PISON.

En quoi l'ai-je trahi ? J'ai promis, j'en conviens,
Que, si mon bras trompait et mes vœux et les siens,
Le secours du poison, devenu nécessaire,
Ferait ce qu'aujourd'hui le glaive n'a pu faire.
Mais l'instant, grâce au ciel, n'est pas encor venu;
Mais je n'ai pas reçu le signe convenu,
Qui, de sa volonté souverain interprète,
Changerait en refus le doute qui m'arrête.

PLANCINE.

Voici Germanicus ; réprimez ce transport.

ACTE CINQUIÈME.

Voici comment la dernière tirade de Plancine a été dite au Théâtre Français, pour la rapidité de la scène.

Arrête!
A ses conseils encore oses-tu te fier?
Toi, mourir! Ah! vivons pour nous justifier.
Viens, Rome et le sénat nous restent pour refuges;
Viens, et les accusés feront trembler leurs juges;
Et nous verrons bientôt tant de sévérité
Se changer en terreur devant la vérité.
Et que craindre après tout? Le parti qui t'opprime
Parmi tant de hauts faits dût-il trouver un crime,
Pas de remords; Romain, songe qu'un attentat
Que t'aurait conseillé le salut de l'état
Doit conduire au triomphe et non pas au supplice,
Et qu'après tout enfin César est ton complice.

NOTES ET REMARQUES

LA TRAGÉDIE DE GERMANICUS.

[1] PAGE 266.

Ce prince avait enfreint les rigoureuses lois
Qui des plaines d'Isis lui défendent l'entrée.

La politique d'Auguste, à ce que dit Tacite, avait défendu
aux personnes importantes de l'empire d'entrer, sans sa permission, en Égypte, par la possession de laquelle on pouvait
affamer l'Italie. Voyez les *Annales*, liv. II, chap. LIX.

[2] PAGE 267.

Sur les bords de la tombe, à trente ans parvenu.
Germanicus pâlit...

Les divers détails contenus dans ce récit sont tirés du second
livre des *Annales*, paragraphes LXIX et LXX.

[3] PAGE 269.

Et mettent leur devoir à ne point obéir.

L'opinion que Pison n'agissait que conformément aux intentions de Tibère était accréditée ; Tacite le dit positivement : « Credidere quidam data et a Tiberio occulta mandata. » (*Ann.* lib. II, cap. XLIII.) Et plus bas : « .....Quibusdam etiam bono-« rum militum ad mala obsequia promptis, quod haud invito « imperatore ea fieri occultus rumor incedebat. » (*Annal.* lib. II, cap. LV.)

[4] PAGE 274.

En vain sa politique
A banni de nos rangs la discipline antique.

C'est en effet en se relâchant de la sévérité accoutumée que Pison était parvenu à se concilier l'affection des soldats ; à force de lâches complaisances il avait mérité le nom de *père des légions* : « Eo usque corruptionis provectus est, ut sermone vulgi « *parens legionum* haberetur. » (*Annal.* lib. II, cap. LV.)

[5] PAGE 277.

Au sort qui vous attend n'avez-vous pas pensé ?

Cette seconde scène entre Séjan et Sentius n'est pas, comme

un critique l'a avancé, une répétition de la première; elle en
est la continuation; elle est le complément de l'exposition.
Dans la première, Sentius apprend à Séjan ce qui s'est passé;
dans la seconde, Séjan lui annonce ce qui se passera.

6 PAGE 280.

> Cet anneau, remis entre mes mains,
> Change mes volontés en décrets souverains :
> C'est le sceau de César.

Il était nécessaire, pour que Séjan pût triompher de tous
les obstacles, qu'il fût armé de tous les pouvoirs. En annon-
çant les volontés de Tibère, cet anneau doit de plus rappeler
à Pison ses propres engagements.

7 PAGE 282.

Et chère aux légions par sa fécondité.

Insigni fecunditate, dit Tacite, *Annal.* lib. II, parag. XLI.

8 PAGE 285.

Dans l'une de ces nuits, à jamais malheureuses.

Ce désastre de la flotte de Germanicus est raconté par Tacite, dans les XXIIIe et XXIVe paragraphes du IIe livre des
Annales.

2.   24

9 PAGE 289.

Intrépide vertu, tranquillité profonde,
Que n'étonnerait pas la ruine du monde!

Le dernier vers de ce passage est une imitation de ce trait
d'Horace :

Si fractus illabatur orbis,
Impavidum ferient ruinæ.
                    HORAT., *Carm.* lib. III, ode III.

10 PAGE 295.

Tout ici me rappelle
Ces jours de sang, ces jours où le Rhin sur ses bords...

Voyez, dans le Ier livre des *Annales*, l'histoire de la révolte
des légions de Germanicus. L'auteur a transporté en Orient
ce qui s'est passé dans les Gaules.

11 PAGE 297.

Le fils de Polémon tient de moi sa puissance,
Et nous pouvons compter sur sa reconnaissance.

Germanicus avait disposé en faveur du fils de Polémon, roi
de Pont, du trône d'Arménie, dont Vononès avait été chassé

par les Romains. En choisissant chez l'étranger un asile pour
sa famille, ce prince prend un parti pareil à celui qu'il avait
pris dans les Gaules : lors de la révolte des légions du Rhin,
il avait voulu envoyer Agrippine et ses enfants à Trèves : « ad
« Treveros externæ fidei. » (*Annal.* lib. I, cap. xli.)

¹² PAGE 3o3.

Ce noble et malheureux cortége,
Ces femmes, ces enfants, attachés à vos pas,
Le dernier de vos fils, pleurant entre vos bras.

Tout cela est encore tiré de Tacite : « Incedebat muliebre
« et miserabile agmen, profuga ducis uxor parvulum sinu fi-
« lium gerens, lamentantes circum amicorum conjuges quæ
« simul trahebantur, nec minus tristes qui manebant. » (*Annal.*
lib. I, cap. xl.)

Remarquons que de tous ces enfants du meilleur des hommes
celui auquel l'armée s'intéressa le plus fut le plus méchant des
hommes, fut ce Caïus, qui, né dans le camp, y avait été élevé
au milieu des soldats, dont il portait la chaussure, d'où lui
vint le surnom de *Caligula :* « Infans in castris genitus, in
« contubernio legionum educatus, quem militari vocabulo *Ca-*
« *ligulam* appellabant, quia plerumque ad concilianda vulgi
« studia, eo tegmine pedum induebatur.»(*Annal.* lib. I, cap. xli.)

¹³ PAGE 312.

Cet anneau qui, semblable à celui d'Annibal.

Plus d'un héros de l'antiquité portait ainsi du poison sur

24.

lui, pour ne pas tomber vif au pouvoir de l'ennemi. Mithridate, avant que de se tuer par le fer, avait eu inutilement recours au poison; celui qu'Annibal avait en réserve était, dit-on, caché dans un anneau. Rappeler ici cette circonstance, c'est donner à ce moyen l'appui de l'usage; c'est aussi l'ennoblir en y rattachant un grand souvenir.

14 PAGE 324.

Donnez-lui cet anneau, de ma rigueur secrète
A ses yeux prévenus souverain interprète.

La seule exhibition de cet anneau est pour Pison un ordre que Tibère lui donne, sans qu'il en existe de trace.

On trouve fréquemment dans l'histoire des exemples de communications importantes faites à l'aide de pareils moyens. Lorsque Henri IV, alors roi de Navarre, voulut faire savoir secrètement aux chefs de son parti qu'il fallait se disposer à reprendre les armes, il fit seulement remettre à la reine, sa femme, la moitié d'une pièce d'or, signe convenu entre eux pour la transmission de cette confidence.

15 PAGE 330.

Si l'on ne l'eût contraint à douter de lui-même,
A se ranger parmi ces dangereux proscrits...

Il faudrait bien peu connaître les hommes et l'histoire pour

ne pas être frappé de la justesse de ces réflexions. L'on rétablit ici quatre vers que l'on croit utiles ; le second, surtout,
contient une grande leçon, dont, par une exception honorable, les derniers proscrits français ne peuvent pas recevoir
l'application. Mais elle est très applicable à Coriolan, au con-
nétable de Bourbon, et à d'autres, qui, plus récemment,
ont fait payer cruellement à leur patrie une imprudente
rigueur. Combien de proscrits n'ont mérité leur sort qu'a-
près la proscription !

¹⁶ PAGE 334.

Lisez, Pison, lisez.

Cette scène était, de toutes celles qu'exigeait le sujet, la
plus ingrate à faire. Il fallait qu'elle ne fût ni trop longue,
parcequ'elle porte sur un fond odieux ; ni trop courte, parceque Pison ne doit pas céder sans avoir été vaincu par de puissantes et de longues instances : il fallait y dire tout, et le
dire d'une manière convenable ; il y fallait être rapide, et
cependant s'arrêter sur certains moyens. Tout cela était ex-
trêmement difficile. On y a relevé, comme inconvenantes à la
dignité tragique, quelques locutions familières. Ce n'est pas
ce qui est familier, mais trivial, que la tragédie repousse.
Cette scène n'est pas d'apparat ; c'est une conversation animée
entre deux époux, qui cherchent moins à s'éblouir par des
mots qu'à se persuader par des arguments. Il n'y a pas une
idée là qu'on ne pût rendre par des périphrases poétiques ;
mais ce qui eût été poétique n'eût pas été dramatique dans

une situation où le dialogue ne saurait marcher avec trop de rapidité.

17 PAGE 341.

Mais je n'ai pas reçu le signe convenu.

Ce vers, à ce qu'il nous semble, prépare d'une manière assez adroite l'effet de la scène suivante, où le signe de la volonté de Tibère est remis à Pison; et par qui? par le héros dont ce signe ordonne la mort : combinaison tout-à-fait neuve, et qui met les personnages dans la situation la plus dramatique.

18 PAGE 343.

Ne me suivez-vous pas, mon ami?

Il nous semble que l'âme de Germanicus est tout entière dans ce mot adressé à Pison; et quelle valeur cette expression si franche d'une si grande générosité ne doit-elle pas tirer de la circonstance!

Les acteurs étaient si troublés à la première, à la seule représentation de *Germanicus*, que le grand artiste dans le rôle duquel ce mot est placé n'a pas osé le dire; et c'est le plus tragique peut-être qui soit dans cet ouvrage.

PAGE 350. 19

Ils viennent épier les progrès du poison.

La plupart des traits de ce discours sont tirés de Tacite. Nous allons, au reste, transcrire les dernières paroles que ce grand historien met dans la bouche de Germanicus mourant : on pourra juger des emprunts que le poëte lui a faits.

« Si fato concederem, justus mihi dolor etiam adversus deos
« esset, quod me parentibus, liberis, patriæ, intra juventam
« præmaturo exitu raperent : nunc scelere Pisonis et Plancinæ
« interceptus, ultimas preces pectoribus vestris relinquo; re-
« feratis patri ac fratri, quibus acerbitatibus dilaceratus,
« quibus insidiis circumventus, miserrimam vitam pessima
« morte finierim. Si quos spes mea, si quos propinquus san-
« guis, etiam quos invidia erga viventem movebat, inlacry-
« mabunt, quondam florentem, et tot bellorum superstitem,
« muliebri fraude cecidisse. Erit vobis locus querendi apud
« senatum, invocandi leges. Non hoc præcipuum amicorum
« munus est prosequi defunctum ignavo questu; sed quæ vo-
« luerit meminisse, quæ mandaverit exequi : flebunt Ger-
« manicum etiam ignoti : vindicabitis vos, si me potius quam
« fortunam meam fovebatis. Ostendite populo romano divi
« Augusti neptem, eandemque conjugem meam : numerate
« sex liberos. Misericordia tum accusantibus erit, fingenti-
« busque scelesta mandata, aut non credent homines, aut
« non ignoscent. *Juravere amici, dextram morientis contin-*
« *gentes, spiritum antequam ultionem amissuros.* » (*Annal.*
lib. II, cap. LXXI.)

On retrouvera plus bas, dans le discours d'Agrippine, plusieurs passages de ce morceau, que l'auteur n'a pas cru devoir employer dans celui de Germanicus.

[20] PAGE 353.

> Qu'on arrête Pison.

C'est ici seulement que la tragédie se dénoue.
Observation. Il est contre les lois romaines que Séjan fasse arrêter Pison.

> Arrêter un Romain sur de simples soupçons,
> C'est agir en tyrans, nous qui les punissons.
> VOLTAIRE, *Brutus*.

L'auteur s'était borné d'abord à faire dire par Séjan, à Pison : *Vous êtes rappelé*. Cela suffisait pour l'homme instruit, mais n'eût pas suffi pour le parterre, qui veut que la punition suive immédiatement le crime, et qui a justifié cette licence par ses applaudissements.

[21] PAGE 356.

> Applaudis-toi, Séjan, des malheurs de la terre :
> La joie, en ce moment, te sied mieux qu'à Tibère.

Ces vers rappellent les vastes projets exposés par Séjan dans le monologue du premier acte. Il ne faut pas oublier

que ce favori porte ses vues jusqu'au trône de Tibère : sous
ce rapport, l'horrible succès qu'il vient d'obtenir lui est plus
profitable qu'à son maître.

Qu'on nous permette, à cette occasion, de dire quelques
mots sur la nature du monologue en général.

Le monologue n'est pas un discours adressé au public :
quoique débité, il n'est pas censé l'être ; c'est la pensée franche du personnage, dans la conscience duquel le spectateur
lit, à l'aide d'une concession faite aux poëtes, pour l'intérêt
de l'art. Il est donc naturel qu'un monologue contienne quelquefois des aveux qu'un homme ne fait jamais à un autre.

Les personnes qui désireraient trouver des exemples à l'appui de cette opinion sont invitées à lire dans *Rodogune* les
divers monologues de Cléopâtre.

L

LES GENS A DEUX VISAGES,

ou

LE RETOUR DE TRAJAN,

COMÉDIE EN DEUX ACTES.

Domestica facta *.

HORAT. , *Epist. ad Pison.*

AVERTISSEMENT.

Cette comédie fut composée en 1805, sur l'invitation d'un ministre non moins recommandable par la justesse de son esprit que par la modération de ses principes. Il aurait désiré que, dans les fêtes qui devaient avoir lieu à l'occasion de la paix de Presbourg, le Théâtre Français représentât un ouvrage relatif aux événements à jamais mémorables d'une campagne commencée par la prise d'Ulm, et terminée par la victoire d'Austerlitz.

Rien de plus ingrat qu'un pareil travail.

M. Arnault crut néanmoins possible d'échapper aux inconvénients du genre, s'il suivait une méthode différente de celle que l'on suit communément en pareil cas, s'il alliait la philosophie à la plaisanterie, la satire à l'éloge, et si d'une pièce de circonstance il faisait un tableau de mœurs.

Il en trouva le moyen, en transportant sur le théâtre des scènes qui tout récemment s'étaient passées sous ses yeux, et se renouvelleront toutes les fois que le prince mettra sa fortune dans une situation douteuse.

Douze ou quinze jours de silence succédèrent au bruit dont Paris avait retenti depuis l'ouverture de la campagne jusqu'à la prise de Vienne. Lorsque les événements se préparent, les narrations se taisent, mais c'est pour faire place aux conjectures. Jamais les conjectures n'ont été plus multipliées et plus contradictoires que pendant le temps où l'armée française allait chercher en Moravie l'armée autrichienne, réunie à l'armée russe. L'esprit impatient et inquiet du Parisien ne fut pas long-temps à conclure de ce qu'on n'annonçait rien, qu'on n'avait rien de bon à annoncer. Les nouvelles les plus alarmantes circulèrent ; et l'état de doute ayant assez duré pour laisser à plus d'un courtisan le loisir de craindre, on les vit trahir, par leurs calculs, leurs véritables sentiments.

Ce qui s'est effectué quelques années plus tard se préparait déjà dans le palais même. Mais quand arriva la nouvelle de la victoire, ces hommes changèrent de visage aussi promptement que la fortune. On ne vit plus à la cour que des serviteurs dévoués, et à la ville que des panégyristes. Par l'exagération des éloges et des protestations dont ils importunaient le vainqueur, les uns et les autres cherchaient à cacher le secret de leur défection, et le révélaient par cela même.

Ces subites conversions, ces contradictions si rapprochées, étaient assez piquantes à retracer pour le poëte qui les avait observées : aussi est-ce d'après cette étude qu'il composa *les Gens à deux visages*.

Cette petite pièce, qu'on pourrait intituler aussi *Satire et Adulation*, se divise en deux actes. Dans le second, le prince victorieux trouve ses flatteurs les plus serviles dans les hommes qui, au premier, se sont montrés ses plus insolents détracteurs. Les scènes où ces honnêtes gens proposent à l'empereur les projets qu'ils ont conçus pour sa plus grande gloire ne sont pas tout-à-fait d'imagination.

On remarquera sans doute que l'auteur s'est étudié à venger la fin du xviiie siècle des calomnies dont certains folliculaires l'accablent. Les traits de ressemblance qui se trouvent entre plusieurs grands hommes de cette époque, et les hommes les plus célèbres du siècle de Trajan, lui en fournirent l'occasion.

Cette comédie n'a pas été jouée. Le ministre d'après le désir duquel elle avait été composée ayant dit, tout en l'applaudissant, *J'y trouve autant de conseils que d'éloges ;* satisfait de ce suffrage, l'auteur crut devoir attendre qu'on l'invitât d'une manière expresse à la publier : elle sort aujourd'hui de son portefeuille pour la première fois.

Épitre dédicatoire

à

Monsieur de Jouy,

de l'Académie française².

———

Agréez, mon ami, la dédicace de cette petite comédie; c'est un tableau de mœurs. Vous l'offrir à vous, qui les retracez de main de maître, c'est mettre une ébauche en parallèle avec des chefs-d'œuvre; c'est vous donner l'occasion de peindre un ridicule de plus. N'importe; l'intérêt de l'amour-propre doit le céder ici à celui de l'amitié.

Pourquoi différerais-je plus long-temps à vous en donner un témoignage public! Qui m'empêcherait de me vanter de l'affection que je vous porte, quand vous avouez celle que vous me gardez! Être, à ce sujet, plus discret que vous-même, ce ne serait plus être prudent, ce serait seulement calomnier l'époque.

Le malheur dont je suis frappé n'est réputé contagion que par les faibles: ils fuient le malade, mais les forts lui prennent la main; et quelquefois, en le touchant, ils le guérissent.

Adieu, mon ami; c'est de cœur autant que d'esprit que je vous aime.

Arnault.

DE MA RETRAITE, LE 4 MARS 1818.

PERSONNAGES.

TRAJAN.

PLAUTINE, son épouse.

PLINE-LE-JEUNE, sénateur.

MARCUS, intendant de la maison de Trajan.

DAVE, esclave de Plautine.

FOLLICULUS.

REPTICULUS.

VERMICULUS.

UN COURRIER.

SÉNATEURS.

PEUPLE ROMAIN.

SOLDATS ROMAINS.

AMBASSADEURS DES DACES.

La scène est à Rome.

LES GENS A DEUX VISAGES,

OU

LE RETOUR DE TRAJAN.

~~~~~~

ACTE PREMIER.

La scène est au pied du Capitole.

———

SCÈNE I.

PLAUTINE, PLINE; suite de plautine, dans le fond.

PLAUTINE.

Oui, Pline, pour mon cœur ce supplice est trop rude ;
Votre éloquence en vain s'épuise à m'exhorter.
Mon courage est à bout : je ne puis supporter
    Une plus longue incertitude.

C'en est fait : dans ce cœur l'espoir n'a plus d'accès.
Trajan [3] ! que devient-il ? Après tant de succès,
    Qu'une heureuse paix devait suivre,
A-t-il vu ses lauriers se changer en cyprès ?
Au plus affreux désastre a-t-il craint de survivre ?
Trajan ! pourquoi ce bruit, que la malignité
Reproduit sans relâche en cette ville immense,
    Est-il encore accrédité
    Par ma tristesse et ton silence ?

PLINE.

Il est trop vrai ; vos yeux de chagrins obscurcis,
    Vos yeux de pleurs encore humides,
N'accréditent que trop tous ces discours perfides
    Qu'un sourire aurait démentis.
L'épouse de Trajan doit savoir se contraindre.
Ce calme qui vous fuit devrait au moins se peindre
Sur ce front où chacun, dans son anxiété,
    Vient lire avec avidité
    Ce qu'il doit espérer ou craindre.
Ah ! plutôt exprimez le bonheur sans le feindre,
    En songeant à la vérité.
Pour l'empire, en effet, quelle époque plus belle ?
    Depuis le premier des Césars
La victoire jamais fut-elle aussi fidèle
    A nos glorieux étendards ?
Ces peuples, qui semblaient se faire un jeu d'enfreindre
Les traités consentis par eux et par leurs rois,
N'ont-ils pas expié ce crime autant de fois

Que nous avons pu les atteindre?
Un héros venge Rome; un héros l'agrandit :
Mais ennemi sans haine, et vainqueur sans colère,
S'il croit la pitié même un devoir de la guerre;
    Si l'humanité l'applaudit
Même dans le moment qu'il fait trembler la terre;
Courageux et clément, il n'est pas téméraire.
Quel espoir aux vaincus peut-il encor rester?
    Où sont leurs ressources dernières,
    Quand leurs phalanges prisonnières
Couvrent déjà nos champs qu'ils n'ont pu dévaster?
Implorant aujourd'hui la clémence de Rome,
Leur prince, fugitif en ses propres états [4],
Méditerait en vain de nouveaux attentats :
Le désespoir d'un roi sans sujets, sans soldats,
    Ne serait que celui d'un homme.

PLAUTINE.

Ce prince ne peut rien par lui,
Pline; mais s'il est vrai qu'un monarque sarmate
    Se soit déclaré son appui,
    Puis-je partager aujourd'hui
    La sécurité qui vous flatte?
Vous le savez, du sein des éternels frimas,
Sous qui languit chez eux la nature asservie,
Souvent les fils du Nord tournent avec envie
    Leurs regards vers nos doux climats.
Bien plus, peuvent-ils voir sans terreur et sans haine
L'immense accroissement de la grandeur romaine?

Peuvent-ils ne pas craindre, au fond de leurs déserts,
    Que la gloire qui nous inspire
N'aille porter un jour les bornes de l'empire
    Jusqu'aux bornes de l'univers?
    Enfin, malgré la foi jurée,
    Tout barbare est prompt à changer,
    Tout vaincu prêt à se venger,
    S'il croit la victoire assurée.
Ah! si, pour échapper à leur commun danger,
Des peuples menacés la ligue hyperborée
A surpris, en effet, notre armée égarée
Dans les vastes forêts qui couvrent leur contrée,
Dans ce dédale immense, affreux pour l'étranger:
Des plus fameux guerriers si l'immortel émule,
Par le nombre accablé sur ces bords inconnus,
    Avait fini comme Varus,
    Ayant commencé comme Jule!
Ah! mon ami, je sens ma raison défaillir
    A cette effroyable pensée;
Je la repousse en vain de mon âme insensée:
    Partout elle vient m'assaillir.
Nul ne peut éprouver la douleur que j'éprouve.
Mais la conviction de nos affreux revers,
Dans les regards des bons, sur le front des pervers,
    Comme en mon cœur, je la retrouve.

PLINE.

    Ah! fuyez dans votre palais
Ces affligeants tableaux des publiques alarmes.

PLAUTINE.

En quels lieux des méchants puis-je éviter les traits?
Voyez l'écrit affreux qui fait couler mes larmes.
Avec plus de fureur et de malignité
    Jamais l'impitoyable envie
A-t-elle d'un grand homme osé noircir la vie?

PLINE.

Sa rage se mesure à la célébrité
    Du mérite qui la fait naître.

PLAUTINE.

    Oui; mais elle attend pour paraître
L'instant où l'on peut nuire avec sécurité.
Aurait-elle aujourd'hui tant de témérité
    Si le malheur dont vous doutez encore,
    Si le malheur que je déplore
Ne lui répondait pas de son impunité!

PLINE.

Ces esprits malheureux que tout mérite offense,
Dans les fougueux transports dont ils sont agités,
N'écoutent pas toujours les lois de la prudence:
Celui-ci pourrait bien, en cette circonstance,
Avoir pris ses désirs pour des réalités.
Du pauvre homme, entre nous, c'est assez la coutume.

PLAUTINE.

    Quoi! vous sauriez de quelle main...?

PLINE.

Je crois le reconnaître, au fiel qui le consume,
Pour ce Folliculus, le plus âpre écrivain [5]

A qui, depuis Zoïle, et la soif et la faim
    Aient jamais fait prendre la plume.
    C'était le plus obscur rhéteur
    Qui peut-être ait bu l'eau du Tibre,
Si pourtant il en boit, avant qu'en vil flatteur
Il eût d'un mauvais prince obtenu la faveur.
De votre époux depuis il s'est fait détracteur,
Pour prouver qu'il agit et parle en homme libre.
Quoique les délateurs aient perdu leur appui,
Devait-il abjurer l'art de la calomnie?
    Non, sans doute; et de compagnie
Avec d'honnêtes gens qui prennent, comme lui,
    L'impudence pour du génie,
Livré plus que jamais à sa noble manie,
Il parle sur les mœurs, sur le goût, sur les lois.
Tel que certains oiseaux, fameux par leurs augures [6],
Pour tout gâter, sur tout portant ses mains impures,
Régentant les sujets, les auteurs et les rois,
Pour le sceptre du monde il a pris sa férule;
    Il en donne à tous sur les doigts,
    Et serait dangereux parfois,
    S'il n'était toujours ridicule.

PLAUTINE.

Un tel homme et de tels écrits,
J'en conviens avec vous, n'ont droit qu'à nos mépris.
Vérifiez le fait : allez; et moi, cher Pline,
    Je retourne au pied des autels,
    Au plus puissant des immortels

Présenter et les vœux et les pleurs de Plautine.

(Ils sortent par des côtés opposés.)

SCÈNE II.

FOLLICULUS, DAVE.

FOLLICULUS entre au moment où la suite de Plautine quitte
la scène ; il arrête Dave, qui sort un des derniers, et lui parlant
d'un ton très humble :

Seigneur Dave, bonjour.

DAVE, avec humeur.

Folliculus, bonsoir.

FOLLICULUS.

Un petit mot.

DAVE.

Plaît-il ?

FOLLICULUS.

Ne pourrait-on savoir
Si vous avez quelques nouvelles ?

DAVE.

Hélas !

FOLLICULUS.

Encor parlez, seigneur, que disent-elles ?

DAVE.

Voyez l'impératrice ! elle est au désespoir.
C'est vous en dire assez.

FOLLICULUS.

Quoi! la déroute...

DAVE.

Est sûre.

FOLLICULUS.

Vous l'avais-je dit, entre nous?

DAVE.

Je ne connais pas, je vous jure,
Un oiseau de mauvais augure
Qu'on doive en croire plus que vous.

FOLLICULUS.

Malgré moi je prédis lorsque je conjecture.
Je me trompe rarement.

DAVE.

Il faut le dire à la gloire
De votre discernement,
De ce triste événement
Mille gens, d'après vous, semblent conter l'histoire.
Repticulus de vous en tient-il le récit?

FOLLICULUS.

Nullement.

DAVE.

Il le fait dans les mêmes paroles.

FOLLICULUS.

C'est un homme de sens, c'est un homme d'esprit :
Avant d'admettre un fait, toujours il l'éclaircit;
Il ne débite pas de nouvelles frivoles :
On peut aussi l'en croire.

DAVE.

Hélas ! si je l'en croi,
C'en est donc fait de Rome, et du monde, et de moi.

SCÈNE III.

FOLLICULUS.

Je ne connaissais pas encor tout mon mérite.
 Puis-je voir sans étonnement
 La chose arriver justement
 Ainsi que je l'avais prédite ?
 O profondeur du jugement !
 Quelque dieu, sans doute, m'inspire.
 O force de discernement !
J'étais né, sur ma foi, pour gouverner l'empire,
Ou l'empereur du moins... S'il m'avait consulté,
 Oui, s'il avait voulu m'en croire
 Plutôt qu'un vain désir de gloire,
Méprisant l'ennemi qui l'avait insulté,
En Dacie, aujourd'hui de nos débris couverte,
Au-delà du Danube eût-il trouvé sa perte ?
Jamais Domitien, qu'il voulut effacer,
Au-delà du Danube a-t-il voulu passer ?
Non : s'il aimait la gloire, il redoutait la guerre :
Sur ce point l'empereur ne lui ressemble guère.
Et puis il ne fait rien que d'après son avis.
Domitien aux miens donnait quelque importance ;

Et, dans plus d'une circonstance,
Ne s'est pas repenti de les avoir suivis.
De plus, il les payait avec magnificence.
    C'est à tort qu'on l'a soupçonné
    D'être atteint d'un peu d'avarice.
S'il punissait l'injure, il payait le service ;
Et s'il a beaucoup pris, il a beaucoup donné.
    Moi j'aime à lui rendre justice.
C'était un digne prince, un véritable appui
    Pour les talents tels que les nôtres ;
Récompensant le bien que l'on disait de lui
    Et le mal qu'on disait des autres.
    Auguste libéralité
    Qui faisait fleurir la satire !
    Bien loin d'en avoir hérité,
    Trajan, dans sa sévérité,
    Refuse même de nous lire !
Mais d'autres nous liront... Du sort qu'a mérité
    Sa coupable témérité
    En vers courageux je l'accuse
    Par-devant la postérité.
    On ne doit pas de charité
    Au malheur qui n'a pas d'excuse.
    Mais j'aperçois Repticulus :
    Dans ses yeux la joie étincelle.

SCÈNE IV.

FOLLICULUS, REPTICULUS.

FOLLICULUS.

Que dites-vous de la nouvelle ?

REPTICULUS.

Je viens vous l'annoncer, seigneur Folliculus.
Mais, vous, connaissez-vous la nouvelle satire ?

FOLLICULUS.

Si je la connais, dites-vous ?
Sous ce portique asseyons-nous ;
En entier je vais vous la lire.

REPTICULUS.

En seriez-vous l'auteur ?

FOLLICULUS.

       Et qui, de bonne foi,
Qui, si ce n'est ou vous ou moi,
En ce siècle, aurait le courage
De publier un tel ouvrage ?

REPTICULUS.

Ou vous, ou moi, c'est fort bien dit.
Car franchement, en fait d'esprit,
Nous différons de peu de chose ;
Et dès long-temps j'ai dit en prose
Ce qu'en vers vous avez écrit.

Toutefois,votre émule en pensée, en audace,
En talent, j'en conviens, n'est pas votre rival.
Vous seul réunissez la vigueur et la grâce,
    Et la facilité d'Horace
    A la force de Juvénal.

FOLLICULUS.

Contre certains abus de la grandeur suprême
Je doute que jamais on ait tonné plus fort;
Et, soit dit entre nous, de mon courage extrême
    Je serais effrayé moi-même
    Si l'empereur n'était pas mort.

REPTICULUS.

    Mais il l'est; la nouvelle est sûre.
J'en crois Vermiculus, qui n'est pas un bavard,
    Et ne dit rien à l'aventure;
    Il la tenait de bonne part.

FOLLICULUS.

Vermiculus l'affirme? En ce cas, plus de doute.
    Rhéteur, scribe et grammairien,
Il transcrit ce qu'il lit, redit ce qu'il écoute;
    Mais on sait qu'il n'invente rien.
    On vient... justement c'est notre homme.

SCÈNE V.

REPTICULUS, FOLLICULUS, VERMICULUS[7].

FOLLICULUS.

Eh! vite; arrivez donc un peu plus promptement.

VERMICULUS.

Qui vous presse?

FOLLICULUS.

Le bien public apparemment.
Si ce n'est nous, mon cher, qui donc en ce moment
  Réglera le destin de Rome?

VERMICULUS.

Voilà Rome, en effet, dans un grand embarras.
La nouvelle en tous lieux commence à se répandre.

REPTICULUS.

  Et qui donc ne la saurait pas?
  Je l'ai dite à qui veut l'entendre.

VERMICULUS.

  Sénateur, soldat, citoyen,
Chacun reste interdit : on s'assemble en tumulte;
Au sénat, au forum, on propose, on consulte,
  Et l'on ne s'accorde sur rien.

FOLLICULUS.

  Tant mieux! Voilà donc nos affaires
En fort bon train.

REPTICULUS.

Comment?

FOLLICULUS.

Quand l'ordre est subverti,
A tant d'ambitieux, qui tous ont un parti,
Ne sommes-nous pas nécessaires?

VERMICULUS.

Il est vrai.

FOLLICULUS.

Pour former, pour guider les esprits,
En cette grande circonstance,
Et nos discours et nos écrits [8]
Sont, je crois, de quelque importance.

REPTICULUS.

Sans doute.

FOLLICULUS.

Unissons-nous; c'est pour le bien commun.

REPTICULUS.

Soit; car le bien public et le mien c'est tout un.

FOLLICULUS.

Mes bons amis, daignez me dire
Qui notre choix d'abord doit porter à l'empire.

REPTICULUS.

Je pencherais pour Adrien.

FOLLICULUS.

Pour Adrien! jamais il ne sera mon maître.
Des défauts de Trajan, pour ne vous cacher rien,
Il tient trop; et trop peu, peut-être,

Des qualités de Domitien.

VERMICULUS.

J'inclinerais pour Servien.

REPTICULUS.

C'est un esprit aimable et juste.

VERMICULUS.

Il aime les talents.

FOLLICULUS.

Et qu'en conclurez-vous ?

VERMICULUS.

Qu'il sera pour vous et pour nous
Ce que pour feu Virgile était jadis Auguste.

FOLLICULUS.

Cet homme n'est pas de mon goût :
Il est moins bel esprit encor que philosophe.
Il passe tous ses jours, de l'un à l'autre bout,
Entre Plutarque, Pline, et gens de cette étoffe,
Qui ne nous vantent point du tout.
Il a des qualités, soit: mais au rang suprême
N'élevons pas imprudemment
Quiconque à la grandeur, je le dis franchement,
Aura trop de droits par lui-même :
C'est travailler pour un ingrat.
Quoi que vous ayez fait, oubliant au plus vite
Par quel aide il sortit de son premier état,
Sur le trône une fois, le nouveau potentat
Croira ne rien devoir qu'à son propre mérite.
Mais ce serait tout différent

2.   26

Si nous pouvions bien nous entendre
Pour élever au premier rang
Tel qui n'y dut jamais prétendre.

REPTICULUS.

En ce cas-là, pour Cornutus
Je vous demande vos services :
C'est un bon homme sans vertus.

FOLLICULUS.

Ce bon homme est aussi sans vices.
Il n'a pas même un goût; or l'homme indifférent
Ne se gouverne pas plus aisément qu'un sage.
S'il est sans passions, par où mener un grand?
M'en croirez-vous, amis? unissons nos suffrages...

VERMICULUS.

Sur qui donc?

FOLLICULUS.

Sur qui? sur Varron !

REPTICULUS.

Y pensez-vous?

FOLLICULUS.

Sur lui je sais bien qu'on clabaude.

VERMICULUS.

Il est aussi lâche que Claude
Et plus prodigue que Néron.

FOLLICULUS.

Soit; mais à cela je réplique
Que le bien peut naître du mal.
Prodigue, il sera libéral;

Et lâche, il sera pacifique.
Enfin, s'il n'est soldat, il sera citoyen ;
  Il fermera le temple de la guerre ;
  Ramènera l'âge d'or sur la terre :
Du moins le dirons-nous en vers qu'il paîra bien.

VERMICULUS.

  Vous l'imaginez ?

FOLLICULUS.

  Je le gage.

REPTICULUS.

Vite, allons, mes amis, mettons-nous à l'ouvrage.

FOLLICULUS.

La louange est pour lui le premier des besoins :
  Ceux qui la méritent le moins
  Sont ceux qui l'aiment davantage.
Il paîra largement et nos vers et nos soins.
D'ailleurs, aux yeux de Rome, est-il rien de plus juste
Que de rendre l'empire à l'héritier d'Auguste ?

REPTICULUS.

A l'héritier d'Auguste ! Eh ! que dites-vous là ?

VERMICULUS.

Mon cher, votre erreur est insigne.

FOLLICULUS, avec importance.

Son aïeule était belle, et de Caligula
  Il descend presque en droite ligne.

VERMICULUS.

  Je n'ai rien à dire à cela,
  Et conviens qu'on ne peut sans crime

26.

Refuser d'appuyer un droit si légitime.

  Eh bien donc! qu'il soit empereur.

Au cri de la raison jamais je ne résiste.

Mais qui vient en ces lieux?

REPTICULUS.

    Quel est ce sénateur?

FOLLICULUS.

C'est Pline le panégyriste [9].

SCÈNE VI.

REPTICULUS, FOLLICULUS, VERMICULUS, PLINE.

PLINE, à part.

Ou je me trompe fort, ou les gens que voici,

  Grands fabricateurs de nouvelles,

  Sont les auteurs de nos libelles.

Sur ce fait, avant tout, je veux être éclairci.

VERMICULUS.

Quel motif le conduit ici?

PLINE, en les saluant.

Prenons l'air triste.

REPTICULUS.

  Amis, pourquoi ces airs aimables?

VERMICULUS.

C'est que le malheur rend humain.

FOLLICULUS.

Les affaires du chef sont en bien mauvais train
Quand les favoris sont affables.
(Ironiquement à Pline.)
Vous paraissez bien attristé.

PLINE.

Dans ce jour de calamité,
Dans ce jour si funeste à la grandeur romaine,
En pourrait-il être autrement?

REPTICULUS.

La mort de l'empereur vous semble donc certaine?

PLINE.

Je voudrais en douter.

VERMICULUS.

N'en doutez nullement.

FOLLICULUS.

Avis aux gens enclins à croire
Qu'il faut tout immoler à l'amour de la gloire.

PLINE.

Ce n'est pas votre tort; et ce n'est pas celui
Du héros dont le sort vient de trancher la vie.
L'amour de la gloire pour lui,
C'était l'amour de la patrie :
Je le croyais du moins.

REPTICULUS.

Ne vous trompiez-vous pas?

VERMICULUS.

L'amour de la patrie, au-delà des frontières

Aurait-il entraîné ses pas?

REPTICULUS.

L'amour de la patrie, ami, n'exigeait pas
    Qu'il courût en d'affreux climats
Enterrer avec lui vingt légions entières.

VERMICULUS.

S'il n'avait affronté que d'utiles dangers...

REPTICULUS, l'interrompant.

Sous les pas d'un guerrier ils ne sont jamais rares...

FOLLICULUS, l'interrompant.

Il n'aurait pas trouvé, sous des cieux étrangers,
Tous les maux qu'il a faits à ces pauvres barbares.

PLINE.

Vous vous montrez pour eux bien tendre, en vérité.
    Quel est votre pays?

FOLLICULUS.

        C'est Rome.

Mais pour être Romain, je n'en suis pas moins homme;
    Et je défends l'humanité.

PLINE.

Tels sont les citoyens dont mon pays fourmille :
La patrie est pour eux un mot stérile et vain.
    On est l'ami du genre humain
    Et l'on plaide avec sa famille.
    Daignez pourtant vous souvenir
Que, pour bonnes raisons, Trajan voulut punir
Ces barbares sur qui votre bon cœur s'afflige.
    Le mépris des plus saints traités,

Nos champs par trois fois dévastés,
Les torts qu'enfin vous nous prêtez
Étaient les leurs; les leurs, vous dis-je.
Il se peut que les dieux nous aient mal secourus,
Mais non qu'injustement la guerre ait été faite.

FOLLICULUS, *vivement.*

Il est sûr que depuis Varrus
On n'a pas essuyé de plus triste défaite.

PLINE.

C'est vous compromettre un peu trop
Que dire, mot pour mot, ce que dit la satire
Qui circule depuis tantôt.

FOLLICULUS.

Cette satire, mot pour mot,
Dit donc ce qu'un Romain doit dire.

PLINE.

Appelez-vous Romains ces lâches insensés
Des cendres d'un héros profanateurs barbares?
Bien plus que vous ne le pensez
Les Romains comme vous sont rares.

FOLLICULUS.

Les Romains comme vous, d'un cœur indépendant
N'ont jamais compris le langage.

PLINE.

Outrager dans la tombe un monarque impuissant,
Est-ce montrer bien du courage?

FOLLICULUS.

Était-ce en montrer davantage

Que le flatter de son vivant?

PLINE, avec indignation.

Je ne l'ai point flatté : c'est le métier d'un lâche ;
 Ce ne sera jamais le mien.
 Je l'ai loué quand il a fait le bien :
Je l'ai loué souvent ; et d'un bon citoyen
 C'est remplir la plus noble tâche.
Chacun à son devoir veut être encouragé
 Par l'attrait d'une récompense.
Par l'espoir des grandeurs tel s'y trouve engagé ;
 Tel par l'espoir de la puissance.
 Vous-même, sans l'espoir du gain,
 Vous persisteriez moins, je pense,
Dans le plus vil métier du plus vil écrivain.
Mais ces objets divers de nos désirs extrêmes,
L'or, les rangs, la grandeur, si chéris des humains,
 Que sont-ils pour les souverains,
 Qui les possèdent par eux-mêmes ?
 Nous devons donc à leurs vertus
 Un prix mille fois plus sublime :
C'est l'amour général, c'est la publique estime,
Qui d'un jour bien rempli récompensaient Titus.
L'éloge encourageait cette bonté féconde,
Qui sur le genre humain chaque jour s'exerçait ;
 Et la voix qui le prononçait
 Acquittait la dette du monde.
Sous un autre Titus j'ai rempli ce devoir :
Aux vertus de Trajan j'ai rendu témoignage ;

Et c'est aujourd'hui qu'on peut voir
Si d'un lâche flatteur j'ai parlé le langage.
A mon prince, à moi-même, allez, j'en suis certain,
    Ma bouche n'a pas fait outrage ;
Je n'ai rien dit de trop, puisqu'à sa noble image,
Excepté vous peut-être, il n'est pas un Romain
Qui, dans ce jour de deuil, n'en dise davantage.
Mais au revoir : j'en sais tout autant qu'il m'en faut.

FOLLICULUS.

Mon âme en est vraiment charmée.

PLINE.

Votre prudence ici pourrait être en défaut ;
Et Rome un peu trop tôt pourrait s'être alarmée.
Mais que veut ce courrier ?

SCÈNE VII.

REPTICULUS, FOLLICULUS, VERMICULUS,
PLINE, LE COURRIER.

LE COURRIER.

Je vous cherchais, seigneur.

PLINE.

D'où viens-tu ?

LE COURRIER.

De l'armée.

(Tous ensemble.)

O ciel ! est-il possible !

PLINE.

Parle, que devient l'empereur?

LE COURRIER.

Toujours grand, toujours invincible!

PLINE.

Les Daces?

LE COURRIER.

De leur fraude ils ont reçu le prix :
Leurs guerriers sont ou morts ou pris.
Mais, seigneur, vous n'avez qu'à lire :
Cet écrit en dit plus que je n'en pourrais dire.

(Il remet une lettre à Pline.)

PLINE lit.

« Sénécion, consul, à Pline, sénateur,
    « Salut. Notre auguste empereur,
« D'après votre amitié jugeant de vos alarmes,
    « Veut qu'avant tous vous sachiez quel bonheur
        « Jupiter accorde à ses armes.
        « Les Daces, par trois fois défaits,
        « Croyaient, en demandant la paix,
        « Endormir notre vigilance ;
« Cependant que leur chef, par un secret accord,
        « Du plus puissant des rois du Nord
        « S'était ménagé l'assistance.
« Nous apprenons bientôt, sans en être surpris,
« Que, dépouillant la feinte et redoublant d'audace,
« Au camp du roi sarmate on a vu le roi dace
« De son camp dispersé rallier les débris,

« Et qu'il accourt, jaloux de venger sa disgrâce.

« Trajan de ces rapports ne s'épouvante pas :

« Il a de sûrs moyens pour repousser l'orage

     « Et multiplier les soldats :

     « La discipline et le courage.

« Pour un poste meilleur, abandonnant soudain

« Celui qu'il occupait, il a su du terrain

     « S'assurer d'abord l'avantage.

« Il fuit pour vaincre, on croit qu'il fuit comme vaincu.

« Sur ses pas le barbare, à grands pas accouru,

     « En espoir triomphe et nous raille.

« Il apprendra bientôt, en ce champ trop étroit,

     « Qu'au génie appartient le droit

     « De choisir le champ de bataille.

« La nuit vient ; le repos précède les combats.

« Dépouillant l'appareil de la grandeur suprême,

     « L'empereur lui seul ne dort pas :

« Il visite le camp, et voit tout par lui-même.

« Au plus dangereux poste il était parvenu,

     « Lorsqu'un soldat l'a reconnu,

« Et s'écrie : O César ! si j'ai bonne mémoire,

« Demain revient le jour où le peuple romain,

     « Pour son bonheur et pour sa gloire,

     « T'a proclamé son souverain.

     « Tes présomptueux adversaires

« Demain à l'univers auront appris comment

     « Rome de ton avènement

     « Veut fêter les anniversaires.

« Il dit : et saisissant un brandon à ces feux
    « Qui du camp marquent la limite,
    « D'une main joyeuse il l'agite,
« En criant : O César, vis à jamais heureux!
    « Le camp se réveille et l'imite ;
« Par chacun à la fois mêmes vœux sont formés ;
« De semblables flambeaux tous les bras sont armés ;
    « Et l'on serait tenté de croire
« Que ce camp, d'ennemis pressé de toutes parts,
« Est l'enceinte paisible où les enfants de Mars
    « Font la fête de la victoire.
« Le jour enfin renaît, et la guerre avec lui.
    « A peine le soleil a lui,
    « Que hors du camp nos légions s'avancent.
« Avec fureur sur nous les barbares s'élancent.
    « Fougue imprudente, effort stérile et vain,
    « Qui leur fait rencontrer leur perte
« Dans les forêts d'acier, contre les murs d'airain,
    « Dont chaque phalange est couverte.
    « Déjà plus d'un brave a vécu.
    « Repoussé, mais non pas vaincu,
    « L'ennemi pourtant se rallie ;
« Mais soudain son ardeur semble se ralentir ;
    « De rang en rang même on publie
« Qu'un nouveau coup sur lui vient de s'appesantir.
« Les Daces, en deux parts divisant leur armée,
    « S'étaient flattés d'anéantir
« La nôtre, au jour naissant tout-à-coup enfermée.

« Le projet était grand, mais, pour l'exécuter,
     « Que d'obstacles à surmonter !
     « Il fallait franchir un passage
« Embrassant d'une part les longs circuits d'un mont,
« De l'autre rétréci par des marais sans fond.
« Dans ce chemin le Dace aveuglément s'engage.
« L'empereur l'y poursuit : comme il a prévu tout,
« Comme déjà les siens, sans que rien les arrête,
« Ont été du dédale occuper l'autre bout,
« Il lui ferme à la fois la marche et la retraite.
     « Dès lors nos frondeurs, nos archers,
     « Qui du mont occupent le faîte,
« Sans craindre l'ennemi, font pleuvoir sur sa tête
« Le bois, le plomb, le fer, les débris de rochers.
« Nul repos n'interrompt cette affreuse tempête.
« Aux piéges qu'ils tendaient les barbares surpris
     « Jettent d'épouvantables cris.
« Devant eux, derrière eux, sur eux toujours présente
« La mort dans tous leurs rangs porte sa faux sanglante.
« D'un péril vers un autre incessamment chassés,
     « Où fuir le vainqueur qui les presse ?
     « Quel parti reste à leur détresse ?
« A travers ces marais que l'hiver a glacés
     « Les malheureux se précipitent.
« Mais des dangers plus grands que tous ceux qu'ils évitent
« Sous leurs pas incertains ne sont-ils pas cachés ?
« Par la chute des rocs, aux rivages arrachés,
« En mille endroits déjà la glace est entamée.

« Nous l'entendons crier, nous la voyons fléchir ;

    « Elle n'a pas pu soutenir

    « Ce fardeau de toute une armée.

    « Trop tard les Daces effrayés

« Ont voulu ressaisir le sol qui les rejette ;

    « L'abîme s'ouvre sous leurs pieds,

    « Et se referme sur leur tête [10].

« Trajan, qui sur ces bords ne voit plus d'ennemis,

    « Trajan, précédé de sa gloire,

« Retourne dans la plaine achever la victoire,

    « Et fait plus qu'il n'avait promis.

« Son génie est encor plus grand que son courage :

    « Dès qu'il a paru, tout a fui.

    « Venir, voir et vaincre, pour lui

    « D'un moment à peine est l'ouvrage.

« Quoi de plus ? le Sarmate, en ses tristes états,

    « Va déplorer son imprudence ;

« Et du vainqueur le Dace implore la clémence.

« La clémence, aussi bien que l'intrépidité,

« Ne s'épuise jamais dans le cœur d'un grand homme :

« Trajan pardonne encor ; mais veut que le traité

« Soit souscrit par le peuple et le sénat de Rome.

« Il accourt. A l'instant qu'en vos murs belliqueux

    « Arriveront les députés des Daces,

« Soyez heureux ; Trajan, qui suit de près leurs traces,

    « Y doit entrer aussitôt qu'eux. »

    (Pline aux trois satiriques.)

Qu'en pensez-vous ? eh bien ! pourquoi les uns les autres

Vous regarder sans dire mot?
Courez vite annoncer ma nouvelle au plus tôt.
Elle est plus sûre que les vôtres.
(Au courrier.)
Et toi, diligent serviteur,
Viens, courons à Plautine annoncer son bonheur.

SCÈNE VIII.

REPTICULUS, FOLLICULUS, VERMICULUS,
après s'être regardés avec étonnement.

FOLLICULUS.

Ce ne sont pas là les nouvelles
Que nous donnait Repticulus.

REPTICULUS.

Ce ne sont pas là non plus celles
Que nous contait Vermiculus.

VERMICULUS.

Soit; mais cela vous prouve comme
Le plus fin se laisse attraper.
Ce que j'ai dit, je le tenais d'un homme
Qui n'est pas homme à se tromper.

FOLLICULUS.

De quelque sot, je le parie.

VERMICULUS.

Je ne puis en tomber d'accord.

FOLLICULUS.

De quelque sot, vous dis-je.

VERMICULUS.

Allons, vous avez tort.

FOLLICULUS.

Prouvez-le-moi, je vous en prie.

VERMICULUS.

Si c'était vous?

FOLLICULUS.

Moi?

VERMICULUS.

Vous! avez-vous oublié
Que chez moi, l'autre soir, à table,
Vous me contiez pour véritable
Ce que pour tel j'ai publié?

FOLLICULUS.

Quoi! c'est là... malgré moi je ris de l'aventure
Et de cette crédulité
Qui reçoit comme vérité
Ce qu'on donne pour conjecture.

VERMICULUS.

Pourquoi ne pas vous expliquer?

FOLLICULUS.

Si jamais avec vous j'ose politiquer,
Je m'expliquerai, je vous jure.
En attendant, je suis dans un bel embarras
Par ses discours et par les vôtres.

REPTICULUS.

Ne nous connaissons-nous donc pas,
Pour nous croire les uns les autres ?

FOLLICULUS.

On ne m'y prendra plus.

VERMICULUS.

Ni moi.

REPTICULUS.

Ni moi. Comment,
En attendant, comptez-vous faire
Pour sortir aujourd'hui d'affaire ?
Vous en avez bien dit à Pline.

FOLLICULUS.

Mais pas tant.
Et puis j'eus toujours pour système
D'être prêt à parer à tout événement.
De deux façons, mon cher, j'ai toujours fait mon thème.

VERMICULUS.

On n'agit pas plus prudemment.

FOLLICULUS.

Je ne veux pas m'en faire accroire.

(Il ouvre ses tablettes.)

Voyez-vous ma prose, mes vers ?
Ici j'en ai pour les revers,
Et là j'en ai pour la victoire.
Ceux-ci sont de ce temps où, sans trop de danger,
Domitien faisait la guerre au Dace.

2.

Sans que j'ajoute ou que j'efface,
Ce n'est que le nom à changer.
Les délateurs auront beau dire,
Je ne les craindrai nullement,
Si Trajan lit mon compliment
Avant qu'il ait lu ma satire.
D'ailleurs je la renie.

REPTICULUS.

A merveille.

FOLLICULUS.

Mais, quoi !

Vous dont la langue ici fut tant soit peu hardie,
Mon cher, croyez-vous moins que moi
Être en butte à la calomnie ?

REPTICULUS.

Non, sans doute ; et ce Pline, ou je suis fort trompé,
Nous prend pour gens de même étoffe :
Dans votre arrêt aussi je suis enveloppé ;
Mais on peut le frapper avant qu'il ait frappé.
Enfin, Pline est un philosophe :
Contre tous ces gens-là j'ai fait un beau traité,
Ouvrage ex-professo, pour démontrer, en somme,
Que tous ces rêves-creux doivent sortir de Rome.
Du frère de Titus cet avis fut goûté.
Je l'ai revu depuis, et surtout augmenté.
J'en dédie à Trajan l'édition nouvelle.
Quoi qu'on dise à présent, puis-je être soupçonné
D'être ennemi d'un prince à qui j'aurai donné

Ce témoignage de mon zèle?

FOLLICULUS.

Rien ne fut mieux imaginé.

Et vous, monsieur le nouvelliste,

Pour sortir d'embarras, voyons, que ferez-vous?

Car vous n'êtes pas mieux que nous

Dans l'esprit du panégyriste.

VERMICULUS.

Pour sortir d'embarras, j'imagine un moyen;

Un moyen, près de qui les vôtres ne sont rien.

Je bâtis à Trajan, avec mon seul génie...

FOLLICULUS.

Un palais?

VERMICULUS.

Non.

REPTICULUS.

Un temple?

VERMICULUS.

Eh! non.

FOLLICULUS.

Après?

REPTICULUS.

Eh bien.

VERMICULUS.

Une généalogie.

Je lui donne un aïeul vraiment digne de lui.

Virgile de Vénus a fait descendre Jule :

Je veux que Trajan aujourd'hui

Soit reconnu pour fils d'Hercule.
    Puis, remontant jusqu'à Jupin,
Qui, content de régner au séjour du tonnerre,
Abandonne à Trajan l'empire de la terre,
J'en conclus que Trajan règne de droit divin.
Sur ce projet, amis, qu'avez-vous à me dire?

FOLLICULUS.

Ingénieux!

REPTICULUS.

    Sublime!

FOLLICULUS.

    Il me plaît.

REPTICULUS.

        Je l'admire.

FIN DU PREMIER ACTE.

ACTE DEUXIÈME.

La scène représente l'intérieur du palais de Trajan.

SCÈNE I.

PLINE; PLAUTINE, une lettre à la main.

PLAUTINE.

Il revient ! je n'en puis douter !
Il revient, tout couvert de gloire !

PLINE.

Sur ce point vous voyez qu'on pouvait m'écouter.

PLAUTINE.

Il fallait oser vous en croire.

PLINE.

Vous en coûtait-il moins d'accueillir les discours
    De la sottise et de la haine ?

PLAUTINE.

Ce qui nous désespère, ami, n'est pas toujours
    Ce qu'on croit avec plus de peine.

Mais enfin d'où sont-ils partis
Ces mensonges affreux?...

PLINE.

Il serait difficile
D'imaginer, madame, une source plus vile
Que celle dont ils sont sortis;
C'est vous prouver assez que j'ai deviné juste.

PLAUTINE.

Ainsi donc un mauvais rhéteur...

PLINE.

Est l'impertinent détracteur
Du monarque le plus auguste.
Mais c'est peu que Folliculus,
Madame, ait fabriqué l'écrit qui vous irrite :
Apprenez que Vermiculus,
D'accord avec Repticulus,
L'admire et partout le débite.

PLAUTINE.

Jusqu'ici je n'avais pas su
Qu'au monde il existât une pareille espèce.

PLINE.

Souvent l'insecte qui nous blesse
Est celui que jamais on n'avait aperçu.
Pour ceux-ci, dès long-temps, ils se sont fait connaître.
Je les ai quelquefois trouvés plus indulgents.
Ils sont même fort bonnes gens
Quand ils ont intérêt à l'être.
Domitien par eux s'est vu déifier

Comme l'honneur du diadème ;
Et Trajan dans leurs vers serait chanté de même,
Si Trajan daignait les payer.

PLAUTINE.

Trajan les punira... Quels sont ces cris de joie ?
Entendez-vous ? entendez-vous ?

PLINE.

C'est l'empereur, c'est votre époux,
Que le ciel enfin nous renvoie.

SCÈNE II.

PLINE, PLAUTINE, TRAJAN, SÉNATEURS,
SOLDATS, PEUPLE, LES AMBASSADEURS DES
DACES.

TRAJAN.

Combien votre bonheur embellit mon retour !
Romains, qu'ils ont droit de me plaire
Ces transports de joie et d'amour !
Des travaux les plus grands c'est le plus doux salaire.
(Aux Daces.)
Et vous, sujets d'un potentat
Trop justement déchu des droits de la couronne,
Allez, Daces, allez apprendre du sénat
A quel prix Rome lui pardonne.

SCÈNE III.

PLAUTINE, TRAJAN, PLINE.

TRAJAN.

Plautine, il m'est enfin permis
De presser sur mon cœur l'épouse la plus tendre.

PLAUTINE.

Jupiter à mes vœux enfin daigne vous rendre.

PLINE.

Prince, à qui la grandeur n'a point coûté d'amis,
Descendez un moment du char de la victoire :
Après tant de travaux le repos est bien doux.

TRAJAN.

Il m'est bien doux, cher Pline, entre une épouse et vous,
D'oublier un moment la gloire.

PLAUTINE.

N'est-elle pas le prix de vos exploits?
Et pourquoi l'oublier lorsque je vous revois;
Lorsqu'à son noble éclat vous prêtez tant de charmes;
Lorsque, pour la première fois,
Vous pouvez m'en parler sans voir couler mes larmes?
Quand, vous asservissant aux plus rudes travaux,
Sa voix vous appelait à des dangers nouveaux,
J'ai dû la détester par amour pour vous-même;

Mais, vainqueur de vos ennemis,
Quand vous donnez la paix à l'univers soumis,
Je dois aimer la gloire autant que je vous aime.

TRAJAN.

Qu'elle a de charmes pour mon cœur,
Quand votre amour sourit aux lois qu'elle m'impose;
Quand ma gloire et votre bonheur
Me commandent la même chose!

PLAUTINE.

Puisse un accord si doux et pour Rome et pour moi,
Fixant ici votre présence,
En bannir à jamais la douleur et l'effroi
Qui cessent avec votre absence.

PLINE.

Que de maux, en effet, n'avons-nous pas soufferts!
Pendant que le bonheur s'attachait à vos armes,
En proie à de fausses alarmes,
Sur vos plus beaux lauriers nous répandions des larmes,
Et pendant vos succès nous pleurions vos revers.
Aux discours mensongers, l'insidieuse envie
Joignant de mensongers écrits,
Pour égarer les cœurs abusant les esprits,
Calomniait le cours de votre illustre vie.

PLAUTINE.

Ah! redites les noms de ces vils détracteurs
Du plus humain des empereurs,
Comme du père le plus tendre.
Leurs noms, vous dis-je?

TRAJAN.

Eh quoi! Plautine, y pensez-vous?
Ces cris d'un peuple heureux qui montent jusqu'à nous,
Permettraient-ils de les entendre?
D'ailleurs, ce qu'ils ont dit, mon retour le dément.
Le seul mépris enfin, je pense,
Doit leur servir de châtiment:
C'est donner à des sots beaucoup trop d'importance
Que de les honorer d'un long ressentiment;
Plautine, le pouvoir s'abaisse également
Soit qu'il les persécute ou qu'il les récompense.

SCÈNE IV.

PLAUTINE, TRAJAN, PLINE, MARCUS.

MARCUS.

César, le papier à la main,
Trois citoyens sont là, qui de votre demeure
Sollicitent l'accès.

TRAJAN.

Mon palais, à toute heure,
Est celui du peuple romain.
Ouvrez.

PLAUTINE.

De votre temps c'est être un peu prodigue

Que de prêter ainsi l'oreille à tous propos.

TRAJAN.

C'est un peu mon métier.

PLINE.

Après tant de fatigue,
Ne prendrez-vous point de repos?

TRAJAN.

Aux fatigues du rang suprême
Joignons encor cet entretien;
Il me délassera, s'il produit quelque bien.
Après tout, mon ami, que fais-je en ceci? rien
Que ce que je voudrais que l'on fît pour moi-même
Si j'étais simple citoyen.

SCÈNE V.

PLAUTINE, TRAJAN, PLINE, MARCUS,
VERMICULUS, FOLLICULUS,
REPTICULUS.

PLINE.

En croirai-je mes yeux? ces gens auraient l'audace!...

PLAUTINE.

Connaîtriez-vous ces gens-là?
Quels sont-ils?

PLINE.

Il suffit, pour deviner cela,

De les bien regarder en face.

PLAUTINE.

Je n'y vois rien de bon.

TRAJAN, à Pline.

Quoi! Pline, vous sortez?

PLINE.

Permettez que je me retire :
Ces messieurs ont peut-être un secret à vous dire.

FOLLICULUS, avec joie, aux autres.

Il part.

PLINE, à part.

Je crains d'ailleurs que mes sens emportés...

TRAJAN.

Restez ; ne sait-on pas à quel point je vous aime,
Et quelle confiance enfin règne entre nous.
Restez ; l'on n'aura pas de secrets avec vous,
Pour qui je n'en ai pas moi-même.
Expliquez-vous, mes bons amis.

REPTICULUS, à Folliculus.

C'est vous qui commencez.

PLINE.

Parlez en assurance.

FOLLICULUS, aux deux autres.

Je me sens moins de cœur, en cette circonstance,
Que je ne m'en étais promis.
Commencez, vous...

REPTICULUS.

Que je commence !

J'ai perdu l'esprit et la voix.

TRAJAN.

Qu'est-ce donc qui vous embarrasse ?
Demandez-vous justice ? à chacun je la dois ;
Je ne conçois pas plus le trouble où je vous vois,
 Si vous demandez une grâce.

VERMICULUS.

A parler librement puisque vous m'exhortez,
J'obéis, en vantant cette victoire insigne
Qui prouve à l'univers combien vous êtes digne
 Du sang des dieux dont vous sortez.

TRAJAN.

Moi, fils des dieux !

VERMICULUS.

   César, auriez-vous quelques doutes
 Sur cette grande vérité ?
J'ai pour persuader votre incrédulité
Mille preuves pour une ; et je les ai là toutes.

TRAJAN.

 Me parlez-vous de bonne foi ?

VERMICULUS.

De vos divins aïeux, oui, l'Olympe fourmille.

TRAJAN.

 Vous connaissez donc mieux que moi
 Les affaires de ma famille ¹¹ ?

VERMICULUS.

 Mille preuves, encore un coup,
Vous convaincront que hors de la sphère commune...

TRAJAN.

Mille ! en vérité, c'est beaucoup :
Je ne vous en demande qu'une.

VERMICULUS.

César, nous n'en manquerons pas.
De grâce un peu de patience.
Vous savez bien qu'aux lieux où vous prîtes naissance
Hercule avait porté ses pas [12].
Ce fut là son plus beau voyage.
Aussi, sur les rochers qu'un jour il sépara,
Pour ouvrir aux flots un passage,
Écrivit-il : NON PLUS ULTRA.
Ce héros, dont le front ceignit tant de couronnes,
Dans les bras de l'amour parfois s'est délassé,
Et de ses travaux a laissé
D'autres garants que ses colonnes.
Certain roi, qu'il avait traité fort rudement,
Avait une fille exemplaire.
La voir, l'adorer et lui plaire,
Procéder à l'enlèvement,
Pour Hercule ce fut l'affaire d'un moment :
Hercule allait vite en affaire.
Au tendre objet de son amour
Du roi détrôné, bref, il rendit l'héritage,
Qui depuis devint le partage
D'un fils à qui leur flamme avait donné le jour.
Ce fils avec honneur porta le diadème.
On vous nomme Ulpius, il se nommait Vulpès.

A quelque différence près,
N'est-il pas évident que ces noms sont le même [13] ?
Aussi de cet enfant des dieux
Avez-vous l'honneur de descendre,
Et comptez-vous pour vos aïeux
Ceux de César et d'Alexandre.
Remplissez, ô Trajan ! votre illustre destin.
Satisfait de régner au séjour du tonnerre,
Jupiter vous cède la terre,
Possédez-la de droit divin.

PLINE.

Quel impudent !

VERMICULUS.

Tel est le sujet d'un mémoire
Que je rédige avec grand soin.

TRAJAN.

Avant de le finir, vous avez grand besoin
De savoir un peu mon histoire ;
Je veux vous la conter en toute vérité :
Je suis fils d'Ulpius, qui trente ans servit Rome
Avec courage et probité.
Guerrier et magistrat, il laisse un nom cité
Par le brave et par l'honnête homme.
Plus illustre, mais non plus cher aux gens de bien,
Ce prince dont le règne a consolé la terre
Des fureurs de Domitien,
Nerva fut mon second père.
Quant à mes aïeux, pardonnez,

Mais je n'en désire pas d'autres
Que ceux que le sort m'a donnés,
Bien qu'ils aient tous été mortels comme les vôtres :
Mortel, je puis m'en contenter.
Empereur, je puis me vanter
Du titre qui m'élève à l'empire du monde :
Sur le choix de Nerva vous savez qu'il se fonde.
Auguste et respectable choix,
Que librement du peuple a confirmé la voix,
Et qu'enfin d'utiles exploits
Peuvent justifier à l'instant où nous sommes.
Ah ! quand le ciel serait peuplé de mes aïeux,
Je les préférerais ces titres précieux
Que je tiens de l'amour des hommes,
A ceux qu'avec leur sang m'auraient transmis les dieux.
Quoi qu'il en soit, Marcus, qu'on lui donne un sesterce [14].

VERMICULUS.

Auguste générosité !

FOLLICULUS, à Repticulus.

Hors celui de la vérité
Il n'est pas de mauvais commerce.

TRAJAN.

Mais peut-être allez-vous me trouver exigeant,
Quand je vous aurai dit que ma magnificence
Achète ici votre silence.

PLAUTINE.

Allez, et gagnez votre argent.

VERMICULUS.

C'est moins facile qu'on ne pense.

REPTICULUS, à Folliculus.

Vous voyez qu'on peut s'en tirer.

SCÈNE VI.

PLAUTINE, TRAJAN, PLINE, MARCUS,
REPTICULUS, FOLLICULUS.

TRAJAN, à Repticulus.

Et vous, auprès de moi quel motif vous amène?

REPTICULUS.

Avant tout, ô César, le besoin d'admirer
Le régénérateur de la gloire romaine;
Le héros, le vainqueur, le protecteur...

TRAJAN.

                         Après...

REPTICULUS.

Si vous le permettiez, César, j'ajouterais
Qu'ici je viens surtout pour vos vrais intérêts.

TRAJAN.

Ceux de Rome, voulez-vous dire?

REPTICULUS.

Vos intérêts, César, ou bien ceux de l'empire,
Ne sait-on pas que c'est tout un?

Or, pour maxime souveraine
Je tiens qu'en tout état bien ordonné, chacun
Doit, autant que possible, à l'intérêt commun
Consacrer son temps et sa peine.
J'ai rempli ce devoir avec fidélité.
J'en offre pour garant cet ouvrage; un traité
Qui, sur certains objets d'utilité première,
Avec profusion répandra la lumière.
Il porte sur un point tant soit peu délicat;
Mais j'espère en vainqueur me tirer du combat.
Résultat du génie et de l'expérience,
Cet ouvrage est, d'ailleurs, un trésor de science.
Il m'a coûté dix ans de travaux assidus...
Daignerez-vous le lire en vos moments perdus?

TRAJAN, donnant le manuscrit à Pline.

Je n'ai pas de moments à perdre; mais je compte
Bientôt savoir, de point en point,
Ce qu'il dit, ce qu'il vaut : si je ne le lis point,
Pline du moins m'en rendra compte.

PLINE.

De mon zèle, César, n'exigez pas cela.

REPTICULUS.

Votre avis est, César, le seul auquel je tienne.

TRAJAN.

L'opinion de Pline, en ces matières-là,
A très souvent réglé la mienne.

REPTICULUS.

Pline a des préjugés qui sont parfois l'objet

De mes sanglantes apostrophes.

TRAJAN.

De cet ouvrage enfin quel est donc le sujet?

PLINE.

Seigneur, c'est un traité contre les philosophes [15].

REPTICULUS, d'un ton ferme.

Oui, César, et j'y prouve à tous les potentats
Qu'ils doivent s'éloigner des gens de cette étoffe,
S'ils veulent maintenir la paix dans leurs états.

TRAJAN, à Pline.

Et qu'est-ce donc qu'un philosophe?
Sur ce point franchement, Pline, il faut s'expliquer.

PLINE.

César, c'est l'homme droit qui s'occupe sans cesse
  A rechercher les lois de la sagesse,
    Et surtout à les pratiquer.
Je n'en connais pas d'autre.

TRAJAN.

                Un pareil personnage
    Est, ce me semble, le vrai sage,
Dont je ne puis jamais assez me rapprocher.
C'est l'ami dont la voix m'encourage et m'éclaire
Dans le bien que j'ai fait et que je pourrais faire,
Ou qui, si je fais mal, pour me le reprocher
      N'aurait besoin que de se taire.
      Un tel homme, au bien général,
      Comme au mien, est trop nécessaire
Pour que vous me puissiez résoudre à m'en défaire.

Mais peut-être qu'aussi vous vous expliquez mal,
   Ou qu'on ne sait pas vous comprendre.
Sur le vrai sens des mots tâchons de nous entendre.
Qu'est-ce qu'un philosophe?

REPTICULUS.

           En tout c'est l'opposé
De l'homme défini par Pline.
Ardent propagateur d'une fausse doctrine,
A tout voir de travers en tout temps disposé,
   Tout philosophe se signale
Par son impertinence et son impiété ;
Se rit des plus saints nœuds de la société,
   Ne connaît ni lois ni morale,
Déteste l'empereur et la divinité,
Et fonde son bonheur et sa célébrité
   Sur la révolte et le scandale.
César, en dénonçant ces esprits odieux,
   En vous pressant d'en purger Rome,
   Je crois servir, en honnête homme,
   Le prince, le peuple et les dieux.

PLINE.

Le portrait n'est pas neuf [16].

REPTICULUS.

         Mais du moins je me flatte
Qu'on le trouvera ressemblant.

PLINE.

C'est celui que précisément
Anytus faisait de Socrate.

TRAJAN, à Pline.

Pline, traitons la chose un peu moins gravement.

(A Repticulus.)

Je conviens, mon ami, qu'il est fort nécessaire
De contenir les gens dont vous me parlez là ;
    Mais apprenez que pour cela
On a fait dès long-temps tout ce qu'il fallait faire.
Depuis mille ans bientôt, le plus sage des rois
A réglé de chacun les devoirs et les droits.
    La même loi qui vous protège,
Si vous craignez les dieux, si vous servez l'état,
Depuis mille ans condamne et punit l'attentat
    Du rebelle et du sacrilége.
Si le crime ignoré parfois est cru permis,
Cette erreur dure peu; Thémis enfin s'éveille
Et frappe l'insensé dont la voix le conseille,
Comme le forcené dont le bras l'a commis.
Reprenez donc, mon cher, et gardez votre ouvrage :
Il contient des avis à peu près superflus.
D'ailleurs, bientôt à Rome on ne s'entendrait plus
Si quelques gens allaient prendre votre langage.

REPTICULUS.

Quoi ! César, vous voulez...

TRAJAN.

        Ne soyez pas surpris
    De la loi que je vous impose.
Il importe à la paix que, pour tous les esprits,
    Les mêmes mots disent les mêmes choses.

Quel chaos pour nos magistrats!
Pour nos penseurs quel embarras! .
Et d'erreurs et de catastrophes
Votre livre serait un sujet éternel :
Le philosophe, là, passant pour criminel,
Ici, les criminels passant pour philosophes.
Toutefois, mon ami, je veux récompenser
Le désir même de bien faire.
On ne peut pas toujours penser.
Que faites-vous pour l'ordinaire
Quand vous ne pensez pas ?   .

REPTICULUS.

César, alors j'écris;
Pour qui veut les payer je fais des manuscrits :
Je suis scribe en un mot.

PLINE.

Et scribe très habile.

REPTICULUS.

Mais je crois pouvoir contenter
L'amateur le plus difficile.
Mon écriture vaut mon style.
César, soit dit sans me vanter,
Écriture latine et grecque,
J'entreprends tout.

TRAJAN.

Eh bien! transcrivez-moi Sénèque.
De sa philosophie êtes-vous effrayé ?

REPTICULUS.

Je ne la connais pas.

TRAJAN.

Vraiment?

PLINE.

Dans cette affaire
Je vois alors pour vous plus d'un profit à faire :
Vous pourrez vous instruire.

REPTICULUS.

Et je serai payé.

(Il sort en donnant des signes de la plus vive satisfaction.)

SCÈNE VII.

TRAJAN, PLINE, PLAUTINE, MARCUS,
FOLLICULUS.

TRAJAN, à Folliculus.

Donnez-vous aussi des avis,
Brave homme? Approchez-vous; parlez en assurance :
Par ma raison toujours s'ils ne sont pas suivis,
Du moins sont-ils reçus par ma reconnaissance.

FOLLICULUS.

Loin de moi des projets pareils.
A César donner des conseils,
C'est des prétentions la plus impertinente.
Je n'aurai jamais ce travers.

Domptez les nations; d'une main triomphante,
A votre char, grand prince, attachez l'univers;
 Faites des rois; je fais des vers;
 Plus vous triomphez, plus je chante.
 Sur les vers que je vous soumets
Daignez jeter les yeux; peut-être à cette grâce
  N'aurez-vous pas de regrets;
Quoiqu'ils soient impromptus, à quelque chose près,
 Je les crois dans le goût d'Horace.

    TRAJAN.

 En ce cas, ils seront du mien.

   PLINE, à Plautine.

Comment! Folliculus s'apprivoise? il vous flatte!

   PLAUTINE, à Pline.

 N'est-ce pas ce même vaurien
 De qui la plume scélérate...?

    FOLLICULUS.

 Quand elle est juste et délicate,
La louange est utile et porte l'homme au bien.
Des vertus du bon prince et du bon citoyen
 C'est la plus digne récompense.
Louer n'est pas flatter.

    TRAJAN.

    Comme il faut avouer
 Que flatter n'est pas louer.

    FOLLICULUS.

Comme César je le pense.

TRAJAN.

Voilà pourquoi je lis sans beaucoup de plaisir
Ces vers, qu'il eût fallu faire plus à loisir.

FOLLICULUS.

Excusez quelque négligence.
Seigneur, ce n'est pas sans courir
Que sur tout l'univers ma muse a pris l'avance.
Je crois n'avoir rien dit d'ailleurs qui vous offense.

TRAJAN.

Non : mais, s'il faut vous dire tout,
Dans ce bel impromptu, de l'un à l'autre bout,
Vous vantez ma grandeur, vous chantez ma puissance.
Ces biens, qu'aveuglément le sort souvent dispense,
Sont-ils tout ce qu'en moi vous trouvez de parfait ?
Et n'est-ce pas plutôt l'usage qu'on en fait
Qui des rois aux tyrans marque la différence ?
La louange me plaît ; je suis de bonne foi :
Mais celle que je cherche et j'aime
N'est pas celle qu'enfin Domitien lui-même
Pourrait partager avec moi.
J'aimerais mieux me voir l'objet d'une satire,
Que celui d'un tel compliment.

PLAUTINE.

Pour être sur ce point satisfait à l'instant
Trajan n'aurait qu'un mot à dire.

TRAJAN.

Plaisantez-vous, Plautine ?

PLAUTINE.

Non, vraiment.

FOLLICULUS.

Il est temps que je me retire :
Je suis reconnu, je le vois.

PLAUTINE, à Folliculus.

Ne possédez-vous pas plus d'un ton, plus d'un style ?
(A Trajan.)
S'il est pour la louange un des plus maladroits,
Pour la satire, au moins, n'est-on pas plus habile.

TRAJAN.

La satire peut être utile.
Si du bon et du beau vous chérissez les lois,
Si vous avez du goût et des mœurs, je conçois
Que parfois vous sentiez s'allumer votre bile.
Parfois l'honnête homme irrité
De voir l'intrigue heureuse et la fraude impunie,
Attacha l'infamie à leur prospérité,
Et trouva dans sa probité
Et sa colère et son génie.
Quand on sait l'allier avez quelque gaîté,
Cette indignation me plaît assez ; sans doute
Elle inspira vos vers ; lisez-les donc : j'écoute.

FOLLICULUS.

De complaire à César je n'ai pas le moyen :
Ma mémoire est ingrate.

PLINE.

Elle ne fournit rien ?

FOLLICULUS.

Rien qui soit digne de lui plaire.

PLAUTINE.

Mais ne pourrait-on pas trouver un exemplaire
De votre écrit dernier?

FOLLICULUS.

Il est peu répandu.

PLAUTINE.

Non pas; je crois l'avoir; je l'ai.

FOLLICULUS.

Je suis perdu!

TRAJAN.

Puisque Plautine le désire,
Voyons quel châtiment vous gardez aux pervers.
Un auteur mieux qu'un autre a toujours lu ses vers.
Lisez donc.

FOLLICULUS.

Je ne sais pas lire.

TRAJAN.

Eh bien! lisons nous-même.

FOLLICULUS.

Arrêtez; je frémis.
Écoutez-moi, César; j'ai beaucoup d'ennemis.

TRAJAN, après avoir lu.

Écrivez-vous sous leur dictée?
Vos ennemis alors seraient aussi les miens.

FOLLICULUS.

Votre majesté, j'en conviens,

Contre un pareil ouvrage a droit d'être irritée.
Peut-on plus l'offenser?...

TRAJAN, froidement.

Mon avis, cette fois,
Est encor différent du vôtre.
Cet ouvrage est méchant, d'accord; mais je le crois
Moins offensant encor que l'autre.

(A Plautine.)

Moins offensant, Plautine : et qu'importe, en effet,
Qu'un sot de mes desseins ait mal jugé l'objet,
Ou qu'un méchant les calomnie,
Règle au coin de son feu le destin des combats,
Me dise battu quand je bats,
Pris quand je prends, mort quand je suis en vie?
La destinée heureusement
A pris le soin de les confondre;
Et je crois que l'événement
Me dispense de leur répondre.
Les clameurs de quelques ingrats
Ne peuvent rien sur l'homme au-dessus du vulgaire;
Comme en sa conscience il trouve son salaire,
En dépit d'eux, suivant sa carrière à grands pas,
Du bien qu'il a pu faire il ne se repent pas,
Et ne renonce point au bien qui reste à faire.
Mais, dans ce misérable écrit,
Ce qui devrait peut-être exciter ma colère
C'est ce froid et méchant esprit,
Cette humeur envieuse, injurieuse, amère,

Qui dénigre, afflige, flétrit
Tout ce que Rome admire, ou chérit, ou révère.
    Des Scipions et des Césars
    C'est peu que le peuple de Mars,
    A vous entendre, dégénère ;
    Partout le feu sacré s'éteint ;
    Ni goût, ni talent, ni morale ;
Par un mortel poison rien qui ne soit atteint ;
Tout juge est corrompu, toute beauté vénale ;
    Enfin, cet immortel laurier,
Si florissant jadis sous la main de Virgile,
    Aujourd'hui n'est pas plus fertile
    Pour l'auteur que pour le guerrier.

PLINE.

Malgré ce parallèle, on pourrait bien, je pense,
A la philosophie, aux arts, à l'éloquence,
    Promettre encor d'assez beaux jours.

TRAJAN.

    Aussi ne vois-je en ces discours
Que la mauvaise humeur qui signala toujours
    L'envie et surtout l'impuissance.

FOLLICULUS.

    Ah ! César, connaissez-moi mieux.
    Être sévère est-ce être injuste ?
Du mérite, en effet, si j'étais envieux,
Aurais-je tant vanté le beau siècle d'Auguste ?
Sans cesse à ton éloge on sait que je reviens,
    Siècle incomparable à tout autre !

TRAJAN.

Vous le vantez, oui, j'en conviens,
Mais pour mieux déprimer le nôtre.
Sans doute il abondait en esprits excellents,
Ce siècle qu'avec vous j'admire;
Siècle immortalisé par tant d'heureux talents,
Qu'il faut désespérer de se voir reproduire :
Mais le sort à ce point l'a-t-il favorisé,
Que nous soyons forcés de croire
Qu'à lui seul il ait épuisé
Toutes les sources de la gloire ?
Nos soins, je le sais, seraient vains
Pour trouver, entre ceux de nos contemporains
Pour qui le double mont n'a pas été stérile,
Un Ovide, un Tibulle, un Horace, un Virgile :
Ils n'ont pas eu de successeurs,
J'en conviens ; mais l'âge où nous sommes
N'a-t-il pas aussi ses grands hommes,
Qui n'ont point de prédécesseurs ?
Appartient-il à d'autres âges
L'homme qui, dénombrant tous ces êtres divers,
Le peuple et l'ornement de ce vaste univers,
Pour apprendre leurs mœurs, pour saisir leurs images,
Semble avoir parcouru l'air, la terre, les eaux,
Et n'est pas moins sublime en ses vastes tableaux
Que la nature en ses ouvrages [17] ?
Cet âge aussi peut se vanter
D'avoir seul possédé ce sage [18]

Qui, bien que né dans l'esclavage,
Du lot dont les destins ont fait notre partage
　　Nous apprend à nous contenter;
A ne pas nous targuer du frivole avantage
　　D'une instable prospérité;
　　A supporter l'adversité
　　Avec cette tranquillité
　　Plus sublime que le courage;
A fuir la fausse honte, à fuir la vanité;
A purger notre cœur de dégoût et d'envie;
　　A n'aimer que la vérité,
Au culte de laquelle il consacra sa vie.
　　Ne peut-on, sans vous offenser,
Au rang des grands esprits mettre aussi ce Tacite,
Qui, rival et non pas imitateur de Tite,
　　Parle moins et fait plus penser [19]?
Juvénal [20], préférant la vigueur à la grâce,
N'égale pas celui qu'il a cru surpasser;
　　Mais ne peut-il pas se placer
Dans un assez haut rang, quoique au-dessous d'Horace?
　　Quintilien [21], législateur
　　Dans l'art où Cicéron fut maître,
　　Près de ce sublime orateur
　　Doit être mis aussi peut-être?
　Après Tacite, après Quintilien,
Juvénal, Épictète, après Pline l'ancien,
Même sans vous compter, je crois qu'il est encore
Plus d'un heureux talent dont cet âge s'honore,

Pline, et vous le savez fort bien.
Il serait sans honneur chez les races futures
Ce siècle en talents si fécond !
Bien loin de le penser, ah ! malgré vos injures ,
J'aime à lui voir porter mon nom.
Rassuré par d'heureux présages,
Ne vous en déplaise, je crois
Qu'un temps fertile en grands exploits
Doit aussi l'être en beaux ouvrages.
Vous le savez aussi ; quel étrange intérêt,
Sans nul ménagement, sur tout ce qui paraît,
Vous fait donc enfoncer votre dent satirique ?

FOLLICULUS.

N'exigez pas que je m'explique.

TRAJAN.

L'amour de la célébrité ?

FOLLICULUS.

La gloire eut de tout temps pour moi peu d'importance.

PLINE.

La crainte de faire abstinence ?

FOLLICULUS.

Vous avez dit la vérité.
Si parfois ma critique est tant soit peu trop vive ,
Il faut s'en prendre au siècle : il veut, sans charité,
Rire de tout, quoi qu'il arrive ,
Et tout voir immoler à sa malignité.
Malgré moi, dans son goût il faut bien que j'écrive :
Ne faut-il pas, seigneur, que tout le monde vive [22] ?

TRAJAN.

J'en vois peu la nécessité.

FOLLICULUS, bas, à Pline.

Je suis mort, si, dans sa justice,
Trajan me traite ainsi que je l'ai mérité :
Je lui serais pourtant de quelque utilité.
    Que son intérêt l'attendrisse.
    Soit dit sans trop de vanité,
    Ma plume est une autorité.
Chez les contemporains, dans la postérité,
    Quels noms veut-il que je flétrisse ?
Qu'il parle ; esprit, talents, courage, probité,
    En moi tout est à son service.

PLINE.

Malheureux, savez-vous que vous seriez perdu
Si Trajan, cette fois, vous avait entendu !

FOLLICULUS, à Plautine.

Épouse d'un héros, à vos pieds, que j'embrasse,
Je vous implore ; hélas ! sollicitez ma grâce.
Mais, que dis-je ! est-ce à moi d'invoquer sa pitié ?
Je l'ai tant outragé !

TRAJAN.

                    Je l'avais oublié.
Estimez-vous heureux qu'en cette conjoncture
Mon injure se lie à la publique injure ;
    Sans quoi les dieux me sont témoins...
Je veux bien n'imputer vos torts qu'à vos besoins ;
Mais, sans pitié pour vous, si jamais votre muse

Par discours, par écrits, en prose, ou bien en vers,
Venait à retomber dans ses premiers travers,
Je veux qu'en vos besoins vous n'ayez plus d'excuse.
  (A Marcus.)
Savez-vous un emploi vacant dans ma maison?

MARCUS.

La mort vous enleva votre vieil échanson.

TRAJAN.

Si la place vous plaît, allez, je vous la donne.
Présider à ma table, ordonner les festins,
Vaut mieux que rédiger des écrits clandestins :
C'est un poste où du moins on n'afflige personne.

FOLLICULUS.

Vos désirs du destin sont pour moi des arrêts :
Je remplirai fort bien la place de Pétrone [23].
D'une fête faut-il disposer les apprêts?

SCÈNE VIII.

FOLLICULUS, MARCUS, PLINE, TRAJAN, PLAUTINE, SÉNATEURS, AMBASSADEURS DES DACES, PEUPLE, SOLDATS.

PLAUTINE.

Oui, voici le signal des fêtes.

UN SÉNATEUR.

César, des sentiments du peuple et du sénat
Voyez en nous les interprètes.

Notre orgueil applaudit à tout ce que vous faites.   .
Nous aimons à vous voir, politique et soldat,
  Ne pas moins agrandir l'état
  Par vos traités que vos conquêtes.

TRAJAN.

A l'empire élevé par la commune voix,
Je veux qu'à votre espoir mon règne enfin réponde,
Et relève le trône où m'a porté le choix
  Du premier des peuples du monde.

LE SÉNATEUR.

C'est par vous qu'à son rang ce peuple est remonté :
Dans sa prospérité contemplez votre ouvrage.
  Puissant par votre courage,
  Heureux par votre bonté,
D'une commune voix, ce peuple entier vous prie
Aux titres glorieux que vous illustrez tous
  De joindre le titre si doux
  De père de la patrie [24].

TRAJAN.

Ce titre est le seul que j'envie.

PLINE.

Qui mieux que vous l'a mérité ?

TRAJAN.

Heureux si la postérité
Me le confirme après ma vie !

FIN DES GENS A DEUX VISAGES.

NOTES ET REMARQUES

LES GENS A DEUX VISAGES.

¹ PAGE 382.

Domestica facta.

L'auteur a peut-être voulu indiquer par cette épigraphe que les scènes de cette comédie n'appartenaient pas exclusivement au siècle de Trajan, et que le théâtre représentait, *ad libitum*, Paris ou Rome.

Cette pièce doit moins être regardée comme un drame que comme une série de scènes satiriques réunies dans un cadre plus ou moins heureux; si on la voulait classer parmi les comédies, elle ne pourrait appartenir qu'au genre d'Aristophane, dont l'auteur semble avoir adopté le système, aux personnalités près.

² PAGE 384.

M. de Jouy.

Où et de qui n'est-il pas connu sous le nom d'*Ermite de la Chaussée-d'Antin?* Les nombreux articles qu'il a publiés, soit sous ce nom, soit sous ceux de *Franc parleur* et d'*Ermite de la Guiane,* forment une histoire presque complète de nos mœurs, de nos modes et de nos ridicules depuis cinquante ans. Peu de moralistes ont apporté autant de sagacité dans leurs études et les ont rédigées avec autant de finesse.

A ces titres, qui suffiraient à sa réputation, il joint celui d'auteur de *la Vestale*, la meilleure pièce, sans contredit, qui ait paru sur la scène lyrique depuis Quinault. Il a de plus obtenu de nombreux succès sur d'autres théâtres. La tragédie de *Tippo-Saïb* l'avait placé entre les auteurs qui soutiennent l'honneur de la scène française, la tragédie de *Sylla* l'élève au premier rang des auteurs qui l'accroissent.

Enfin, M. de Jouy a fait plusieurs ouvrages en société avec M. de Longchamp, son ancien compagnon d'armes, homme de beaucoup d'esprit et de beaucoup de talent aussi, mais beaucoup moins laborieux que lui, malheureusement.

⁵ PAGE 388.

Trajan (Ulpius).

Voici ce qu'en dit Montesquieu : « Le prince le plus ac-
« compli dont l'histoire ait jamais parlé. Ce fut un bonheur
« d'être né sous son règne : il n'y en eut point de si heureux
« ni de si glorieux pour le peuple romain. Grand homme
« d'état, grand capitaine; ayant un cœur bon qui le portait
« au bien; un esprit éclairé qui lui montrait le meilleur; une
« âme noble, grande et belle; avec toutes les vertus, n'étant
« extrême sur aucune; enfin l'homme le plus propre à honorer
« la nature humaine et représenter la divine. » (*Grandeur et décadence des Romains,* chap. xv.)

Saint Grégoire n'avait pas de Trajan une opinion moins favorable. Touché de tant de vertus, ce pape ne crut pas qu'une si belle âme dût rester éternellement en enfer; il pria Dieu, avec larmes, de faire une exception en faveur d'un si bon prince; exception qui lui fut accordée, mais sans tirer à conséquence.

Ce fait, affirmé par Paul, diacre, et Jean, diacre, est, à la vérité, contesté par le cardinal Baronius et le cardinal Bellarmin, qui le regardent comme incompatible avec la justice divine. *O altitudo!* Un théologien nommé Tostat, encore plus rigoureux qu'eux, prétend même que non seulement la grâce de Trajan n'a pas été accordée aux larmes de saint Grégoire, mais qu'en s'abandonnant à cet excès de charité, ce saint s'est rendu coupable d'un péché mortel. On débite enfin qu'en punition de ce péché, Grégoire fut affligé de douleurs aux pieds et de maux d'estomac. Cela serait désolant.

Heureusement Alphonse Ciaconius, auteur du livre intitulé *Vitæ et gesta romanorum pontificum et cardinalium,* et Rutilius Bensonius, dans son *Speculum episcoporum,* soutiennent-ils la délivrance de Trajan véritable. Le Dante va plus loin, il dit avoir vu Trajan en paradis. Le théologien auquel nous devons *Les trois empereurs en Sorbonne* fait enfin du salut de Trajan un article de foi. Cela console.

Trajan trouva dans Plautine une épouse digne de lui.

4 PAGE 389.

Leur prince , fugitif en ses propres etats.

Décébale, roi des Daces. Aussi perfide que courageux, ce

prince prenait et déposait les armes au gré de son intérêt seul. Souvent vainqueur sous Domitien, toujours vaincu sous Trajan, il finit par se donner la mort. Il avait pour allié le roi des Jazyges et des Roxolans, peuples qui habitaient les environs du Palus-Méotis.

Les Daces, appelés Gètes par les Grecs, habitaient entre le Danube, l'Euxin, les monts Krapak et la Théisse ou Tibisk, les contrées occupées aujourd'hui par la Transylvanie, la Valachie, la Moldavie, et en partie par la Hongrie. Ils étaient pauvres et belliqueux. Fatalistes comme les Turcs et les Russes, qui, du champ de bataille où ils meurent, croient aller tout droit en paradis, à côté de Mahomet ou de saint Nicolas, les Daces croyaient, en sortant de cette vie, aller rejoindre Zalmoxis, leur législateur et leur dieu : ils couraient à la mort comme à une fête.

[5] PAGE 391.

Folliculus.

Ce nom répond au mot folliculaire, fabricateur de petites feuilles, de feuilletons. Rhéteur critique et satirique, Folliculus faisait, à ce qu'il paraît, à Rome, le triple métier que, depuis, Geoffroi et autres ont fait ou font à Paris et ailleurs. C'est sans doute cette ressemblance qui a déterminé Luce de Lancival, à qui cette comédie avait été communiquée, à lui emprunter le nom de Folliculus, pour en affubler le misérable dont il avait fait le héros d'un poëme plus plaisant que sublime, mais fort spirituel; et qui, par je ne sais quelle considération, n'a pas été publié quoiqu'il ait été imprimé.

Luce de Lancival, littérateur recommandable à plus d'un titre, professa dix ans la rhétorique avec un grand succès, au lycée impérial. Personne ne fut plus exempt que lui de cette pédanterie que les gens de collége apportent trop souvent dans le monde, et qui rendrait le vrai mérite lui-même ridicule. Il a publié une imitation en vers, souvent heureux, de l'*Achilléide* de Stace; et le théâtre lui est redevable de la belle tragédie d'*Hector*. Il écrivait en latin avec autant d'élégance et de facilité qu'en français. Le jour même de sa mort, il reçut le prix décerné par l'université à l'orateur qui avait composé, dans la langue de Cicéron, le meilleur discours à l'occasion du mariage de Napoléon et de Marie-Louise.

Luce est mort avant l'âge de cinquante ans.

[6] PAGE 392.

Tel que certains oiseaux, fameux par leurs augures.

Les Harpies. Qui ne connaît le portrait qu'en a fait Virgile?

Uncæque manus et pallida semper
Ora fame.
Æneid. lib. III.

« La faim, de sa pâleur revêt leurs traits livides,
« Et des ongles crochus arment leurs mains avides. »

Mettez des plumes dans ces mains-là, et le portrait ressemblera à plus d'un original.

7 PAGE 399.

Reptieulus, Vermiculus.

Diminutifs latins qui répondent au mot français *vermisseau*. Ces espèces abondent chez les modernes ; comment se fait-il qu'ils aient moins de mots que les anciens pour les désigner ? Il semble que nos ressources soient en raison inverse de nos besoins.

8 PAGE 400.

Et nos discours et nos écrits
Sont, je crois, de quelque importance.

Nombre de gens se croient, en conscience, obligés d'émettre leur opinion sur tout ce qui se fait, et d'endoctriner à tout propos le public, qui n'y fait attention que pour se moquer d'eux : toutes les oies se croient en droit de crier, depuis que, par leurs cris, des oies ont sauvé le Capitole.

Un silence universel aurait, au reste, plus d'inconvénients que ces criailleries : elles ne sont qu'importunes ; il serait funeste. N'effarouchons pas les oies, de peur d'effaroucher les coqs.

9 PAGE 404.

C'est Pline le panégyriste.

Pline-le-Jeune. Comme Cicéron, il était homme de lettres

et homme d'état; qualités incompatibles, si l'on en croit quelques grands personnages, qui, bien que fonctionnaires publics, ne sont ni l'un ni l'autre. Le plus grand éloge que l'on puisse faire de Pline, c'est de dire qu'il mérita l'amitié de Tacite et la confiance de Trajan.

Il était sénateur, et remplit successivement plusieurs magistratures. C'est en qualité de consul qu'il prononça le panégyrique de Trajan. « Quoique ce soit un éloge, dit Crévier, « l'histoire parle de cet empereur comme Pline en a parlé. » Cet accord entre les panégyristes et les historiens s'est peu renouvelé.

Le panégyrique de Trajan, tel que nous le possédons, est le développement d'une harangue que l'orateur a revue à loisir. Pourrait-on supposer qu'il ait été prononcé dans ces proportions devant l'empereur? Quel homme fut jamais doué d'assez de patience pour supporter le débit d'un si long éloge, quand même c'eût été le sien propre?

10 PAGE 414.

L'abîme s'ouvre sous leurs pieds,
Et se referme sur leur tête.

Tous les détails de ce récit sont historiques, mais on ne les trouve pas dans Dion Cassius.

11 PAGE 429.

Vous connaissez donc mieux que moi
Les affaires de ma famille.

Les faiseurs de généalogie n'ont jamais été rares. A une

époque qui n'est pas éloignée, un d'entre eux essaya de faire croire à un *roi de fortune* que sa majesté descendait d'une race royale, assertion dont il promettait de démontrer la vérité par des preuves péremptoires. Soit orgueil, soit modestie, on l'en dispensa, en lui répondant par ces vers du fabuliste :

« Rien n'est plus dangereux qu'un ignorant ami ;
« Mieux vaudrait un sage ennemi. »

En fait de citation, on pouvait mieux rencontrer ; tout grand homme qu'on voudrait faire gentilhomme devrait répondre par ce vers de Corneille :

« Ma valeur est ma race, et mon bras est mon père. »
Don Sanche.

Vers défectueux sous quelques rapports, mais où l'on trouve l'idée que l'auteur de *Mérope* a si heureusement développée dans ces admirables vers :

« Un soldat tel que moi peut justement prétendre
« A gouverner l'état, quand il l'a su défendre :
« Le premier qui fut roi fut un soldat heureux ;
« Qui sert bien son pays n'a pas besoin d'aïeux.
« Je n'ai plus rien du sang qui m'a donné la vie ;
« Ce sang s'est épuisé, versé pour la patrie ;
« Ce sang coula pour vous ; et, malgré vos refus,
« Je crois valoir du moins les rois que j'ai vaincus. »

¹² PAGE 430.

Aux lieux où vous prîtes naissance
Hercule avait porté ses pas.

Trajan était né à Italica, ville de la Bétique, aujourd'hui l'Andalousie. C'est dans cette contrée que régnait ce triple Géryon, qu'Hercule appelait brigand, après l'avoir tué pour lui voler ses vaches, par droit de conquête.

¹³ PAGE 431.

A quelque différence près,
N'est-il pas évident que ces noms sont le même?

Les étymologistes et les généalogistes se ressemblent fort : les uns et les autres sont également habiles à tirer parti des plus légères probabilités. La généalogie des mots s'établit à peu près de la même manière que l'étymologie des hommes.

¹⁴ PAGE 432.

Un sesterce.

Il y en avait de grands et de petits. Dans les rapports de la monnaie romaine avec la nôtre, et vu la valeur actuelle de l'once d'argent, le grand sesterce vaudrait aujourd'hui deux cents francs à peu près, et le petit à peu près quatre sous. Reste à savoir quel est le sesterce dont il s'agit ici. Pour décider cette question, nous croyons qu'il faut plutôt penser à la munificence du rétribuant qu'aux droits du rétribué.

15 PAGE 435.

Seigneur, c'est un traité contre les philosophes.

Il y a eu de tout temps des pédagogues suivant la cour. A en croire ces professeurs de despotisme, l'esprit d'indépendance ne serait qu'une conséquence de la philosophie. C'est dans la cause, disent-ils, qu'il faut attaquer l'effet. De là ces ridicules opérations de la censure, qui ne respectait pas plus les morts que les vivants; de là ces persécutions, qui, pour être secrètes, n'en étaient pas moins actives; de là ces guerres si funestes entre l'autorité et l'opinion.

Les misérables qui prêchent aux princes une pareille doctrine ne savent-ils donc pas où ils les poussent, et à qui ils les assimilent? Honorés sous Nerva, sous Trajan, sous Marc-Aurèle, c'est par les Caligula, les Néron, les Domitien, que les philosophes ont été persécutés. Veut-on savoir pourquoi?

« Quand les peuples sont tombés dans l'abjection et dans le « malheur; quand l'ignorance et la brutalité ont tenu les « rênes, le savoir est devenu une source d'infortune et de per- « sécution. Pour ces hommes imbéciles, insensés ou abrutis, « que le hasard a trop souvent portés à la tête des nations,

« l'aspect du philosophe est un reproche, celui de l'écrivain
« une menace : l'austérité de l'un offense, la pénétration de
« l'autre épouvante. Quiconque peut observer, quiconque peut
« écrire, est coupable, aux yeux d'un tyran, d'espionnage ou
« de délation. » (Discours prononcé à la distribution générale
des prix, en 1803, par M. Arnault, chef de la division de
l'instruction publique.)

[16] PAGE 436.

Le portrait n'est pas neuf.

Ce n'est en effet qu'un résumé de lieux communs, à l'usage
de tous ceux qui déclament contre la philosophie; ce n'est
qu'un développement de cette proposition si heureusement
rédigée par le rhéteur Cogé : *Non magis Deo quam regibus
infensa est ista quæ vocatur hodie philosophia.* « Cette, qu'on
« nomme aujourd'hui philosophie, n'est pas plus (lisez moins)
« ennemie de Dieu que des rois. »

[17] PAGE 446.

Et n'est pas moins sublime en ses vastes tableaux
    Que la nature en ses ouvrages.

Pline l'ancien ou Buffon.

[18] PAGE 222.

Ce sage,
Qui, bien que né dans l'esclavage.

Épictète fut esclave; J.-J. Rousseau exerça quelque temps une profession servile. Sa devise était :

Vitam impendere vero.
JUVEN., sat. IV.

[19] PAGE 447.

Parle moins et fait plus penser.

Ce trait caractérise Tacite, et pourrait bien désigner aussi Montesquieu.

[20] PAGE 447.

Juvénal, préférant la vigueur à la grâce.

On peut dire la même chose de Gilbert.

[21] PAGE 447.

Quintilien, législateur
Dans l'art où Cicéron fut maître.

La Harpe a droit à une partie de cet éloge.

²² PAGE 448.

Ne faut-il pas... que tout le monde vive?

Propos par lequel l'abbé Desfontaines prétendait s'excuser, auprès de M. d'Argenson, de turpitudes pareilles à celles que Trajan reproche à Folliculus. La réponse de M. d'Argenson fut tout-à-fait conforme à celle de cet excellent prince.

²³ PAGE 450.

Je remplirai fort bien la place de Pétrone.

C. Pétronius, chevalier romain, auteur du *Satiricon*, où ce courtisan de Néron dénonce les débauches dont il avait été complice. Néron, à la vérité, eut avec lui le premier tort, en le traitant comme Sénèque, en le condamnant à s'ouvrir les veines, ce que Pétrone, toutefois, ne fit qu'à son aise. Tigellin le perdit par jalousie de ce qu'en fait de volupté l'empereur ne trouvait de bien et de bon que ce qui avait été prescrit par Pétrone. Tacite l'appelle *arbiter elegantiæ*, ce qui répond à *surintendant des menus*.

²⁴ PAGE 451.

Père de la patrie.

A ce titre, qui lui fut offert par la flatterie lors de son avé-

2.   5o

nement à l'empire, et qu'il ne voulut accepter qu'après l'avoir
mérité, Trajan en joignit un plus doux encore, celui de *très
bon* (*optimus*), qui lui fut déféré par la reconnaissance, et
qui ne l'avait été à personne avant lui. La mémoire de Trajan,
que tous ses successeurs ne prirent pas pour modèle, fut pour
les Romains ce que celle de Henri IV est pour les Français.
Le peuple, dans ses félicitations, souhaitait à ses nouveaux
maîtres plus de bonheur que n'en avait eu Auguste (*felicior
Augusto*), plus de bonté que n'en avait eu Trajan (*melior
Trajano*) : autant aurait suffi.

FIN DU DEUXIÈME VOLUME.

TABLE

DU DEUXIÈME VOLUME.

GERMANICUS,

Tragédie en cinq actes.

LES GENS A DEUX VISAGES,

OU LE RETOUR DE TRAJAN,

Comédie en deux actes.

FIN DE LA TABLE DU DEUXIÈME VOLUME.

Imprimé en France
FROC011456010720
24395FR00012B/179

9 782329 422640